Rostbratwurst

Klaus Jäger wurde 1960 in Meiningen geboren und ist in einem Bücherhaushalt aufgewachsen. Nach Abitur und einer Ausbildung zum Eisenbahner war er Berufssoldat und studierte u. a. Journalismus. Seit der Wende ist er hauptberuflich als Journalist und Redakteur bei Thüringens größter Tageszeitung tätig.
www.klaus-jaeger.info

KLAUS JÄGER

Rostbratwurst

THÜRINGEN KRIMI

emons:

Bibliografische Information der Deutschen Bibliothek
Die Deutsche Bibliothek verzeichnet diese Publikation
in der Deutschen Nationalbibliografie; detaillierte bibliografische
Daten sind im Internet über http://dnb.d-nb.de abrufbar.

MIX
Papier aus verantwortungsvollen Quellen
FSC® C083411
FSC
www.fsc.org

Umschlagmotiv: photocase.de/johny schorle
Umschlaggestaltung: Tobias Doetsch
Gestaltung Innenteil: César Satz & Grafik GmbH, Köln
Druck und Bindung: CPI – Clausen & Bosse, Leck
Printed in Germany 2013
ISBN 978-3-95451-154-9
Thüringen Krimi
Originalausgabe

»Die Welt hat genug für jedermanns Bedürfnisse,
aber nicht für jedermanns Gier.«
Mahatma Gandhi

Prolog

Es waren vier Autos, die im Morgengrauen vor dem Appelhof von Leo Geißenhöhner eintrafen, einem ehemaligen Gestüt, das der Vater des heutigen Inhabers schon in den fünfziger Jahren zu einem Rinderzuchtbetrieb umgebaut hat. Im ersten Wagen, einem grauen Opel mit zivilem Kennzeichen, saßen zwei junge Kriminalbeamte. Der zweite Wagen wurde vom zuständigen Amtstierarzt gesteuert, der eine dicke Backe hatte. Zahnschmerzen plagten ihn schon seit Mittwoch, aber er konnte sich nicht zu einer Schmerztherapie aufraffen – er hatte Angst vor dem Zahnarzt. Das dritte Fahrzeug schließlich war ein Funkstreifenwagen mit zwei Beamten in Uniform, die die Aufgabe hatten, den Einsatz des Amtstierarztes abzusichern. Im letzten Wagen, einem Kleinbus der Polizei, saßen sechs Beamte einer Sondereinheit zur Tatortaufnahme.

Leo Geißenhöhner selbst saß unrasiert und noch nicht ganz ausgeschlafen in Cordhose und Unterhemd am Frühstückstisch, als es an der Tür klingelte. Er schaute seine Frau verwundert an, die mit den Schultern zuckte. Dann schlurfte er zur Haustür und öffnete.

»Steinmetz, Zentrale Kriminalinspektion Göttingen. Herr Leopold Geißenhöhner?«, fragte einer der beiden zivilen Polizisten und hielt ihm einen Ausweis unter die Nase. Ohne auch nur eine Antwort abzuwarten, setzte er fort: »Sie werden beschuldigt, Ihre Tiere mit verbotenen Mitteln behandelt und so die Lebensmittelsicherheit in Niedersachsen erheblich gefährdet zu haben.«

»Ich habe hier«, setzte sein Kollege fort, ohne dass der verdutzte Geißenhöhner bisher einen Ton gesagt hat, »einen Durchsuchungsbeschluss des Amtsgerichtes Göttingen. Bitte kooperieren Sie mit den hier anwesenden Beamten während der Durchsuchung.«

»Danach«, nun sprach wieder der Mann, der sich mit Steinmetz vorgestellt hatte, »begleiten Sie uns bitte zu einer Befragung in die Inspektion.«

Der Kalender zeigte den 13. April 2012. Ein Freitag, übrigens.

1

Ein schöner Maitag ging zu Ende. Es war einer jener Tage, die die Hoffnung schenken, der Sommer würde in diesem Jahr schöner und beständiger sein als der des Vorjahrs. Frühlingshaft frisch noch am Morgen präsentierte er sich am Abend so wunderbar warm, dass es Bachs gegen zwanzig Uhr dreißig, als sich die Sonne gerade mit einem kräftigen Abendrot verabschiedete, noch eine Weile auf dem Balkon aushielten. Von seinem Hochsitz aus konnte Günter Bach auch den Radfahrer sehen, der angestrengt die Landstraße in Richtung Oberbrunn, einem kleinen Nest vor den Toren Riedburgs am Rande des Thüringer Beckens, strampelte. Auch den silbernen Pkw nahm er wahr, der drei oder vier Minuten später denselben Weg nahm. Beim restlichen Geschehen an diesem schönen Maiabend war Günter Bach jedoch nur noch Ohrenzeuge.

Im Gegensatz zu Olaf Bertl. Bertl nutzte ebenfalls den Abend. Er drehte eine Runde auf seinem Rad. Von Oberbrunn aus kam er über Gernstedt und Sachsendorf in einer Art Dreieck wieder nach Hause. Vierzehn Kilometer waren das, und als er sie das erste Mal absolviert hatte, war er mächtig stolz auf sich. Der Arzt hatte ihm dringend zu Bewegung geraten. Das Gewicht und das Herz, man kennt das ja. Aber inzwischen nahm er die Runde schon recht routiniert. An diesem Abend sah er den Radfahrer im Gegenverkehr schon von Weitem. Er hatte bereits sein Licht eingeschaltet, Fußgänger würden ihre Taschenlampe erst anknipsen, wenn es schon fast finster war.

Dann kam der Pkw. Er behielt sein Licht auch dann aufgeblendet, als er den Radfahrer vor sich längst sehen musste. Fast schien es, als beschleunige er noch. Hoffentlich kein Besoffener, dachte Bertl.

Ein mächtiger Knall. Bertl wusste erst gar nicht, woher. Unmittelbar danach schossen der Mann und sein Fahrrad fast senkrecht in die Höhe, wurde der schlimmste Alptraum wahr. Ein Scheppern, als das Rad wieder auf der Landstraße auftraf, mit eher dumpfem Geräusch folgte dann der Körper. Olaf Bertl achtete nicht auf das Auto, das jetzt schon an ihm vorbei war und dessen Bremsleuchten aggressiv rot aufleuchteten. Er trat kräftig in die Pedale. »Du musst helfen. Du musst helfen. Du musst helfen«, hämmerte es in seinem Kopf. Er war kein mutiger Mann und hatte sich bei Berichten über Unfälle immer gefragt, wie es wohl sein müsste, so eine Extremsituation selbst zu erleben. Doch jetzt, da es vor seinen Augen passierte, hatte er gar keine Zeit mehr, über seine Furcht nachzudenken. Jetzt funktionierte er nur noch.

Bei dem Unfallopfer angekommen, sprang er vom Rad und ließ es achtlos zu Boden fallen. Der Verunglückte lag am Fahrbahnrand auf dem Rücken. Sein linker Unterschenkel war unnatürlich nach außen verdreht, die Hose zerrissen, rings um das Knie breitete sich ein dunkler Fleck aus, der Mann blutete. Auch der Ärmel seines Jacketts war halb abgerissen, darunter war eine Schürfwunde zu sehen. Er war semmelblond, und sein Gesicht war weiß wie die Wand. Olaf Bertl sprach ihn an.

»Können Sie mich hören?«, fragte er.

Der junge Mann versuchte ein Nicken, wobei sich sein Mund verzog. Er bewegte die Lippen. »Ja«, sagte er. Und: »Mein Bein.«

Bertl blickte unschlüssig auf den Verletzten. »Bewegen Sie sich nicht«, forderte er ihn auf. Er zog seine Trainingsjacke aus, wickelte sie zu einer kleinen Rolle und schob sie dem Verletzten unter den Nacken. »Tut Ihnen sonst noch etwas weh?«, fragte er.

Der andere lächelte matt. »Alles«, sagte er.

»Ich hole Hilfe«, versprach Bertl, fühlte sich aber gleichwohl hilflos. Sein Handy lag zu Hause auf der Flurgarderobe. Er sah sich hektisch um. Erst jetzt bemerkte er, dass der Pkw noch immer mit leuchtend rotem Bremslicht auf der Straße stand, keine zweihundert Meter von ihm entfernt. Er sprang auf und rannte los. Der Fahrer war in der Pflicht. Er hatte schließlich den Unfall verursacht. Er würde auch Hilfe rufen können. Bertls Puls raste. Als er noch knapp hundert Meter vom Auto entfernt war, gingen dessen Lichter aus. Der Motor heulte auf, und der Wagen schoss davon.

»Haaalt«, rief er. »Bleib stehen!« Doch da war nichts mehr zu machen. »Bleib stehen, du Schwein!«, brüllte er dem wegfahrenden Auto hinterher und sank erschöpft auf die Knie. Tränen der Wut und der Verzweiflung schossen ihm in die Augen.

Dann lief er wieder. Zurück. An der Unfallstelle vorbei und weiter in Richtung Gernstedt. Dass er mit dem Fahrrad viel schneller gewesen wäre, kam ihm gar nicht in den Sinn. Im Gasthaus vom alten Petermann würde er Hilfe rufen können. Dort gab es ein Telefon.

2

Eine halbe Stunde später war die Szenerie auf der Landstraße in Flutlicht und die vor Petermanns Gaststätte in das zuckende Blau von Sondersignalen getaucht.

Trotz der späten Stunde hatten sich zahlreiche Schaulustige aus dem Dorf vor der Gaststätte eingefunden, und die Streifenpolizisten, die aus beiden Richtungen die Unfallstelle absperrten, mussten immer wieder Autos mit jungen Leuten wenden lassen, die »nur so« gerade jetzt diese Straße benutzen mussten. So viel Verkehr herrschte sonst nie, aber die Polizisten kannten das Phänomen.

Die Befragung des vermutlich einzigen Zeugen fand im Innern eines Transporters der Polizei statt. »Sixpack« nannte Bertls Sohn diese Kleinbusse immer.

»Bitte schildern Sie mir jetzt noch einmal genau, wie Sie den Unfallhergang erlebt haben«, forderte ihn der Polizist auf. Blau hieß er, so stand es zumindest auf einem Namensschild an der Uniformbluse.

»Das habe ich doch Ihren Kollegen schon vor einer halben Stunde erzählt«, wies Olaf Bertl auf die Streifenwagenbesatzung, die ein wenig abseits stand.

»Nun, das sind die Kollegen von der lokalen Polizei. Wir sind die Unfallermittler, da brauchen wir das Ganze noch ein wenig genauer«, beharrte der Polizist. Er war schon erfahren und wirkte beruhigend auf Bertl.

Und so erzählte er den Polizisten eben ein zweites Mal seine Geschichte.

»Sind Sie sicher, dass der Radfahrer äußerst rechts fuhr?«, wollte der Polizist wissen.

Natürlich war er sich das nicht. Was spielte das auch für eine Rolle?

»Soso«, sagte der Polizist, der Blau hieß. »Das Unfallopfer hat Ihnen also gesagt, dass ihm sein Bein wehtue?«, hakte er noch einmal nach.

»Ja«, bestätigte Bertl. »Und wenig später sagte er, ihm tut alles weh.«

Der Polizist wechselte einen Blick mit seiner Kollegin. Die zog die Augenbraue ein wenig nach oben und zuckte unmerklich mit den Schultern.

»Stimmt etwas nicht?«, fragte Bertl.

Doch der Polizist überhörte die Frage. »Wie sprach der Mann denn?«, wollte er nun wissen. »War das klar und deutlich?«

»Schon«, sagte Bertl nach einigem Überlegen. »Ein bisschen gequält zwar. Der hatte doch Schmerzen. Also ich habe ihn gut verstanden.«

Wieder wechselten die beiden einen Blick. »Warten Sie bitte einen Moment«, forderte ihn der Polizist dann auf. Die beiden gingen vor die Tür und flüsterten. »Stimmt alles nicht«, verstand Bertl. Und: »Kripo rufen«. Schließlich kam der Polizist wieder herein und fragte ihn zu dem Pkw aus. Marke und Typ, Form und Farbe der Karosse.

Bertl musste passen. Silberfarben war das Auto. Nicht sehr groß, aber auch kein Kleinwagen, ein einfaches Auto eben. Hatte er einen Kofferraum oder war er eher stumpf wie ein Kompakter? Sogar die Form der Heckleuchten sollte Bertl beschreiben. Hatte er LEDs oder Glühbirnen? Olaf Bertl fühlte sich schlecht. Fast eine Stunde hatte er jetzt mit der Polizei verbracht und seine Aussagen gemacht. Und morgen musste er wieder früh raus.

Schwere Geschütze fährt die Polizei auf, dachte er, als wenig später zwei Zivilfahrzeuge an der Unfallstelle eintrafen. Ein grauer VW-Transporter und ein Pkw. Glücklicherweise war er wenig später entlassen. Die Herren hatten sich als Kriminalpolizei vorgestellt und ihn gebeten, sich für eine weitere Befragung zur Verfügung zu halten. Zudem baten sie ihn, über die Befragungen zu schweigen, bis die Ermittlungen abgeschlossen waren. Na ja, Unfallflucht, das nehmen die wenigstens ordentlich ernst, dachte er.

3

Konflikte waren Alexander Böhnkes Stärke nicht. Doch hatte es sich der Ressortleiter Landespolitik der Riedburger Rundschau längst abgewöhnt, ihnen aus dem Weg zu gehen. Harmoniebedürftigkeit war eine Eigenschaft, die er sich nicht leisten konnte. Zu unterschiedlich waren die Temperamente der Kollegen.

»Knall bitte nicht so mit der Tür, ich kann das nicht ausstehen«, brummte Hartmann, sein Polizeireporter. Ein erfahrener Mann, einer der Besten im Team. Natürlich auch einer mit Ecken und Kanten.

»Du weißt genau, warum ich hier bin«, fauchte Böhnke.

»Natürlich weiß ich das.« Hartmann rollte auf seinem Drehstuhl herum und grinste seinen Chef breit an. »Wegen dem Milchreisbubi.«

Böhnke ließ sich nicht provozieren. »Das kannst du nicht bringen. Wenn ich sage, dass ihr beide das Thema beackert, dann habe ich mir was dabei gedacht.«

»Und wenn ich dir sage, dass ich mit so einem Spinner nicht zusammenarbeite, dann habe ich mir auch was dabei gedacht.«

»Du pflegst nur deine Eitelkeiten, du großer Einzelkämpfer.« Böhnke höhnte. Hartmann steckte demonstrativ die Hände unter die Achseln. »Aber der Junge braucht eine Aufgabe, und er braucht einen Mentor«, setzte Böhnke fort. »Und in diesem Fall ist seine Aufgabe, dich bei deinen Recherchen zu unterstützen.«

»Mal ehrlich, Alex, der ist doch keine Unterstützung. Der braucht keinen Mentor, der braucht ein Kindermädchen. Der kann doch nicht zwei Minuten die Klappe halten.«

»Versuch es gar nicht erst. Christian Wendler arbeitet mit dir gemeinsam an dem Futtermittelskandal. Was ich bis jetzt weiß, ist der Junge gar nicht so schlecht. Und wage es nicht noch einmal, mich deswegen vor versammelter Mannschaft so anzugehen wie gestern. Du und Wendler, ihr bleibt ein Team.«

»Dein letztes Wort?«

»Mein letztes Wort.«

Hartmann drehte seinen Bürostuhl betont gelassen wieder zum Schreibtisch. »Ach rutsch mir doch«, brummte er.

»Du hast ihn schon eingewachst, ich weiß«, konterte Böhnke fast vergnügt. »Wo steckt Wendler eigentlich?«

Hartmann grinste. Der Ball war wieder bei ihm, und er würde sich den Punkt nicht entgehen lassen. »Ich bin nicht sein Kindermädchen«, sagte er. »Ich weiß es wirklich nicht, er hat sich bei mir auch noch nicht gemeldet.«

Böhnke machte »Hm«, blickte auf die Uhr und schloss die Tür wieder von außen. Leise diesmal.

Hartmann widmete sich wieder seinem Tagwerk. Und das war ziemlich langweilig, sah man mal von dem Futtermittelskandal in Niedersachsen ab. Der Polizeibericht der Riedburger Direktion gab nicht viel her – eine Lkw-Kontrolle auf der A 4 mit detaillierten Ergebnissen würde ebenso in der Schmuddelspalte auf Seite drei verschwinden wie der tödliche Unfall mit Fahrerflucht, bei dem gestern Abend ein Radfahrer überfahren wurde. Er kopierte den Wortlaut der Meldungen in die Spalte, wo er sie später bearbeiten würde. Dafür nutzte er immer die Zeit nach dem Mittag; wenn man zu träge zum Denken war, konnte man immer noch Nachrichten redigieren.

Er griff nach einer schon respektabel dicken Mappe, auf deren Titelschild mit Bleistift »Operation Boves« stand. Er lächelte. Der Neue war vielleicht gar nicht so übel, nur furchtbar übereifrig und daher anstrengend. Hartmann erinnerte sich an den ersten Tag, an dem ihm Wendler zugeteilt wurde.

Angeklopft hatte er da noch, und als Hartmann absichtlich nicht antwortete, war er vorsichtig ins Zimmer gekommen. »Waaas?«, hatte Hartmann ihn angeherrscht, noch hoffend, den Neuen allein durch seine Gereiztheit abzuschrecken. Doch der hatte gar nicht darauf reagiert, war stracks durch den Raum gekommen und hatte sich neben ihm aufgebaut. »Ich habe schon mal durchgesehen, was die anderen heute zu dem Fall hatten«, hatte er gesagt und einen kleinen, sauber ausgedruckten Pressespiegel auf die Schreibtischecke gelegt. »Außerdem habe ich hier die Tickermeldungen seit dem letzten Andruck.« Ein zweiter Papierstoß, schön im Winkel versetzt. »Ich würde unseren Fall ›Operation Boves‹ nennen«, hatte er unbekümmert hinzugesetzt.

»Du würdest was?«

»Operation Boves. Ist doch ein schöner Name. Boves ist der lateinische Name für das Rind.«

Hartmann hatte fassungslos den Kopf geschüttelt. Mit was für Krimskrams sich der Junge aufhielt. »Lateinisch, soso.«

Christian Wendler, Volontär bei der Rundschau seit zwei Wochen, war jung und sah noch jünger aus. Seine knabenhaft schmale Statur und praktisch nicht vorhandener Bartwuchs unterstrichen den pennälerhaften Eindruck. Er hatte seine semmelblonden Haare in gegelten Strähnen nach vorn gelegt und trug eine hochmodische Hornbrille, die ihn genauso altklug aussehen ließ, wie er sich gab. Eine Nerd-Brille, so hieß das wohl heute. Wendler hatte ein Studium der Politikwissenschaften mit ausgezeichneten Ergebnissen abgeschlossen. An derselben Uni übrigens wie Böhnke. Kein Wunder, dass der ihn protegierte, dachte Hartmann. Die erste Station für den Neuen war die Landesredaktion. Hätte Chefredakteur Grieshaber ihn nicht ins Lokale stecken können? Sollte er doch erst mal über die Kaninchenzüchter und die Dorfparlamente schreiben. Dort hatten sich schließlich alle von ihnen erst mal die Hörner abgestoßen.

»Gattungsbezeichnung«, hatte Hartmann leicht belustigt wiederholt. Unmerklich hatte sich ein Lächeln in seine Mundwinkel gestohlen. Er hatte den Neuen sanft vor die Brust gestoßen. »Komm, wir gehen uns erst mal in der Kantine stärken. Vielleicht gibt es ja was Leckeres vom Bores.«

»Boves«, hatte Wendler gewissenhaft korrigiert. »Es heißt Boves.«

Nein, so richtig warm würde er mit ihm sicher nicht werden. Doch Hartmann blieb gelassen. Die Verweildauer der Neuen in der Landesredaktion war ohnehin begrenzt, und wenn er erst durch die Ressorts durch war, hatte er große Chancen, für ein, zwei Jahre im Lokalen zu verschwinden. Dort könnte der kleine Verschwörungsfanatiker seine weiteren »Operationen« abwickeln.

4

Steffi Schmaerse bekam den Fall in der Morgenbesprechung. Ihr Chef schob ihr den Vorgang über den Tisch und versah ihn mit den höchsten Prioritäten.

»Vergiss vorerst alles andere«, sagte er, nachdem er die Leiter der anderen Dezernate entlassen hatte. »Schau dir das hier mal genauer an. Ein tödlicher Unfall mit Fahrerflucht und einem höchst dubiosen Zeugen. Der sagt, er hätte mit dem Opfer noch gesprochen.«

»Was ist daran so ungewöhnlich?«, fragte sie.

»Der Mann hatte einen aufgeplatzten Schädel, mit dem hat sicherlich niemand mehr gesprochen.«

Steffi nickte. »Wollte sich vielleicht nur wichtigmachen, der Zeuge«, sagte sie, »wäre nicht das erste Mal.«

Ihr Chef winkte ab. »Du wirst es rauskriegen. Der muss zum Schluss ganz schön nervös gewesen sein. Nach der Verkehrspolizei haben ihn auch noch die Kollegen vom Dauerdienst befragt. Vielleicht war es auch einfach nur Stress, und ihm ist die Phantasie durchgegangen. Abklären müssen wir es trotzdem. Also bitte: dringend.«

Die noch recht dünne Akte ließ die erfahrene Kriminalistin gleich mehrfach stutzen. Der Zeuge blieb bei allen Befragungen dabei: Das Opfer habe erst über Schmerzen im Bein geklagt und dann angegeben, ihm tue alles weh. Auch an dem Zeugen war nichts ungewöhnlich. Ein fünfzigjähriger verheirateter Versicherungsmakler aus dem Nachbardorf, keine Vorstrafen, keine Ermittlungen in den letzten Jahren.

Hier würde wohl zunächst die Gerichtsmedizin ihr Urteil abgeben müssen. Eine dringende Vorladung für den Zeugen veranlasste sie dennoch. Sie wollte sich selbst ein Bild von der Glaubwürdigkeit des Mannes machen. Warum tat einer so was? Warum erfand einer bei einer so offenkundigen Geschichte einfach noch was dazu? Und warum blieb er so hartnäckig dabei?

Der Tote war fünfundzwanzig Jahre alt, gebürtig in Gernstedt, seit Kurzem mit einer gewissen Radegunde Korbmacher in Riedburg lebend und auch dort arbeitend. Der Leiter der Verkehrspolizeiinspektion hatte ihr am frühen Morgen die Nachricht vom Tod ihres Freundes übermittelt. Inzwischen waren auch seine Eltern informiert. Die Mutter des Toten, eine fünfzig Jahre alte Finanzbeamtin, erholte sich gerade von einer Hüftoperation. Jeden Tag hatte der junge Mann nach ihr gesehen, hatte nach der Arbeit den Weg über Ottobrunn nach Gernstedt genommen, um seine Mutter zu besuchen.

Steffi Schmaerse musste an ihre eigene Mutter denken. Der Vater war vor drei Jahren an einer rätselhaften Stoffwechselerkrankung gestorben. Ihre Mutter hatte sich rührend um ihn gekümmert, bis zum letzten Tag hatte sie ihn zu Hause behalten. Nicht einmal die Todesursache war gänzlich ausgeklärt worden. Steffi Schmaerse wollte auf einer Obduktion bestehen, ihre Mutter hatte sich geweigert. Er war alt, hatte sie gesagt. Und er war zwei Jahre lang krank gewesen. Menschen sterben nun mal. So einfach ist das, hatte die Mutter gesagt.

Steffi wusste, dass es eben nicht so einfach war. Und dennoch fragte sie sich, wie es wohl wäre, wenn ihre Mutter bettlägerig wäre. Würde auch sie jeden Tag nach der Arbeit, nachdem sie sich den ganzen Tag mit unnatürlichen Todesfällen beschäftigt hatte, zu ihr fahren? Sie hätte weder die Zeit noch die Kraft dazu.

Der junge Mann, der nun kalt und mit zerborstenem Schädel im Leichenschauhaus der Rechtsmedizin lag, hatte offensichtlich die Kraft. Na ja, der war Mitte zwanzig. Da konnte man noch einen langen Tag durchstehen. Nicht, dass sie das nicht auch könnte, aber danach war sie oft einfach nur noch kaputt und müde. Vielleicht sollte sie wirklich bald ihren Urlaub nehmen. Frank Hölbing, ihr Stellvertreter, hatte es ihr schon mehrfach angeboten, nachdem er mitbekommen hatte, dass ihr Chef deswegen sogar drängelte. »Spannen Sie mal aus, Steffi«, hatte er gesagt.

Sie vertiefte sich wieder in die Akte. Gut also: Mit der Lebensgefährtin und den Eltern des Opfers waren alle wichtigen

Bezugspersonen verständigt. Wenigstens das bleibt mir erspart, dachte Steffi.

Radegunde – was für seltsame Namen Eltern ihren Kindern doch mit ins Leben gaben.

5

In der Kantine ließ sich Hartmann eine Portion Steak mit Letscho und Pommes reichen. Das mochte er gern, am liebsten noch das, was er als DDR-Letscho kannte und was damals aus Bulgarien importiert wurde. Er setzte sich an den Tisch mit den Kollegen aus der Landesredaktion. Es war eine schöne Tradition, gemeinsam zu essen. Das wurde oft bis zu einer Stunde ausgedehnt und war manchmal ergiebiger als die Redaktionssitzung. Natürlich nur, wenn es um dienstliche Themen ging. Kam einer gerade aus dem Urlaub, drehten sich die Gespräche ausschließlich um dessen Erlebnisse.

Böhnke fehlte heute, er war zum Chefredakteur gerufen worden. Auch Isabell, Böhnkes Sekretärin und das Sonnenscheinchen in der Landesredaktion, kam erheblich später. Die meisten hatten schon ihr Besteck auf dem leeren Teller abgelegt, als die junge Frau an den Tisch geeilt kam – ohne Tablett.

»Isst du nicht mit?«, fragte Melitta, die Ratgeber-Tante.

Doch Isabell reagierte gar nicht darauf, sondern platzte gleich mit der Neuigkeit heraus: »Gestern Abend ist ein Radfahrer überfahren worden.«

Mehrere Augenpaare blickten sofort zu Hartmann, als ob eine Meldung aus dem Polizeibericht erst seiner Bestätigung bedürfe, um wahr zu sein. Hartmann wischte sich den Mund mit einer Serviette ab, noch halb kauend. »Ja doch«, sagte er trocken.

»Und wisst ihr, wer das war?«, fragte Isabell in die Runde. »Der Tote ist Christian Wendler!«

Hartmann hörte auf zu kauen, Melitta entfuhr ein »Oh Gott!«, bevor sie mit plötzlich erbleichendem Gesicht in Richtung Toilette stürzte, und der Rest der Truppe schaute bestürzt und betroffen zur Überbringerin der schlechten Nachricht. Hartmann vergaß das Kauen und schüttelte fassungslos den Kopf. Augenblicklich meldete sich sein Reizdarm zu Wort, sorgte für Gefühle, als würde in seinen Eingeweiden gerade umgerührt. Er kannte das gut, schleppte das heimliche Leiden schon seit dem

Studium mit, obwohl es in den letzten Jahren glücklicherweise nachgelassen hatte.

Noch vorgestern hatte er mit Wendler gemeinsam in der Kantine gegessen. Er hatte Königsberger Klopse bestellt, Christian Wendler einen Chefsalat. Der wird es mal weit bringen, wenn er mit Chefsalat anfängt, hatte Hartmann spöttisch bei sich gedacht. Eine Stunde später kannte er drei Theorien, wie John F. Kennedy umgebracht wurde, und wusste, dass die Anschläge vom 11. September nicht von Al Kaida, sondern von der CIA verübt wurden, um einen Vorwand für den Kreuzzug gegen den Terror präsentieren zu können.

Später befand er das von Wendler gesammelte Material als brauchbar. Er hatte ihn dennoch ohne anerkennendes Wort nach Hause geschickt. Nein, er konnte ihn nicht wirklich leiden.

»Ich muss das erst mal verdauen«, sagte Hartmann mit abweisender Miene, schob den Stuhl zurück, nahm ohne ein weiteres Wort sein Tablett und verließ die Runde.

Nachdem er von der Toilette zu seinem Arbeitsplatz zurückgekehrt war, fand er auf seinem Computer eine Kurzmitteilung. »13.30 Uhr bei mir. -ab-« stand auf dem kleinen gelben Zettel. Alexander Böhnke wollte seinem Team die schlechte Nachricht auch offiziell verkünden. Was gab es dabei noch zu sagen? Hartmann hob die Polizeimeldung über den tödlichen Unfall aus der Schmuddelspalte in die Überspitze. Böhnke würde sicherlich neben der Nachricht einen Nachruf verfassen wollen.

6

Elisabeth Dallmann war eine Schönheit, ja, genau das, was man rassig nennt. Eine schlanke Figur, die am besten in engen Jeans zur Geltung kam, lange, gelockte und rabenschwarze Haare, schwarze funkelnde Augen und immer ein offenes Lachen auf den Lippen, fiel es ihr nicht schwer, die Männer reihenweise zu umgarnen. Doch die dreiundvierzigjährige Tierärztin hatte ein eher sporadisches Liebesleben und war zufrieden damit. Zumal es bei den seltenen Gelegenheiten eher heftig zuging.

Dass sie während ihrer Mittagspause eine SMS auf ihr Handy bekommen hatte, fiel ihr erst auf, als sie das Telefon im Labor wieder aus ihrer Handtasche nahm, um es auf ihrem Schreibtisch zu deponieren. Sie kam von Jesus. »Komm bitte in den Messi«, forderte er sie auf. Die Nachricht kam von seinem Prepaid-Handy, dessen Nummer sich alle halbe Jahre änderte. Man könne nie vorsichtig genug sein, sagte Jesus immer. Sie lächelte. Das hatte er schon während des Studiums gesagt. Und da war an Handys noch nicht zu denken. Dass sie die Pille nahm, schien ihn nicht zu interessieren. Ein Kondom war Pflicht – man kann nie vorsichtig genug sein.

Sie rief auf ihrem kleinen privaten Netbook den Live-Messenger auf. Jesus war online.

»hallo süßer«, schrieb sie. Sie schrieb das gern, weil sie wusste, dass sie ihn damit aufziehen konnte.

»hallo elisabeth, alles schön bei dir?«, schrieb er zurück. Offenbar ging es um eine sehr ernste Angelegenheit. Nur dann nannte er sie beim richtigen Namen. Wollte er sie ärgern, versuchte er es mit Elli. Das konnte sie nicht leiden. Und wenn er zärtlich war, was nach der langen Zeit immer wieder passierte, vor allem auf die Entfernung, dann war Lissi der Name, bei dem sie einfach dahinschmolz.

»was gibt es eiliges?«, fragte sie.

»die gefahr ist vorläufig gebannt«, schrieb er. »der kleine schnüffler wird uns nicht mehr zusetzen«

»hast du ihn gekauft?«
»das war nicht mehr nötig, ihm ist etwas zugestoßen«
»erklär das!«
»er hatte gestern abend einen verkehrsunfall«
»was ist passiert?«
»er war mit seinem rad einem autofahrer im weg«
»hast du damit zu tun?«
»gott bewahre, ich doch nicht. ich war brav zu hause bei frau und kinderlein«
»du und brav *lach*«
»im ernst. das war ein unfall mit fahrerflucht, aber wenn man mich fragt, ich habe ein astreines alibi«
»du hast doch damit zu tun«
»habe ich nicht«
»ich kenn dich«
»hör mal, ich hatte in letzter zeit ein paar auslagen, die werden wir wieder aufteilen müssen«
»jesus! was ist da gelaufen?«
»nichts, worüber du dir sorgen machen müsstest«
»sicher?«
»sicher. kümmer du dich weiter um die produktion«
»wollen wir nicht aussetzen nach dem, was passiert ist?«
»nein. stell doch nicht immer alles in frage. geißenhöhner war ein ausnahmefall, das passiert nicht wieder«
»ich weiß nicht«
»du stellst zu viele fragen, mach einfach, was deine aufgabe ist, okay?«
»ich will dich mal wiedersehen«
»das geht im moment schlecht, aber vielleicht mal im september, für ein wochenende«
»versprich nicht, was du nicht halten kannst«
»im september, ich denke, das klappt«
»ich würde mich freuen«
»ich muss jetzt wieder«
»jesus?«
»ja«
»ich freu mich auf dich«

»alles wird gut, lissi, versprochen«
»danke und bussi«
»bussi und bye«
Die übliche Abschlussfloskel.
Elisabeth Dallmann loggte sich aus und starrte lange auf den Bildschirm. Sie machte sich doch Sorgen. Sie kannte ihren Jesus.
Schließlich stand sie auf und ging in das kleine Lager hinter ihrem Labor. Vier Kartons standen bereit. Morgen würde der Kurier kommen.

7

Peter Hartmann blickte über den oberen Rand seines Monitors aus dem Fenster hinaus. Der Himmel war strahlend blau, ein paar dicke Haufenwolken segelten über den Frühlingshimmel. Es hätte ein schöner Tag werden können. Hätte. Er runzelte die Stirn und blickte nach rechts. An dem schmalen Schreibtisch unter dem großen Jahreskalender, den er immer nur als Ablage benutzte, hatte noch gestern der Neue gesessen. Er hatte ihn immer »der Neue« genannt oder »Junge«. War er weit weg, dann sprach Hartmann auch schon mal vom »Milchreisbubi«. Denn genauso sah er aus. Doch der Milchreisbubi hatte einen Namen. Christian Wendler. Nun war er tot.

Wenn Hartmann sich ein wenig anstrengte und die Augen ein bisschen zusammenkniff, konnte er noch das Bild von Christian Wendler heraufbeschwören. Dessen schmaler Rücken war stets wie angestrengt gekrümmt, wenn er aufmerksam die Zeitung las. Vor ein paar Tagen erst hatte Hartmann ihn ertappt, wie er die Todesanzeigen im Riedburger Lokalteil regelrecht studierte. Hartmann war an diesem Tag ohnehin gereizt gewesen, weil Grieshaber das Rauchen in den Redakteurszimmern strikt untersagt hatte. Hartmann und die anderen drei Raucher in der Landesredaktion mussten seither entweder ins Treppenhaus ausweichen, wo ein alter verbeulter Kugelascher stand, oder ganz hinten in den Flur, wo Grieshaber gegenüber der Kammer mit den Reinigungsgeräten ein kleines Kabuff zum Raucherzimmer deklariert hatte, wo nun jedoch immer die Luft stand.

»Was liest du da eigentlich?«, hatte er den Jungen angefahren.

Der Volontär war herumgefahren wie ertappt. »Die Todesanzeigen«, sagte er.

»Ja, das sehe ich«, raunzte Hartmann. »Und warum zum Teufel tust du das?«

»Na, um die Wer-mit-wem-Frage zu klären«, kam es wie aus der Pistole geschossen. Hartmann runzelte die Stirn und hob die Brauen. Das hatte gereicht, um den Neuen zu einer längeren Erklärung zu ermuntern. »Wer mit wem. Das ist doch ganz einfach: Ich lese mir unter den Anzeigen die Namen durch, sofern mir der Name des Verstorbenen irgendetwas sagt. Auf diese Art und Weise bekomme ich mit, wer mit wem verwandt ist.«

Das unsichtbare Fragezeichen auf seiner Stirn war danach jedoch nur noch größer geworden, und Christian Wendler hatte ihn angesehen, als wäre er schwer von Begriff.

»Ich erklär's Ihnen«, hatte er angeboten, sich die Zeitung geschnappt und eilfertig auf Hartmanns Platz ausgebreitet. »Sehen Sie hier: Wilfried Engler ist gestorben, das ist der Besitzer vom Opel-Autohaus in der Südvorstadt.«

»Ich weiß, wer Wilfried Engler war«, hatte Hartmann ungeduldig entgegnet.

»Nun, und hier haben wir die Hinterbliebenen: Hannelore Engler als Frau, Siegfried Engler als Sohn und Petra Grünberg, geborene Engler, als Tochter.«

»Ja und?«

»Petra Grünberg, na?«, hatte Wendler gefragt und Hartmann erwartungsvoll ins Gesicht geblickt. Doch der schaltete nicht.

»Petra Grünberg ist die Leiterin der Zulassungsstelle.«

»Wenn sie das ist«, gab Hartmann zu bedenken.

»Ja, wenn sie das ist. Aber das ist doch interessant!«

»Was soll denn daran interessant sein?«, hatte Hartmann gefragt.

Der Volontär wirkte enttäuscht und verunsichert. »Na ja«, suchte er nach einer Begründung. »Wenn man das regelmäßig macht, weiß man irgendwann genau, wer in der Stadt mit wem verwandt ist, wer mit wem verbunden ist, wer wem einen Gefallen schuldet. Das kann doch bei Recherchen nützlich sein.«

Hartmann hatte Wendler angeschaut, als hätte er ihn noch nie gesehen, und dann langsam den Kopf geschüttelt.

»Und das willst du dir alles merken?«

»Steter Tropfen«, hatte Wendler fröhlich gesagt und dabei mit übertrieben verschwörerischer Geste das rechte Augenlid heruntergezogen. »Sie verstehen? Mit Facebook geht das genauso.«

»Liest du dort auch die Todesanzeigen?«, hatte Hartmann gespöttelt.

Doch der Junge ließ sich nicht beirren. »Die Freundeslisten schau ich mir schon genauer an.«

»Und was schlussfolgerst du daraus?«

»Nun – der Chefredakteur zum Beispiel. Der hat zwar einen Facebook-Account, aber kaum Freunde in der Firma. Lediglich der Vize, der Chef vom Dienst und die Riedburger Lokalredakteurin sind da eingetragen.«

Hartmann hatte losgelacht. »Um zu wissen, wie beliebt Grieshaber ist, brauchst du nicht Facebook zu studieren, da hättest du auch mich fragen können.«

Wendler zog einen Schmollmund. Nun sah er endgültig aus wie ein Kind. Oder wie eine Tunte, befand Hartmann für sich.

»Ich kann gern mal aus Ihrem Account Schlussfolgerungen ziehen«, hatte er angeboten.

Hartmann hörte auf zu lachen, betrachtete den Jungen aufmerksam und kniff die Augen zusammen. »Okay, dann tu das. Aber mach das zu Hause, wenn du freihast. Und leg die Todesanzeigen weg.« Eifrig faltete Christian Wendler die Zeitung zusammen. Hartmann nickte zufrieden.

»Machst du mir wieder einen Pressespiegel?«, hatte er dann gefragt. Und der Neue hatte gestrahlt.

Als würde er noch die Stimme von Christian Wendler hören, hatte Hartmann die Szene deutlich vor sich. Plötzlich bedauerte er, nun nie zu erfahren, was Wendler aus seinem, Hartmanns, Facebook-Account hätte herauslesen können.

8

Andreas Weller ließ seinen Geländewagen bis fast zum Waldrand hinauf sanft den Feldweg auf- und abschaukeln. Er hatte es nicht eilig. Hier oben war trotz der späten Stunde sogar noch Sonne, während sein Hof unten im Tal schon seit mehr als einer Stunde im Schatten lag. Weller stoppte, stieg aus und ließ den Motor laufen. Mit der Hand strich er durch das mehr als kniehohe Gras. Noch diese Woche würde er mit der ersten Mahd beginnen. Im Prinzip könnte er gleich damit anfangen, ja, fast bedauerte er, nicht mit dem Mähwerk am Traktor hier hochgefahren zu sein. Sein Vater hat auf den Bergwiesen noch die Rinder weiden lassen. Die Durchmischung des Trockenrasens mit Kräutern sei die beste Basis für den Käse, hatte er stets behauptet. Das mochte sogar richtig gewesen sein, zumindest, als noch sein Vater den Hof bewirtschaftete. Der hatte ja auch noch mit eigenen Rückepferden das Holz aus dem Wald geholt. Doch so betrieb man heute weder Land- noch Forstwirtschaft. Weller junior war klug. Und er war seinem Vater dankbar, dass er ihn nach Weihenstephan auf die Uni geschickt hatte. So konnte er das auf dem väterlichen Hof Gelernte auch wissenschaftlich umsetzen.

Als Weller senior vor zehn Jahren starb, viel zu früh noch und ohne jeden ersichtlichen Grund, sein Herz hörte einfach auf zu schlagen, da war für den Sohn der Weg frei, neue Ideen auszuprobieren und den Hof betriebswirtschaftlich auf ein anderes Fundament zu setzen. Die Produktion von Fleischrindern war seine Spezialität, nur ein paar von den alten Milchkühen behielt er aus Sentimentalität. Doch Fleisch war am Ende das, was Geld brachte. Ordentliches Geld. Und er verzichtete auf Kraftfutter aus der Fabrik. Sein Vieh kam auf die Weide. Das ließ das Fleisch viel schmackhafter werden. Die Kunden wussten das. Und sie wussten das mehr und mehr zu schätzen – man merkte seit Jahren, dass die Deutschen viel bewusster mit Lebensmitteln umgingen.

Andreas Wellers Weiden lagen allesamt im Flusstal. Dort wuchs das Gras schneller nach als hier oben auf den Berghängen, wo er lediglich Heu für den Winter produzierte. Auch die Waldflächen hatte Weller nach dem Tod seines Vaters behalten. Er hatte sie günstig an den Staatsforst verpachtet.

Andreas Weller machte gutes Geld und sollte sich keine Sorgen machen. Das tat er aber dennoch. Denn eines seiner Betriebsgeheimnisse war, nun ja, gewissermaßen am Rande der Legalität. Nein. Streng genommen war es einfach verboten. Drei Jahre nach dem Tod seines Vaters hatte es angefangen. Ein alter Freund aus Studienzeiten hatte ihn besucht und sehr verschwörerisch getan. Nicht einmal bei ihm zu Hause wollte er übernachten. Er bestand darauf, in einem Hotel abzusteigen, so einem Gästecontainer gleich an der Autobahn. In der Stadt hatten sie sich dann getroffen, in einem Restaurant.

Und dort hatte Weller das erste Mal von der wundersamen Methode gehört, mit einer einfachen und einmaligen Hormongabe das Schlachtgewicht seiner Tiere deutlich zu steigern. Natürlich war das nicht erlaubt. Aber es klang nicht nur einfach, es klang auch risikolos, und vor allen Dingen: Da war nichts, was ihm in Sachen Gesundheit Sorgen machen musste. Risiken? Nebenwirkungen? Es war ein Hormon, das die Tiere auch selbst produzierten. Der Mund hatte ihm vor Staunen offen gestanden.

Obwohl er längst kein Heißsporn mehr war, fing er sofort Feuer. Als sein ehemaliger Kommilitone ihm aktuelle Studien aus der Forschung vorlegte, nach denen es nur noch eine Frage der Zeit war, bis das Verfahren nicht nur legalisiert, sondern auch bei den industriellen Fleischerzeugern in großem Stil angewendet werden würde, gab das zumindest innerlich den Ausschlag für sein Ja. Und für sein Versprechen, über den Vorgriff auf die Legalisierung gegenüber jedermann zu schweigen. Wenig später hatte ihm ein zweiter Freund aus der Zeit in Weihenstephan gestanden, dass er bereits die ersten Erfolge mit der neuen Methode erzielt hatte. Da sagte er endgültig zu und orderte seine erste Lieferung.

Am Ende hatte es sich auch für Andreas Weller finanziell gelohnt. Sieben Jahre schon konnte er mehr Fleisch über die

Waage schieben als seine Konkurrenten. Alle wussten das. Niemand wusste, warum. Nicht einmal seine Frau und seine beiden Beschäftigten hatten eine Ahnung. Alle nahmen an, das liege an den besonderen Weideflächen, die Wellers Rindern zur Verfügung standen.

Er fuhr noch einmal mit der Hand über die Spitzen der Gräser. Gut fühlte sich das an. Ja, verdammt noch mal, es lag an dem guten Futter. Und an seinem Wissen – nicht umsonst hatte er sein Diplom mit Auszeichnung absolviert. Natürlich auch am Wissen um das Geheimnis.

Allerdings waren das auch sieben Jahre, in denen das Verfahren eben keine Praxisreife erreichte, obwohl Weller nicht den Eindruck hatte, dass es irgendjemandem Schaden zufügte. Doch die staatsanwaltschaftlichen Ermittlungen gegen Leo bewiesen, dass der Staat nach wie vor außerordentlich empfindlich reagierte, wenn gegen das von ihm verhängte Anwendungsverbot von Hormonen in der Lebensmittelproduktion verstoßen wurde. Weller konnte das zum Teil akzeptieren. Im Grunde wusste er ja, worauf er sich einließ. Er wusste aber auch, dass die verschiedenen Verbote in Landwirtschaftskreisen sehr differenziert diskutiert wurden. In der Pflanzenproduktion übrigens noch viel mehr als bei den Tieren – man denke nur an genveränderten Mais.

Wenn nur Leo dichthielt. Leo war jetzt das schwache Glied in der Kette. Leo hatte fast alles verloren und brauchte verdammt gute Ausreden. Nach allem, was Weller wusste, spielte er gegenüber den Ermittlungsbehörden einfach den Dummen, den Ahnungslosen. Vielleicht ging das ja gut. Und verraten würde ihn Leo nicht. Das hatten sie sich feierlich versprochen. Kameraden würden einander nicht verraten. Das hatten sie sich geschworen, vor vielen Jahren schon, lange bevor es die Pille gab.

Dennoch hatte er das unbestimmte Gefühl, es würde nicht mehr allzu lange gut gehen. Schon einmal hatte er Anlauf genommen, es seiner Frau Sybille zu erzählen. Wenigstens ihr. Er hielt den Druck nicht mehr aus, den das Geheimnis ihm aufbürdete. Er hatte immer das Gefühl, irgendwann explodieren zu müssen, wenn er sich nicht jemandem anvertraute.

Andreas Weller öffnete den Reißverschluss seiner Cordhose, holte sein Glied heraus und ließ in starkem Strahl das Wasser laufen. Auch er hatte viel zu verlieren. Genau das machte ihm Sorgen.

9

Früher, als die großen Textilbuden noch standen, die Autozulieferer und das Büromaschinenwerk auch, da gab es fünf Straßenbahnlinien in Riedburg. Heute waren gerade mal drei übrig geblieben, und über die Rentabilität der Linie 5 wurde schon seit zwei Jahren im Stadtrat diskutiert. Hartmann wartete auf die 4. Die begann ihren Weg am Depot nahe dem Bahnhof und führte in den äußersten Westen der Stadt, wo der Parkfriedhof mit seinem schönen alten Baumbestand zur letzten Ruhe einlud. Dazwischen machte sie unter anderem mitten auf dem Platz der Demokratie halt, dem Herz der Fußgängerzone seiner Heimatstadt, in deren Umfeld sich die meisten schönen und lohnenswerten Geschäfte angesiedelt hatten. Wer einen Stadtbummel machen wollte und etwas Geld zum Ausgeben in der Tasche hatte, der fand sich meist hier wieder. So wie Hartmann. Er hatte einen freien Tag, seine Anette war im Salon, und er wollte auf andere Gedanken kommen. Zudem nahte der Sommer, und eine Inspektion seines Kleiderschrankes, natürlich unter Aufsicht der Gattin, hatte erst vorige Woche ergeben, dass einige seiner kurzen Hemden schon zu lange getragen worden waren.

Wendler war auch der klassische Hemdentyp gewesen. In seinen jungen Jahren war er ein bisschen so wie Wendler, dachte Hartmann, als die betagte Tatra-Bahn, auf die die Riedburger in den achtziger Jahren so stolz waren, um die Ecke quietschte. Auch er, Hartmann, hatte immer Jeans verschmäht. An die West-Exemplare war er mangels Bezugsquellen nicht rangekommen, die Jugendmode-Angebote von Wisent und Boxer waren bei den Gleichaltrigen verpönt, und der Aufwand, für eine echte oder nachgemachte West-Jeans erst nach Polen oder nach Prag fahren zu müssen, war Hartmann einfach zu hoch. So trug er Tuchhosen zu seinen Hemden – wie Wendler auch.

Platz der Demokratie. Hartmann ließ sich ins Gewühl der Menschen fallen und ärgerte sich ein wenig, am Morgen nicht so richtig aus dem Knick gekommen zu sein. Es war Freitag, früher Nachmittag. Und das bedeutete, dass die Menschen in den Verwaltungen bereits Wochenende hatten. Sie bummelten durch die Gassen oder hetzten mit vollen Beuteln aus dem Supermarkt zurück, sie standen Schlange vor den beiden Bratwurstständen, die das östliche und westliche Ende des Platzes markierten, und bevölkerten den kleinen Biergarten, mit dem der »Bürgerhof« eine Baulücke füllte. Eine Menge Studenten war schon auf dem Weg zum Bahnhof, um auf ein Wochenende nach Hause zu fahren, Geld zu tanken und Wäsche zu wechseln.

Vielleicht, so sinnierte Hartmann, als er einer jungen Frau Platz machte, die zwei quengelnde Kinder förmlich hinter sich herzog, vielleicht gab es ja noch andere Gemeinsamkeiten zwischen dem nun toten Volontär und ihm selbst. So erinnerte er sich an seine Ausbildung bei der NVA. An der Unteroffiziersschule in Perleberg war das gewesen. Perleberg, die Stadt der drei Lügen, hatten sie immer gewitzelt: keine Perle, kein Berg und keine Stadt. Unteroffiziersschüler Hartmann gehörte zu den besonders Eifrigen. Obwohl seit jeher eigentlich ein kritischer Geist und auch mit einer gehörigen Portion Intellekt ausgestattet, wollte er stets einen guten Eindruck bei den Vorgesetzten hinterlassen, drängelte sich förmlich darum, möglichst rasch dazuzugehören. Heute wunderte er sich nicht mehr, dass er damals mit seiner Art bei den Ranghöheren aneckte und unter den Gleichgestellten ein kleines bisschen als Kratzer und Ehrgeizling verrufen war. Und war nicht Christian Wendler ganz genau so? Hatte er nicht vom ersten Tage an um die Freundschaft der Kollegen förmlich gebuhlt? Wenn er damit auch in Melitta als »Urmutter« der Landesredaktion sofort den Beschützerinstinkt geweckt hatte, ihn, Hartmann, konnte er damit nicht hinter dem Ofen hervorlocken. So ein geziertes und anbiederndes Gehabe war nichts für ihn.

Plötzlich fand sich Hartmann selbst in der Warteschlange am westlichen Bratwurststand wieder. Zeit für einen kleinen Imbiss ist allemal, rief er sich einen alten Spruch in Erinnerung, den er ebenfalls bei der Armee gelernt hatte. Vielleicht hätte er sich doch lieber im Bürgerhof einen Strammen Max und ein Apoldaer Glockenpils bestellen sollen, dachte er nach einer Weile. Dort konnte man zum Bier auch eine Zigarette rauchen. Doch nun war er in der Schlange schon so weit vorgerückt, dass es geradezu verwerflich wirken würde, wieder auszutreten.

Wann war er eigentlich so geworden, wie er heute war? Wann war er vom Kratzer zum stillen Arbeiter geworden, zu einem, dem die Leistung wichtig war und nicht der Wind, der um dieselbe gemacht wurde? Seine Frau markierte immer gern die Wende als buchstäblichen Wendepunkt. »Gebrochene Biografien« nannte sie es. Kluge Frau. In der Tat traf er auch in seiner täglichen Arbeit auf Menschen, deren ganz persönliches Leben in den Jahren 1989 und 1990 einen neuen Drive bekam. Als er beispielsweise den Betreiber der Forellenaufzucht in Harleshausen porträtierte, hatte sich herausgestellt, dass dieser früher hauptamtlicher Bürgermeister der Stadt war. In einer kurzen Karriere als Versicherungsvertreter wollten die Harleshausener ihm nicht so recht vertrauen – die Forellen hingegen stellten wenig Fragen zu seiner Vergangenheit.

Hartmann war an der Reihe. »Eine Wurst«, sagte er knapp und reichte der Kassiererin ein Zwei-Euro-Stück. Sie warf es in die Kasse und säbelte routiniert ein Brötchen auf. Hartmann rückte die zwei Schritte zum Brater vor, der gerade mit der Hand eine ganze Reihe von Würsten wendete. Nie im Leben würde Hartmann mit seinen bloßen Fingern die Rostwürste anfassen können, dort, nur eine Handbreit über dem Glutbett.

Die, die ihm der Brater schließlich in sein Brötchen legte, sah gut aus. Nur zart angebräunt an den Seiten und der Spitze, oben aber schön knusprig dunkelbraun mit ein paar aufgesprungenen Stellen. Das mochte Hartmann, es war ein untrügliches Zeichen dafür, dass schon eine Menge von dem heißen Fett ausgelaufen war. Stand er selbst am Rost, dann stach er die Würste mehrmals mit der Gabel an, und Anette meckerte. Sie würden dann so trocken, beschwerte sie sich.

Aus dem großen Eimer mit dem Druckhebel zog sich Hartmann eine Spur Senf über die Bratwurst, dann biss er vorsichtig, den Oberkörper leicht nach vorn gebeugt, in des Thüringers liebsten Imbiss. Heiß war die Wurst, mit offenem Mund wälzte er das Stück mit der Zunge hin und her, bis er richtig kauen konnte.

Nein, bei ihm war es wohl nicht so sehr die Wende, die ihn verändert hatte. Da hatte er ja noch in den Leipziger Hörsälen gesessen und fasziniert den Vorlesungen der West-Dozenten gelauscht, die jetzt die fachlichen Defizite der ersten beiden stark Ideologie-geprägten Semester ausbügeln sollten. Und selbst als er nach Riedburg zur Rundschau kam, glaubte Hartmann sich zu erinnern, war er noch der eifrige Streber. Nein, er wusste es einfach nicht, wann er geworden war, wie er ist. Vermutlich war es ein schleichender Prozess, und nun ja, wenn es mit der Wende zu tun hat, dann eben mit der Wende, es spielte ja ohnehin keine Rolle mehr.

Mit der dünnen Papierserviette wischte er sich die Senfreste von Oberlippe und Mundwinkel und hielt Ausschau nach einem Papierkorb.

Als er an diesem Abend nach Hause kam, hatte er dann doch zwei kurze Hemden im Gepäck und die Einsicht, dass er am Schreibtisch schneller und präziser zu Ergebnissen kam als bei grüblerischen Selbstreflexionen.

10

Steffi Schmaerse kannte die Gänge in der Gerichtsmedizin recht gut. Die Leiterin des Dezernats »höchstpersönliche Rechtsgüter« wusste sogar noch, wann sie das erste Mal hier unten gewesen war. Sie hatte als junge Schutzpolizistin eine Mutter begleitet, die ihren toten Sohn identifizieren sollte. Das war auch ein Verkehrsunfall gewesen, ebenso wie heute, wo sie allein kam. An den Anblick von Toten würde sie sich nie gewöhnen, langjährige Erfahrungen hin oder her. Sie bewunderte die Mediziner, die Tag für Tag mit Leichen zu tun hatten, sich bisweilen sogar, so wurde ihr glaubhaft berichtet, mit ihnen unterhielten.

Heute wurde sie von Bärbel Schaffner erwartet. Die Institutsleiterin, die sogar einen Professorentitel führte, war eine ältliche und dicke Person, die wohl eher in ein Schlaflabor als in eine Gerichtsmedizin gepasst hätte. Doch die schwerfällige Aussprache täuschte. Schaffner hatte ein fulminantes Fachwissen und einen messerscharfen Verstand. Steffi schätzte beides; für irgendwelches oberflächliches Geplauder hatte sie ohnehin keine Zeit.

»Guten Tag, Frau Schmaerse, ich hab Ihren Kunden schon mal vorbereitet«, sagte sie.

»Hallo, Frau Schaffner, und ich habe ein paar Tatortfotos dabei, damit wir uns gemeinsam ein Bild machen können.«

»Eines gleich vorweg«, sagte die Ältere, »der junge Mann hatte kein besonders schönes Ende.«

»Wessen Ende ist schon schön?«, fragte Schmaerse und lächelte.

»Ach, für mich hätte ich da schon einen Wunsch«, sagte Schaffner. »Aber egal.«

Sie zog das weiße Tuch weg, mit dem der Leichnam bedeckt war. Steffi Schmaerse holte tief Luft und biss die Zähne zusammen. Sie tastete den Toten mit den Augen ab – von unten beginnend. Die Medizinerin sah es und begann mit ihren Erläuterungen.

»Der erste Kontakt mit dem Fahrzeug traf das Opfer im Bereich der linken Beckenschaufel. Sie wurde so hart getroffen, dass es hier eine durchgehende Fraktur gab, sehen Sie. Das riss nicht nur den Oberschenkel aus seiner Halterung, auch brach er glatt durch – hier sehen Sie einen leichten Knick im Bein. Auch das Knie bekam noch etwas ab.«

Schmaerse nickte. Die Verletzungen entsprachen dem üblichen Bild. »Also war es so: Das Auto knallt mit der rechten Seite vor das Rad, dessen Fahrer wird durch die Trägheit zunächst auf das Auto geschleudert und dann in die Luft katapultiert. Alles andere mit dem Kopf ist Sache der Landung.« Sie schaute flüchtig auf den zertrümmerten Schädel, dann die Gerichtsmedizinerin erwartungsvoll an. Die wiegte den Kopf.

»In diesem Falle kann ich Ihnen nur zum Teil recht geben. Die Kopfverletzungen, von denen letztlich eine multiple Trümmerfraktur mit Hirnquetschung zum Tode führte, rühren nicht vom Sturz her.«

»Nicht?«

»Nein. Es gab weitere Kontakte mit einem Fahrzeug.«

»Das heißt?«

»Das heißt, ein Auto, vermutlich ein Pkw von normaler Größe und Gewicht, ist direkt mit seinem Rad über diesen Kopf gefahren.«

Schmaerse überlegte. »Okay«, sagte sie dann langsam. »Mit anderen Worten, er ist nach dem Unfall von einem weiteren Fahrzeug überrollt worden.«

Nun war es an der Gerichtsmedizinerin zu lächeln. »Nun ja, überrollt ist vielleicht nicht der richtige Ausdruck«, sagte sie. »Aber mir fällt auch kein passenderer ein. Darf ich mal die Fotos sehen?«

»Aber selbstverständlich«, sagte Schmaerse und reichte den dünnen Hefter rüber.

Professor Schaffner vertiefte sich in die Bilder und nickte ab und an bedächtig mit dem Kopf. »Die Beurteilung des Tatortes ist natürlich Ihre Aufgabe«, sagte sie schließlich. »Aber glauben Sie, dass das Opfer viel bewegt wurde oder dass es an genau derselben Stelle liegen blieb?«

»Letzteres«, sagte Schmaerse. »Die Blutflecken konzentrieren sich auf die Stelle, an der das Opfer auf die Straße stürzte.«

»So hätte ich es auch gesehen«, sagte Schaffner. »Und nun schauen Sie mal hier.« Sie wies auf den Schädel, der trotz der Reinigung noch immer einen furchtbaren Anblick bot. »Ich kann es Ihnen nicht ersparen, schauen Sie hin.«

Schmaerse wendete den Blick widerwillig auf den zertrümmerten Kopf.

Die Expertin dozierte weiter: »Wir haben hier im Bereich von Schädeldecke und Stirnbein die schwersten Verletzungen auf der linken Kopfhälfte, während sie auf der rechten nicht so intensiv sind. Das bedeutet, das Rad ist von links nach rechts über den Schädel gerollt.«

Schmaerse wurde schlecht, sie stellte sich die Szenerie vor. Sie nickte trotzdem tapfer und zwang sich zum Hinsehen.

»Und jetzt hier.« Schaffner wies auf den unteren Kopfbereich. »Im Kieferbereich sind die schwersten Verletzungen auf der rechten Seite, dann wurde der Kopf durch das Gewicht des Wagens leicht gedreht. Der Kiefer auf der linken Seite weist weit weniger Verletzungen auf.« Sie hielt inne.

Schmaerses Aufnahmevermögen war angesichts des geschundenen Leichnams nur noch begrenzt. »Das heißt?«, fragte sie ungeduldig.

»Das heißt, dass dieses Auto zweimal über den Schädel gerollt ist. Einmal von links und einmal von rechts. Einmal vorwärts und einmal rückwärts. Und das offenbar ziemlich langsam – wie ich darauf komme, erspare ich Ihnen im Detail, das können Sie dann alles im Gutachten nachlesen.«

Schmaerse brauchte jetzt dringend ein Glas Wasser, wollte aber an diesem Ort nicht danach fragen. Sie würde dann auf der Toilette trinken.

»Das wäre Mord«, sagte sie leise.

»Ihre Schlussfolgerung«, sagte die Gerichtsmedizinerin scheinbar völlig teilnahmslos.

»Aber es kann doch sein, dass der Verunglückte von zwei verschiedenen Autos überrollt wurde, oder?«

»Das wissen wir nach der Laboruntersuchung – wir haben in

beiden Verletzungsbereichen Gummiabrieb gefunden, der mit Sicherheit von Reifen stammt.«

»Und wie sicher kriegen Sie raus, ob das unfallverursachende Auto auch das war, mit dem das Opfer dann … getötet wurde.«

»Dazu müssten Sie mir das Auto bringen«, sagte Professor Schaffner. »Beim Erstkontakt gab es keine Berührung mit den Reifen. Und so, wie ich die Fotos sehe, lassen die auch keine abschließende Beurteilung zu. Aus meiner Sicht ist da nicht mehr viel zu machen, das sind jetzt alles Ihre Schlussfolgerungen.«

Schmaerse nickte und dachte nach.

»Aber wenn Sie mich schon fragen«, setzte die Gerichtsmedizinerin in mütterlichem Ton fort, lächelte und fasste die Kriminalistin sanft am Oberarm. »Zwei Autos? Wie wahrscheinlich ist das denn?«

Das kühle Wasser tat gut. Steffi Schmaerse trank es und spritzte es sich ins Gesicht. Also ein Mord, dachte sie auf der Rückfahrt in die Polizeidirektion. Ein Mord, und dazu noch ein ziemlich brutaler. Jetzt wusste sie, warum die Juristen bei der Klassifizierung mancher Taten so gern von Rohheitsdelikten sprachen. Roher ging es ja wohl kaum noch. Was ist das für eine Bestie, die so etwas tut? Immer wieder musste sie sich in ihrem Job diese Frage stellen. Und auch in diesem Fall fürchtete sie die Antwort.

11

»Aufstehen, Schatzi!« Anette weckte ihren Mann behutsam. Er hatte einen schweren Abend, war lange nicht eingeschlafen und hatte sich unruhig hin- und hergewälzt. Der Tod seines jungen Kollegen ging ihm verdammt nahe. Nach dem zweiten Glas Wein hatte er sogar begonnen, sich Selbstvorwürfe zu machen. Hätte er ihn doch nur besser behandelt. Aber dann, so ihr Argument, wäre der Unfall dennoch passiert. Wendler war eben zur falschen Zeit am falschen Ort gewesen. Wenn sie noch auf der Terrasse frühstücken wollten, bevor sie in ihren Salon musste, dann musste er jetzt raus.

»Aufstehen, Süßer«, wiederholte sie leise.

»Noch fünf Minuten«, brummte es aus den Kissen. Da zog sie forsch die Decke weg. »Du bist grundböse«, sagte Hartmann und rieb sich die Augen.

Anette lachte. »Das bin ich doch gern, du weißt …«

Beim Abräumen des Frühstücksgeschirrs, Anette war längst unterwegs in Richtung Salon, plante Hartmann seinen Tag. Er wollte dem Futtermittelskandal, dem sich Christian Wendler so verbissen gewidmet hatte, deutlich mehr Aufmerksamkeit schenken. Bis zum Folgetag sollte eine fundierte Hintergrundgeschichte fertig werden, die sich nicht nur mit diesem Skandal beschäftigte, sondern auch eine kleine Chronik der letzten spektakulären Fälle listete. Kleine Tortendiagramme, eingestreute Info-Kästen und Grafiken – spätestens seit dem Erfolg des Fokus wusste man, wie die Leser auf so etwas stehen. Wenn es ihm dann noch gelang, das Fachwissen zu »entfachlichen«, wie Grieshaber das gern nannte, und es ohne erhobenen Zeigefinger spannend an den Mann zu bringen, dann würden es zwei erfolgreiche Tage werden.

Zwei Stunden später parkte er seinen Chrysler vor dem Landratsamt.

Dr. Markus Kreuziger gehörte zu der Spezies Mann, der man ihren Beruf nicht ansah. Zum gängigen Journalistenklischee von einem Tierarzt gehörte für Hartmann ein Typ, der jederzeit mit dem Arm bis zur Schulter im Arsch einer Kuh stecken könnte. Kreuziger hätte er höchstens den Finger im Anus eines Kaninchens zugetraut. Er könnte eher als klassischer Buchhalter durchgehen. Die korrekt gescheitelten Haare sahen aus, als wären sie lange nicht gewaschen worden, die goldgeränderte Brille stammte garantiert noch aus dem letzten Jahrhundert, und dem karierten Sakko aus grobem Stoff fehlte nur noch ein Satz Ärmelschoner, um die Illusion vom Buchhalter perfekt zu machen. Dafür hatte der kleine Mann einen überraschend kräftigen Bass, als er ihn begrüßte.

»Herr Hartmann, ich freue mich. Ich lese Ihre Artikel immer mit großem Vergnügen.«

Geschenkt, dachte sich Hartmann. Laut aber sagte er: »Danke schön, Herr Dr. Kreuziger. Ich freue mich, dass Sie so rasch Zeit für mich gefunden haben.«

»Ich bitte Sie, die Sache ist doch viel zu wichtig, um sie auf die lange Bank zu schieben. Die Verbraucher verlangen nach Sicherheit, nicht wahr? Ich hatte ja einiges schon Ihrem Kollegen Wendler erläutert. Was kann ich denn noch zu Ihrer Aufklärung beitragen?« Kreuziger lächelte unverbindlich und freundlich in die Welt.

Blöde Situation. Hartmann räusperte sich. »Sie wissen wohl noch nicht, dass … Sie lesen wohl keine Zeitung?«, fragte er tastend.

»In der Tat, ich komme immer erst am Abend zum Zeitunglesen, und auch dann nur flüchtig, der Fahrtweg, Sie verstehen.« Kreuziger hob entschuldigend die Arme.

»Nun ja. Mein Kollege Wendler hatte zu Wochenbeginn einen schweren Verkehrsunfall.«

Kreuziger machte ein betroffenes Gesicht. »Hoffentlich ist nichts Schlimmes passiert.«

»Doch. Wendler ist tot.« Hartmann hielt nichts von euphemistischen Umschreibungen solcher unumstößlicher Tatsachen. Auch seine Nachrufe begannen in der Regel mit der schlichten Wendung »… ist tot«.

Kreuziger schlug sich mit der Hand vor den Mund. »Jesses

Maria!« Er bekreuzigte sich. Ein Katholik, registrierte Hartmann mit berufsmäßiger Routine, dem leichten Dialekt nach wahrscheinlich aus Bayern.

Erst nach zwanzig Minuten pietätvollen Small Talks konnte er dem Amtstierarzt die entscheidenden Fachinformationen entlocken. Dazu schwenkte dieser einen gewichtigen Band über Tierarzneimittel und bombardierte ihn mit Fachausdrücken, sodass Hartmann die Notbremse ziehen musste. »Hypothalamische Hemmfaktoren« und »endogene Sekretionen« waren Begriffe, mit denen Hartmann auch nicht den Hauch eines anschaulichen Bildes verbinden konnte.

»Langsam bitte, Herr Dr. Kreuziger. Das ist mir alles viel zu kompliziert. Ich will keinen Fachartikel schreiben, sondern einen für die Tageszeitung. Und das bedeutet, dass es unwichtig ist, ob ich begreife, was Sie sagen – der Leser muss es am Ende verstehen.« Zu dieser listigen Formulierung griff Hartmann immer, wenn er verbergen wollte, dass er selbst nur Bahnhof verstand.

Doch der Veterinär hatte Geduld mit ihm. Zum Ersten, so machte er deutlich, schreibe die halbe Welt von einem Futtermittelskandal. Er halte das für völlig verfrüht. »Bei den Rindern in Niedersachsen wurde exogenes Somatotropin STH im Körper gefunden. Das ist ein Wachstumshormon, das sowohl bei Tieren als auch bei Menschen im Gehirn produziert wird.«

»Also auch von Rindern?«

»Schon. Aber das in Niedersachsen gefundene stammt vom Schwein.«

»Ist Somatotropin nicht Somatotropin ... was macht den Unterschied?«

»Lieber Herr Hartmann, fast zweihundert Aminosäuren bilden die Primärstruktur für STH – das ist kein konfektionierter Hamburger. Und selbst bei dem wollen Sie gar nicht immer wissen, was drin ist.« Kreuziger lächelte überlegen. Er war in seinem Element.

»Also ich schon«, protestierte Hartmann. »Ich will schon wissen, was alles in die Bratwurst kommt.«

»Ach ja richtig. Hier ist die Rostbratwurst ja so was wie ein Grundnahrungsmittel.«

»Rostbratwurst.« Eindeutig ein Bayer. Für einen Thüringer sind das Bratwürste, und basta. Allenfalls noch, je nach Gegend, Roster oder Rostwürste. Nur die Bayern betonen die »Rostbratwurst«, wahrscheinlich, um sie von denen zu unterscheiden, die sie am liebsten in der Pfanne braten. Das wiederum würde einem Thüringer nur im Winter einfallen, wenn er draußen den Rost nicht aufstellen kann.

»Also kommt das Schweinehormon irgendwie in das Rind. Was macht das zu einem Skandal?«, fragte Hartmann weiter.

»Na ja, es ist grundsätzlich verboten, Tiere, die für die Lebensmittelproduktion vorgesehen sind, mit Hormonen zu behandeln.«

»Warum?«

»Weil wir nicht wissen, ob das Hormon vollständig abgebaut wird und was es im menschlichen Körper anrichtet.«

»Aber wir Menschen behandeln uns doch auch selbst mit Hormonen.«

»Das schon, aber unter strenger medizinischer Kontrolle.«

»Auch in diversen Fitnessstudios?«

»Nun«, wieder lächelte Kreuziger. Fast nachsichtig, diesmal. Er legte seine Fingerspitzen aneinander, als wolle er sogleich mit dem Beten anfangen. »Die Bodybuilder, die Kälbermastmittel spritzen, um ihr Muskelwachstum zu beschleunigen, richten sich schon selbst zugrunde.«

Zumindest dir kann das nicht passieren, dachte Hartmann sarkastisch. »Ist das Prinzip vergleichbar?«

»Oberflächlich betrachtet schon. Hormonzufuhr zur Steigerung des Fleischzuwachses. Äußerst effektiv. Aber leider verboten.«

»Leider?«

»Nun, man muss da auch mal global denken. An den Hunger in der Welt. Aber das sind ethische Probleme, die an anderer Stelle zu Ende gedacht werden müssen, nicht wahr? Für die Behörden ist die Sache denkbar einfach: Hormongaben sind verboten, also werden sie geahndet.«

Hartmann notierte etwas. Dann fragte er: »Wie sicher können wir sein, dass dieses STH nicht auch bei Rindern auf dem Riedburger Schlachthof gefunden wird?«

Kreuziger hob wieder die Schultern. »Was ist schon sicher? Wie Sie wissen, arbeiten im Schlachthof mehrere Tierärzte. Bei unseren regelmäßigen Kontrollen ist uns so etwas nicht aufgefallen.«

»Können nicht Rinder aus Niedersachsen hierhergelangt sein?«

»Auch das ist vorerst eine hypothetische Annahme. Ich persönlich kenne keinen Metzger in der Gegend, der sein Fleisch von so weit her bezieht. Aber meine persönliche Meinung ist dabei völlig irrelevant. Derzeit prüfen die niedersächsischen Behörden, welche Verkehrswege die Fleischpartien genommen haben. Und sie prüfen, wie das STH in die Rinder gekommen ist.«

»Durch Futtermittel?«

»Eben nicht. Die würden alle im Magen verdaut. Ich tippe eher auf Spritzen, bin da aber nicht zitierbar, weil es wieder nur meine persönliche Meinung ist. Deswegen sollte man auch nicht vorschnell von einem Futtermittelskandal reden.«

»Wie soll ich es sonst nennen?«

»Mir gefällt das Wort ›Skandal‹ ohnehin nicht. Das geht dort alles seinen rechtmäßigen Gang.« Als Kreuziger den skeptischen Blick des Journalisten bemerkte, lenkte er lächelnd ein. »Wenn es schon ein Skandal sein muss, dann vielleicht ein Fleischskandal oder so – die Formulierungen müssen Sie schon selber finden.«

12

Der Mann parkte seinen dunkelblauen Vectra nahe der Marienkirche, nur wenige Meter von dem Café entfernt, in dem er seinen Auftraggeber treffen würde. Er war schon zwei Stunden vor dem vereinbarten Termin da, checkte die Fluchtmöglichkeiten per Pkw, schlenderte zweimal die Straße rauf und runter und aß in der Fleischerei auf der anderen Straßenseite ein Brötchen mit Gehacktem, wobei er den Café-Eingang nicht aus dem Auge ließ. Vorsicht ist die Mutter der Porzellankiste. Doch nichts weckte seinen Argwohn. Harleshausen war ein kleines Nest. Trieben sich zu viele fremde Personen oder Fahrzeuge hier rum, würden die Einheimischen darauf starren. Doch die Passanten grüßten einander, im Café schienen sich alle zu kennen, und die Kurgäste erkannte man irgendwie schon am Gang. Er war nichts weiter als ein Flaneur, der die Kleinstadtatmosphäre genoss und gleich einen hübschen Batzen Geld kassieren würde.

Der Mann war erfahren in seinem Geschäft – und erfolgreich. Das lag zum einen an seiner professionellen Vorsicht, zum anderen an seiner relativen Bescheidenheit. Er nahm nie mehr als vier Aufträge pro Jahr an, und er prüfte seine Auftraggeber gründlich. Zudem arbeitete er mit verschiedenen Werkzeugen, sodass die Bullen nur schwer eine Handschrift erkennen konnten. Messer und Drahtschlingen waren seine bevorzugten Instrumente. Seine Pistole setzte er nur ungern ein. Die Polizei machte immer sofort ein Riesentheater, wenn irgendwo ein Schuss fiel. Waffen außerhalb seiner Kontrolle – das hatte dieser Staat nicht gern. Irgendwann würde er in ein Dilemma kommen, das wusste er. Durch die Fortschritte in der DNA-Analyse fanden die Bullen immer mehr Spuren, sofern man Körperkontakt zur Zielperson hatte. Da war die Distanzwirkung eines Neun-Millimeter-Geschosses vorteilhafter. Doch die Beschaffung würde die Sache unnötig verteuern.

Der jüngste Auftrag war keine so schöne Sache. Doch der Auftraggeber hatte es brandeilig gemacht, und es sollte wie ein

Unfall aussehen. Da blieb ihm nicht viel Zeit, die Zielperson auszukundschaften, um mögliche Ansatzpunkte zu finden. Ein Verkehrsunfall war ihm spontan eingefallen. Er wurde dann seine erste Wahl, als er erfuhr, dass die Zielperson jeden Abend um dieselbe Zeit mit dem Fahrrad dieselbe Strecke fuhr. Eine einsame Strecke. Gut. Dumm nur, dass er diesmal einen Zeugen beinahe übersah. Doppelt dumm, dass der Auftrag noch nicht wirklich erledigt war, nachdem er sein Ziel vom Rad geschossen hatte. Das machte einen zweiten Zugriff notwendig, und der wurde nicht gerade appetitlich. Um die Spurenlage machte er sich keine Sorgen. Darum hatte er sich gründlich gekümmert. Der gestohlene Golf, mit dem er den Auftrag durchgeführt hatte, ruhte mitsamt seinen ebenfalls gestohlenen Kennzeichen längst auf dem Grund eines Baggersees, und zwar im Schutzbereich eines anderen Bundeslandes. Selbst wenn man ihn irgendwann später fand, würden Verwaltungsvorschriften ein Übriges tun, um einen Zusammenhang nur schwer erkennen zu lassen. Nein, das Kapitel hatte er abgehakt.

Sein Auftraggeber betrat das Café. Der Stimme am Telefon nach hatte er ihn sich ganz anders vorgestellt. Doch er trug das Erkennungszeichen und hatte auch die geforderte schwarze Kollegmappe dabei, die sicherlich den geforderten Betrag erhielt. Wenig später setzte er sich zu ihm.

»Guten Tag, Herr Meier«, sagt sein Auftraggeber eilfertig. Er griff sich an den Kragen, als müsse er ihn lockern. Er war offensichtlich schrecklich aufgeregt.

»Guten Tag«, sagte der Killer. »Schön ruhig bleiben, es ist doch alles vorbei.« Er bestellte sich einen Tee.

»Ja, ich weiß, aber es ist schon irgendwie …« Er blickte sich um.

»Ganz ruhig, es gibt keinen Grund zur Aufregung. Hier ist auch niemand, der Ihnen Böses will. Ich will lediglich mein Geld.«

»Alles hier drin«, sagte der Auftraggeber und klopfte auf die Schreibmappe. »Wollen Sie nachzählen?«

Der Killer lächelte dünn. »Ich kann mir nicht ernsthaft vorstellen, dass Sie mich betrügen wollen«, sagte er.

»Natürlich nicht.«

»Es war ein Unfall, genau so, wie Sie es sich gewünscht haben.«

»Ja schon, aber ich habe dennoch irgendwie … na ja, ein schlechtes Gewissen.«

»Das ist wohl ein bisschen spät. Im Übrigen: Die Erde wird nicht schlechter, wenn ein so kleines Würmchen nicht mehr lebt. Gestorben wird schließlich täglich.«

»Also wissen Sie … jetzt bin ich aber wirklich … Würmchen.«

»Ihnen war es offenbar eine Menge wert, nicht wahr?«, fragte der Mann und klopfte nun seinerseits behutsam auf die Schreibmappe.

Sein Gegenüber antwortete nicht, blickte betreten vor sich hin und nahm einen Schluck aus der Kaffeetasse. Nur am Mahlen seiner Kiefer merkte man, dass ihm die Sache offenbar mehr zu schaffen machte als dem Mörder selbst.

»Wir werden uns nicht wiedersehen«, sagte dieser. »Kein Kontakt, gar nichts, verstanden?«

Der Auftraggeber nickte. »Natürlich. Ich wünsche Ihnen noch einen schönen Tag.« Er stand auf, ließ vereinbarungsgemäß seine Mappe auf dem Tisch liegen und verließ das Café.

»Auf Nimmerwiedersehen, Arschloch«, flüsterte der Killer. Er blieb noch fünf Minuten sitzen, trank seinen Tee aus und schlenderte dann gemütlich zu seinem Wagen, unterm Arm die Mappe mit seiner Kopfprämie.

13

Peter Hartmann hasste Trauerfeiern, und er liebte Friedhöfe. Das war durchaus kein Widerspruch. Die letzte Trauerfeier, an der er teilnehmen musste, war die für den ehemaligen Stadtbrandmeister. Es war eine sehr ergreifende Zeremonie in der kleinen, kreisrunden Trauerhalle auf dem Südfriedhof gewesen. Der Tote war im geschlossenen Sarg aufgebahrt, auf ihm lagen eine Fahne und ein blitzender Silberhelm. Silberhelme trugen auch seine Kameraden, die ein langes Spalier in der Trauerhalle bildeten. Dazu hatten sie ihre Ausgehuniformen mit weißen Hemden angezogen. Das sah zugegebenermaßen etwas skurril aus, aber die ernsten, gefassten Gesichter und der Anlass ließen keinerlei Gefühl von Lächerlichkeit aufkommen. Hartmann, der ohne Fotograf und nur mit kleinem Gepäck bei der Zeremonie erschienen war, traute sich nur gleich zu Beginn, zwei, drei Fotos zu schießen. Einmal durch den Gang mit Spalier, einmal etwas weiter von vorn, den Sarg mit den unzähligen Kränzen und Blumengebinden. Obwohl ihn viele der Feuerwehrleute kannten, erntete er selbst für sein zurückhaltendes Handeln missbilligende Blicke. Zudem wurde es in der kleinen Trauerhalle bald so eng, dass er klaustrophobische Anwandlungen bekam und zudem Angst hatte, dass die Geräusche aus seinem Bauch von den Nebenstehenden wahrgenommen werden konnten.

Heute war Klaustrophobie kein Thema. Dafür war die Trauerhalle viel zu groß und viel zu wenig gefüllt. Christian Wendler war keine öffentlich bekannte Person, dafür war er zu jung. In den ersten Reihen konnte Hartmann die Familie ausmachen, eine vom Gram gebeugte Mutter, kaum älter als er selbst. Die Großeltern waren da, ein paar Freunde, die Kommilitonen sein konnten. Von der »Riedburger Rundschau« war eine recht starke Delegation erschienen. In der zweiten Reihe saßen Grieshaber und Böhnke. Der Chefredakteur würde ein paar Worte sagen, das erwartete man einfach, hatte die Familie signalisiert. Die Landesredaktion war annähernd komplett versammelt, sie hatte sich in die hinteren Reihen gesetzt, um den an und für sich privaten Charakter der Veranstaltung nicht zu stören. Thalmann vertrat die Fotografen, er machte es ähnlich wie damals Hartmann, schoss nur zu Beginn ein paar Bilder und blieb dann still am Rand einer der mittleren Reihen sitzen. Erst als Grieshaber sprach, trat er noch mal in den Gang und ließ die schwere Spiegelreflexkamera ein paarmal dauerklicken, fürs Protokoll gewissermaßen.

Hartmann zwang sich, bei den Reden wegzuhören, er wollte das Geschehen nicht so dicht an sich heranlassen. Er suggerierte sich das erprobte Bild von der Käseglocke, und in der Tat drangen die Stimmen der Redner alsbald nur noch wie durch Watte an sein Ohr.

Was war es eigentlich, das ihm Christian Wendler so verhasst machte? Dass er fieberhaft aufgeregt und mit sichtbarem Übereifer jede neue Aufgabe anging? War er nicht selbst so gewesen, als er damals bei der Rundschau anfing? Weil Wendler mit seinen Halstüchern, seinen Hautcremes, seinen gezupften Brauen und der durchgestylten Frisur seine Metrosexualität demonstrativ zur Schau trug? Mein Gott, es ist eine andere Generation, hatte ihn schon Anette beschwichtigt, als er sich zu Hause darüber furchtbar aufregte. Nein, nicht schon wieder solche Grübeleien. Er hatte sich nichts vorzuwerfen. Selbst wenn er ganz schnell mit dem Knaben warm geworden wäre, hätte das nichts an der Situation geändert, in der er sich nun wiederfand, in der Kapelle des Parkfriedhofes bei der Beerdigung eines jungen Kollegen. Fachlich schien der Junge ja richtig was gekonnt zu haben. Seine Zuarbeiten waren zwar sehr, nun ja, materialintensiv, hatten aber Hand und Fuß. Und seine Rechercheansätze, für die sich Hartmann anfangs nicht die Bohne interessiert hatte, erwiesen sich als völlig korrekt. Das hatte ihm nicht zuletzt das Gespräch mit Dr. Kreuziger bewiesen, dem Amtstierarzt.

Nach der Trauerfeier zog die ganze Gesellschaft der Urne und einigen Kränzen hinterher in Richtung Grabstelle. Grieshaber, Böhnke und die meisten anderen der Kollegen kondolierten schon am Ausgang der Trauerhalle. Die Arbeit, man möge verstehen, außerdem wollte man die Familie in diesem doch sehr persönlichen Moment nicht stören.

Hartmann schlenderte noch mit über den Friedhof. Ihm taten nach dem Aufenthalt in der eher düsteren Trauerhalle das Licht und die frische Luft gut. Außerdem wollte er überblicken, wer aus der Stadt noch alles gekommen war.

Die Mutter war inzwischen ganz in Tränen aufgelöst, ihr Mann musste sie stützen. Zwei junge Frauen standen neben ihnen, von denen nur die blonde die Schwester von Christian Wendler sein konnte. Die andere hatte rabenschwarzes hochgestecktes Haar und schwarz geschminkte Augen mit offensichtlich falschen Wimpern. Sie war klein, außergewöhnlich dick und stellte ihren hochgeschnürten Busen fast ordinär zur Schau, sodass man ganz automatisch mehr auf ihr Dekolleté als auf ihr Gesicht achtete. Ihre schneeweiße Haut stand in krassem Kontrast zu ihrer schwarzen Rüschenbluse und dem ebenfalls mit reichlich Zierrat versehenen glockenförmigen schwarzen Rock. So eine Art Beth Ditto. Ganz in Schwarz. Und mit weniger Gesicht. Auch sie war völlig fertig, und wenn sie schluchzte, bebte ihr weicher Busen in sanften Wellen und schien das Vulgäre im Auftritt noch zu verstärken. Hartmann hatte plötzlich das fast überwältigende Verlangen, sie dort anzufassen. Nicht, dass ihm zu Hause irgendetwas in dieser Beziehung gefehlt hätte, es war einfach die starke Neugier, zu erfahren, wie sich so ein großer weicher Busen wohl in der Hand anfühlt.

Und eine weitere Frau fiel ihm in der kleinen Trauergesellschaft auf. Sie trug ein strenges graues Kostüm und eine farblich passende Handtasche. Steffi Schmaerse, registrierte er. Was macht die auf der Trauerfeier? Hofft sie, dass der Unfallflüchtige an der Beisetzung teilnimmt? So was kennt man ja aus Krimis: Den Täter zieht es immer wieder zum Tatort zurück. Oder so ähnlich. Seltsam war das schon, ja, er konnte sich keinen Reim darauf machen, was die Kommissarin bei der Beisetzung eines Unfallopfers zu suchen hatte. Aber vielleicht war sie mit der Familie bekannt. Hartmann erinnerte sich daran, dass er neben den seltenen dienstlichen Kontakten – für die Pressearbeit hatte die Polizeidirektion einen eigenen Sprecher – auch sozusagen eine gewisse private Bindung zu Steffi Schmaerse hatte. Die war ihm anfangs gar nicht bewusst, bis sich bei einer Begegnung in der Straßenbahn herausstellte, dass Celine, die beste Freundin seiner Tochter Maria, eine Nichte von Steffi Schmaerse war. Die beiden Mädchen waren auch heute noch, lange nach der Schulzeit, miteinander befreundet.

Die Urne war in der Erde, die Zeremonie beendet, nachdem Vater und Mutter etwas Erde in das Loch geworfen hatten. Die Trauergesellschaft kondolierte, auch Hartmann sprach den beiden sein herzliches Beileid aus. Und er meinte es ehrlich, als er es tat.

Als sich Hartmann aus der Parkspur vor dem Friedhof wieder in den fließenden Verkehr einordnen wollte, bemerkte er aus dem Augenwinkel eine Bewegung im Rückspiegel. Die schwarze Beth-Ditto-Kopie rannte heftig gestikulierend den Gehweg entlang. Er staunte, wie relativ behände sie sich trotz ihrer Leibesfülle bewegen konnte, dann realisierte er, dass sie mit ihrem Winken ihn meinte. Er ließ das Beifahrerfenster herunter.

»Sind Sie Herr Hartmann?«, fragte sie, ganz außer Atem.

»Ja«, sagte er.

»Mein Name ist Korbmacher, ich bin die Freundin von Christian Wendler. Er hat viel Gutes von Ihnen erzählt.«

Hartmann war peinlich berührt. Dass er einen guten Eindruck bei dem jungen Kollegen hinterlassen hat, war nun etwas, was er sich gar nicht vorstellen konnte. Und was wollte die junge Frau von ihm? Sie lehnte im Beifahrerfenster und präsentierte wieder ihre Brüste. Wären sie nicht so dick, hätte er zwischen ihnen bis auf ihren Bauch sehen können. Er spürte, wie er anfing zu starren, und zwang sich zur Aufmerksamkeit.

»Das ist schön«, sagte er vorsichtig.

»Ich muss mit Ihnen reden«, sagte sie, öffnete ungefragt die Wagentür und ließ sich umständlich auf dem Beifahrersitz nieder.

»Fahren wir, fahren wir«, sagte sie ungeduldig und wedelte mit der Hand.

Hartmann fuhr an, vollkommen sprachlos und fast handlungsunfähig angesichts von so viel Impertinenz.

»Bringen Sie mich bitte nach Hause«, sagte die junge Frau, die sich mit Korbmacher vorgestellt hatte. Fast brach ihre Stimme dabei, die Trauer holte sie wieder ein, und ihre großen dunklen Kuhaugen wurden erneut tränenfeucht.

»Was müssen Sie denn so Dringendes mit mir besprechen?« Hartmann hatte sich wieder gefangen.

»Vor allen Dingen will ich wissen, warum Sie es nicht verhindert haben«, sagte sie.

»Was verhindert?«, sagte Hartmann.

»Das, was passiert ist. Christian hat gewusst, dass was passiert.«

»Er hat gewusst, dass er einen Verkehrsunfall haben wird?« Hartmann runzelte die Stirn. Er spürte eine gewisse Gereiztheit in sich aufsteigen. Er ärgerte sich, dass er sich von den Vertraulichkeiten, die sich diese Person herausnahm, hatte überrumpeln lassen.

»Christian hat gewusst, dass er nicht mehr lange leben wird.«

Mein Gott, dachte Hartmann, jetzt hat er sie auch mit seinen kruden Theorien angesteckt. Wahrscheinlich mutmaßte er eine Verschwörung gegen seine eigene Person. Ihm gegenüber hatte Wendler auch schon mal vertraulich angedeutet, das LKA würde sich für ihn interessieren.

»Liebe Frau Korbmacher«, begann er mit leicht erhöhter Stimme.

»Radegunde. Sie können Radegunde zu mir sagen. Oder Gunda.«

Das könnte fast ein Künstlername sein, dachte er bei sich.

»Also Radegunde«, er unterbrach seinen Gedanken. »Wo wohnen Sie eigentlich?«

»In der Lisztstraße.«

Hartmann zuckte zusammen. In der Lisztstraße hat er selbst jahrelang gewohnt, bevor ihn vor fünf Jahren eine merkwürdige Erbschaft ereilt hatte und er sich das Häuschen am Brühl zulegte.

»Also Radegunde«, setzte er fort. »Ich kann ja Ihre … ich kann ja verstehen, dass Sie aufgewühlt sind, aber Christian kann ja wohl unmöglich einen Verkehrsunfall vorherahnen.«

»Er hat es mir aber gesagt«, erklärte sie trotzig und kramte eine Zigarette und ein Feuerzeug aus ihrer Handtasche.

»Hier wird nicht geraucht«, sagte Hartmann barsch. Sie verdrehte theatralisch die Augen, steckte aber ihre Utensilien wieder weg.

»Christian hat Ihnen vertraut«, sagte sie schließlich. »Ich dachte, er hätte Ihnen auch das anvertraut.«

»Nein, davon weiß ich nichts«, sagte Hartmann wahrheitsgemäß. Ihm ging der kleine Brummer gewaltig auf die Nerven.

Eine Weile fuhren sie schweigend. Dann fing sie wieder an. »Ich möchte, dass Sie herausfinden, wer ihm ans Leben wollte, wenn Sie es schon nicht verhindern konnten.«

Das war nun wirklich zu viel. Hartmann steuerte an den Straßenrand, beugte sich über die junge Frau, wobei ihm ein ganz schwacher Geruch von Parfüm in die Nase stieg, der geradewegs aus ihrem Busen zu kommen schien, und öffnete demonstrativ die Tür.

»Guten Tag, Frau Korbmacher«, sagte er bestimmt. »Sie sind ein bisschen überspannt, vielleicht wollen Sie noch ein paar Meter laufen. Es sind nur noch zwei Straßen.«

Sie blieb sitzen und kramte in ihrer Handtasche. »Christian hat mir schon gesagt, dass Sie ein harter Hund sind«, sagte sie, und es klang fast bewundernd. Wie kindisch, dachte Hartmann. Dann holte sie ein kleines, aber dickes schwarzes Notizbuch aus den Tiefen ihrer Tasche. »Hier, vielleicht hilft Ihnen das weiter. Das sind Christians Aufzeichnungen. Ich kann damit nichts anfangen.«

Sie warf ihm das Notizbuch fast auf das Armaturenbrett und hievte ihren massigen Körper nach draußen. »Tun Sie was«, forderte sie ihn auf, als sie sich noch mal umdrehte und durchs Fenster blickte. Ihr Busen bebte dabei.

14

Über Riedburg braute sich etwas zusammen. Aus Nordwesten rollte eine dunkelblaue Gewitterfront heran und verhieß einerseits Linderung der für einen Maitag fast unerträglichen Schwüle, andererseits ein Unwetter mit Donner und Blitz, vor dem sich Steffi Schmaerse schon jetzt fürchtete. Es war tatsächlich ein bisschen merkwürdig: Sie hatte ein hinreichend brauchbares Allgemeinwissen, hatte ihr Studium mit hervorragenden Ergebnissen abgeschlossen, war ein Ass in Selbstverteidigung, unerschrocken und kaltblütig an der Schusswaffe, und auch schwere Jungs konnten sie nicht einschüchtern. Aber sobald sie auch nur in einiger Entfernung ein Wetterleuchten wahrnahm, zuckte sie zusammen und wurde furchtsam, als gälte es, das Leben einzusetzen. Verstand gegen Gefühl, wiederholte sie für sich wie ein Mantra. Gefahr erkannt, Gefahr gebannt. Sie gab ihrem Kaktus auf dem Fensterbrett einen Schluck Wasser.

»Na mein Freundchen, auch ein bisschen Schiss, wenn es blitzt?« Sie lächelte über sich selbst. Hatte sie sich nicht erst vor ein paar Tagen darüber gewundert, dass es Gerichtsmediziner gab, die mangels anderer Gesellschaft mit ihren Leichen sprachen?

Da, das war jetzt aber wirklich der erste Blitz. Steffi Schmaerse konnte spüren, wie ihr Puls hochging, sie fühlte ihr Herz im Hals schlagen. Wütend ließ sie die Jalousie herunter. Sie drehte den Bürosessel aus der »Denkerstellung« am Fenster wieder zum Schreibtisch. So hatte sie die Blitze im Rücken. Wenn sie nicht daran dachte, war alles okay. Konnten Blitze eigentlich wirklich nicht durchs Fenster kommen?

Sie konzentrierte sich auf die Laborergebnisse, die vorhin mit der Hauspost gekommen waren. Ein ziemlich respektabler Hefter. Der Kriminaldauerdienst hatte ebenso wenig geschlampert wie die Kollegen von der Spurensicherung. Die waren extra noch ein zweites Mal ausgerückt, als die Brisanz des Falles deutlich wurde. Auch das Labor hatte exzellente Arbeit geleistet. Gummiabrieb, Lacksplitter, Plasteteile, Scherben – es gab eine ganze Reihe von Spuren, die mit hoher Wahrscheinlichkeit dem Täter zuzuordnen sind. Auch DNA-Spuren wurden sichergestellt, Schmaerse bezweifelte jedoch, dass sie vom Täter stammten. Der wird wohl das Auto nicht verlassen haben, um neben seinem Opfer noch eine Zigarette zu rauchen und sich die Frisur zu ordnen.

Ihr Ansatzpunkt war klar das Auto. In ihm würde man fündig werden, so viel war mal sicher. Ob die Spuren auch gleich zum Täter führten, wenn von ihm noch kein Profil in den Datenbanken hinterlegt war, stand auf einem ganz anderen Blatt. Der Weg war auch viel zu lang. Er musste dennoch beschritten werden.

Wieder ein Blitz. Sie zuckte zusammen. Der Donner setzte so heftig und unmittelbar ein, dass ihr Herz wieder zu rasen begann. Ablenkung! Sie nahm die Mappe und ging in den Nachbarraum.

»Frank«, sagte sie zu ihrem Kollegen. »Kümmer du dich bitte um das Auto. Wir suchen einen silbernen Golf, Baujahr zwischen März 2007 und September 2010. Er ist im rechten Frontbereich beschädigt: Scheinwerfereinheit, rechter vorderer Kotflügel oder Motorhaube, Frontscheibe irgendwie beschädigt, großer Riss oder eingeschlagen, auf jeden Fall gibt es Splitter. Bitte frag nicht nur in den Vertragswerkstätten, auch in den markenfremden und den freien. Und vergiss die Kollegen der Nachbar-Inspektionen nicht. Ich will wissen, ob so ein Auto gestohlen wurde.«

»Die ganze Palette, Mannomann«, sagte Frank Hölbing.

»Ja, die ganze Palette. Wir haben es hier offenbar mit einem äußerst brutalen Mord zu tun. Da leiht man sich gern mal die Tatwerkzeuge aus.«

Sie blickte finster, um ihre Angst zu verbergen, und ging äußerst beunruhigt in ihr Dienstzimmer. Da, wieder ein Blitz. Sie zuckte zusammen, zwang sich zur Ruhe. Du musst die Sekunden zählen bis zum Donner, redete sie sich ein. Dann weißt du, wie viele Kilometer das Gewitter noch weg ist. Sie wurde wütend auf sich selbst, aber sie hatte gewusst, dass es so kommen würde. Langsam, ganz langsam ergriff eine lähmende Panik von ihr Besitz. Sie kam direkt vom Herzen und breitete sich allmählich aus. Erst war da dieser beschleunigte Puls, dann kam die

Gänsehaut. Eiskalt wurde ihr, und zum Schluss würde sie eine unerträgliche Enge in der Brust fühlen und einen Fluchtreflex. Aber sie konnte nirgends hin. Als Berufsanfängerin, da war sie noch bei der Schutzpolizei, hatte sie bei einem Gewitter mal eine Dreiviertelstunde auf dem Klo gesessen. Den beißenden Spott der Kollegen musste sie lange ertragen. Noch heute erzählte man sich in der Inspektion Altenburg diese Geschichte. Beim Polizeipsychologen war sie damit nur ein einziges Mal. Er attestierte ihr eine Brontophobie oder Astraphobie, also unkontrollierte Angstreaktionen auf Blitz und Donner. Nun, sie war nicht dort, um sich bestätigen zu lassen, dass sie Angst vor Gewitter habe. Als er allerdings eine Verhaltenstherapie vorschlug, lehnte sie ab, unterschrieb brav eine entsprechende Erklärung und ging.

Sie zuckte wieder zusammen. Und war da nicht ein leiser Schreckensschrei gewesen? Sie zählte. »Einundzwanzig, zweiundzwanzig, dreiundzwanzig«, dann setzte ein tiefes Donnergrollen ein. Verdammt nah. Da konnte sich schon mal ein Blitz verirren. Gut, dass sie nicht draußen war. Hatte sie geschrien? Vielleicht hätte sie doch die Therapie machen sollen. Aber sie war damals ganz frisch ins erste Dezernat gekommen und hatte wahrlich anderes im Kopf. Sie jagte Gewalttäter, da konnte sie sich nicht Psycho-Stunden in den Kalender eintragen lassen. Dass der Versuch, mit dem Kopf den Bauch zu bekämpfen, scheitern würde, war ihr auch ohne die paar Stunden Psychologie beim Studium klar. Aber es war ein Versuch. Und meist klappte es ja, wenn sie sich ablenkte.

Klatsch. Der nächste Blitz. Diesmal waren es schon sieben Kilometer. Die Gewitterfront rollte wieder ab. Trotzdem drehte sich Steffi Schmaerse nicht zum Fenster um. Sie nahm noch mal die Akte der Gerichtsmedizin und legte die Tatortfotos daneben.

Der Täter ist zweimal über den Kopf des am Boden Liegenden gerollt. Was für Geräusche das wohl macht? Auch für dich soll es blitzen und donnern, dachte sie bei sich, als der Himmel wieder grollte. Gerechter Zorn war schon immer eine gute Ablenkung gewesen.

15

Peter und Anette Hartmann wischten das Wasser von den Gartenmöbeln, bevor sie wieder die Polster und Decken drauflegten. Sie hatten dicke flauschige Jacken angezogen. So ein bisschen Regen konnte ihnen doch nicht den Abend auf der Terrasse vermiesen. Sie hatten das schon früher auf dem Balkon immer zelebriert, ihre Abende im Freien. Leise Gespräche, ein gutes Buch, immer wieder der Blick ins Grüne. Die erste Stunde gehörte immer den Wie-war-dein-Tag-Gesprächen. Anette berichtete von ihrem Frisiersalon, von den Fortschritten bei der Scheidung ihrer Kollegin und von dem neuesten Stadtklatsch, der nicht selten für Hartmann ein sprudelnder Quell für manchmal sogar erfolgreiche Rechercheansätze war. Er erzählte ihr vom Frust auf der Arbeit, vom geschickten, aber nicht weniger perfiden Mobbing Grieshabers, von den ebenfalls geschickten Tricks der Kollegen, eben diesem Mobbing wieder und wieder auszuweichen.

Seit Tagen beherrschte jedoch nur noch ein Thema die Gespräche auf Hartmanns Terrasse: der plötzliche Unfalltod von Christian Wendler. Er war für die beiden auch Anlass, sich der eigenen Vergänglichkeit bewusst zu werden. Quälende und von Verlustängsten befeuerte Was-wäre-wenn-Spiele schlichen sich in ihre Unterhaltungen. Schließlich – dem Laster von links würden weder Hartmanns schwerer Chrysler noch Anettes zierlicher Peugeot irgendetwas Nennenswertes entgegensetzen können.

Anette hatte ihnen ein Glas vom Blauen Zweigelt Weißherbst eingeschenkt. Zwar traute vor allem Hartmann selbst noch immer nicht dem Schraubverschluss über den Weg, da war er gern altmodisch, aber dennoch hatte er von einem befreundeten Winzer zwei Kisten mitgenommen – auf Empfehlung gewissermaßen, da der Winzer genau wusste, dass seine Anette eher halbtrockene Weine mochte. Gut gekühlt sei er mit seiner dezenten Fruchtsüße ein hervorragender Sommerwein für die Terrasse, hatte der Experte versichert. Und in der Tat, ein leckerer Tropfen, befanden die Hartmanns nach einem Probeschluck.

»Was liest'n da?«, wollte Anette wissen und deutete auf das dicke schwarze Buch im A5-Format, in das sich Hartmann vertiefte.

Er klappte es zu und sah sie aufmerksam an. »Wenn ich das wüsste«, sagte er nachdenklich. »Das ist das Notizbuch, das mir Wendlers verrückte Freundin nach der Beisetzung gegeben hat.«

»Die mit den großen Dingern?«, fragte Anette und drohte ihm mit dem Finger.

Doch er ging auf die Frotzelei nicht ein.

»Christian Wendler hat ziemlich akribisch Buch geführt über das, was er tat, was er recherchierte und was er vermutete. Das hier ist aber ein solches Kauderwelsch aus Klartext, einer Geheimschrift und Abkürzungen, dass ich nicht mehr durchsehe.«

»Vielleicht schmiert er nur so wie du«, mutmaßte sie und zog die Beine mit hoch auf ihren Zweisitzer.

»Das kommt noch dazu.« Hartmann lachte kurz und böse auf, bevor er sich wieder in das Buch vertiefte.

»Hier!«, rief er nach einer Weile. »Hier hat er die Buchstaben *STH* eingekringelt und daneben geschrieben: *Macht Hirn dumm?*«

»Was ist STH?«, fragte sie.

»Das Wachstumshormon, das man bei den Rindern gefunden hat«, sagte er. »Sag mal, liest du meine Artikel nicht?«

»Ich lerne sie nicht auswendig.«

»Hm. Oder hier: Ein anderer Tag, wieder ein eingekringeltes *STH* und dahinter die Frage: *Was verschweigt Jesus?*«

»War der in einer Sekte oder so?«

»Nicht, dass ich wüsste. Die Fragen erscheinen mir auch nicht wirklich dumm, eher so wie selbst gestellte Knobelaufgaben. Ich glaube eher, Jesus ist ein Tarnname.«

»Warum schreibt einer so? Machst du das auch?«

»Quatsch. So schreibt einer, der nicht will, dass andere mit den Notizen etwas anfangen können. Ich glaube, Wendler war nicht nur von Verschwörungstheorien besessen, der litt auch unter Verfolgungswahn.«

»Und hatte er nun Todesahnungen, wie dein neuer Schwarm gesagt hat?«

Hartmann blitzte seine Frau an.

»Todesahnungen würde ich es vielleicht nicht nennen, aber da gab es schon ein paar handfeste Ängste. Hier dieser Eintrag zum Beispiel: *Habe Treffen vereinbart, vielleicht hätte ich noch nichts von der Concorde erzählen sollen. Was, wenn er mich bedroht? Zeugen wären nicht schlecht. Ein Diktiergerät? Oder Radieschen im Gebüsch verstecken?*«

Anette runzelte die Stirn. »Verstehst du, was du da liest?«

»Nein. Aber ich finde es spannend. Da muss eine Geschichte dahinterstecken.«

Hartmann nahm noch einen Schluck Wein und starrte in den dunkel werdenden Abendhimmel. Ob es die Nacht über trocken blieb oder ob sie die Polster lieber wegräumen sollten?

»Hast du auch einen Decknamen?«

»Keine Ahnung, ist mir noch nicht untergekommen. So weit bin ich noch nicht?«

»Aber du bist doch schon ganz hinten!«

»Ich hab von hinten angefangen, ich wollte wissen, was an diesen Todesahnungen dran ist.«

»Vielleicht solltest du vorn anfangen?«

»Wenn du mich lässt.«

Anette streckte die Zunge raus. »Da findest du vielleicht auch raus, was mit den ganzen Decknamen ist.«

»Wenn ich nur erst mal wüsste, mit wem er sich verabredet hat und was Concorde bedeutet. Am Ende war er wirklich in Gefahr.«

»Concorde, war das nicht dieses Superflugzeug, was explodiert ist?«

»Ja, aber dazu wird er ja kaum recherchiert haben. Vergiss nicht, der hat hinter allem und jedem eine Verschwörung gesehen. Der hat ja eines Tages sogar in der Redaktionssitzung beteuert, er habe Indizien, dass die Spur von dem Lebensmittelskandal nach Riedburg führt. Nur, er könne dazu noch nichts sagen.«

»Und die Kollegen?«

»Selbst Böhnke hat ihn bei dem Thema übergangen. Er solle dranbleiben, hat er ihn ermuntert. Aber der Unterton war eher sarkastisch. Dabei nimmt er ihn sonst bei jeder Gelegenheit in Schutz. … Nahm in Schutz.«

»Und wenn er recht hatte?«

»Schatzi. Rinder auf einem Bauernhof in Niedersachsen, vergiftet von Riedburg aus? Stellst du jetzt auch Theorien auf?«

Anette zuckte mit den Schultern. »Ph«, machte sie.

»Vielleicht soll ich mich noch mal mit der schmucken Radegunde unterhalten, vielleicht weiß die ja mehr.«

»Du Teufel!«, fauchte sie.

16

Arslan Demirci prüfte sein Aussehen im Rückspiegel, nachdem er mit seinem beigefarbenen Benz mit dem Taxi-Schild ins Industriegebiet abgebogen war. Mit sich nicht ganz zufrieden, leckte er über die Fingerspitzen der rechten Hand und tupfte sich eine vorwitzige Strähne, die sich über seinem Ohr kräuseln wollte, wieder fest. Er fuhr zu Frau Doktor, da wollte er gut aussehen. Er hatte die rassige langbeinige Deutsche, die möglicherweise sogar älter war als er selbst, schon ins Herz geschlossen, bevor sie ihm den ersten seiner Spezialaufträge erteilte. Das musste jetzt fast zehn Jahre her sein, ja, wenn er sich richtig besann, waren es sogar genau zehn Jahre.

Damals war sie vor dem Italiener in der Adenauerstraße in sein Taxi gesprungen. Es hatte in Strömen geregnet, und er hatte ihr von Pascha erzählt, seinem schönen und stolzen Perserkater, der sterbenskrank zu Hause lag und von Tag zu Tag weniger wurde. Ganz von sich aus hatte sie ihm erzählt, dass sie Tierärztin sei, und angeboten, sich das liebe Tier einmal anzusehen. Erst war er misstrauisch gewesen. Aber es war ja nur eine Frau, und schaden konnte so ein Versuch nicht. Doch ein Wunder geschah. Sie gab Pascha eine Spritze und besorgte Arslan ein paar Tropfen, die der Kater noch zwei Wochen lang einnehmen musste, und der stolze Kater fand zu seiner alten Pracht und Stärke zurück. Nicht mal Geld wollte sie dafür. An sein Versprechen, sie habe bei ihm dafür einen Wunsch frei, erinnerte sie ihn wenig später, als sie ihn das erste Mal ins Industriegebiet bestellte, in die »Schönheitsfabrik«, wie die Marburger die Kosmetikfirma gleich neben den Behringwerken nannten. Ob er, Arslan Demirci, ein echter Mann sei, einer, der gegen gutes Geld gute Arbeit abliefere und auch schweigen könne. Da war die schöne Doktorin natürlich an den Richtigen geraten. Seine Ehre war schließlich über jeden Zweifel erhaben.

An dem Nachmittag erhielt er auch seinen ersten Spezialauftrag. Er sollte drei Pakete zu einem Bauernhof nach Nordrhein-

Westfalen fahren. Als Kurier gewissermaßen. Nichts Verbotenes, versicherte die Doktorin, eher etwas Delikates.

Einmal im Monat lenkte Arslan Demirci seither seinen Mercedes auf den Hof der Schönheitsfabrik, nahm drei oder vier kleine Pakete entgegen und fuhr sie zu ihren Empfängern. Die Entlohnung war ausgezeichnet und in bar, ohne Rechnung und ohne Papiere – da kam mit den Jahren ein hübsches Sümmchen zusammen. Geld, von dem seine Semiha nichts wusste, nichts zu wissen brauchte. Damit konnte er ihr hübsche Geschenke machen und auch seine Männergeschäfte abwickeln, von denen Semiha ohnehin nichts verstand. Arslan war nicht dumm, und er stellte, wie verlangt, keine Fragen. Seinen Teil denken konnte er sich allemal. Absender war das Labor einer Kosmetikfabrik, alle Empfänger waren Männer, alle waren auf großen Bauernhöfen beschäftigt. Das konnte nur etwas mit Männerproblemen zu tun haben. Und welcher echte Bauer würde schon darüber sprechen oder zum Doktor gehen, wenn es im Bett mal nicht mehr so klappte? Und die kleinen Helferlein, die gab es nun mal nur auf Rezept.

Ein-, zweimal war Arslan schon versucht, die Doktorin mal um eine Probe zu bitten. Nicht, dass er es nötig hätte, nein, das nicht. Aber es wäre schon mal interessant zu wissen, wie so was wirkt. Ob der wirklich stundenlang stand? Doch er hatte sein Wort gegeben. Außerdem fürchtete er um seinen lukrativen Auftrag, wenn er geschwätzig wäre wie ein Weib. Und am Ende wären es keine kleinen blauen Wunder, sondern Spritzen. Vor denen hatte selbst ein Mann wie Arslan eine Höllenangst, auch wenn er das nie zugeben würde.

Denny White sang gerade im Radio »Dein wundervolles schwarzes Haar«. Ein Schmachtfetzen, zugegeben, aber er liebte Schlager, und er liebte Denny White. Nicht nur er übrigens. Auch seine Semiha zerfloss fast, wenn der blond gelockte Engel seine Liebeslieder sang. Nur wenn er, Arslan, sie dabei streng ansah, dann schlug sie züchtig die Augen nieder.

Die Doktorin schien ihn schon zu erwarten. Sie stand auf der Raucherinsel neben dem Haupteingang. Den schneeweißen Laborkittel trug sie offen, er war länger als ihr Minirock, unter dem sie eine Glanzstrumpfhose trug. Den linken Arm hatte sie unter die rechte Achsel geschoben, was ihren ohnehin schon ansehnlichen Busen noch etwas hob. Da, wo Arslan herkam, hätte ihr Aussehen als schamlos gegolten. Doch hier war es kein Problem. Und Arslan gefiel es, aber er würde nicht darüber reden.

»Guten Morgen, Frau Doktor«, grüßte er ehrerbietig und deutete eine Verbeugung an.

»Hallo, Arslan, pünktlich wie immer«, lobte sie ihn und lächelte sogar. Mit einer fahrigen Bewegung drückte sie ihre Zigarette in den Sand des Aschers und deutete auf die drei kleinen würfelförmigen Pakete neben sich auf der Bank. Obenauf lag ein Briefumschlag mit seinem Kurierlohn, das hatte er schon von Weitem erkannt.

»Wohin geht die Reise diesmal?«, fragte Arslan.

»Ins Sauerland«, sagte Elisabeth Dallmann wie nebenher.

»Ich weiß Bescheid«, strahlte der Taxifahrer.

Außerdem hatte er es sich schon gedacht. Die Sache hatte Rhythmus. In dem einen Monat fuhr er an die Lahn, dann folgte die Tour über das Rothaargebirge ins Sauerland, dann war Niedersachsen dran, wo er seit April pausierte, schließlich folgte Bayern, und dann ging es wieder von vorn los.

»Nächstes Mal …«, begann er zögerlich eine Frage.

»Nein«, schnitt sie ihm das Wort ab. »Die Adresse können Sie einfach vergessen.«

»Ah, der Herr ist geheilt.«

»Arslan!« Sie drohte mit dem Finger.

»Ich weiß schon Bescheid.« Er zwinkerte ihr verschwörerisch zu. »Sie sind der Boss, und ich stelle keine Fragen.«

»Genau.« Jetzt schenkte sie ihm ein Lächeln.

Genau einhundertzwei Komma fünf Kilometer waren es von der Schönheitsfabrik der Doktorin bis zu dem Bauernhof zwischen Eslohe und Meschede, bei dem er schon seit ein paar Jahren regelmäßig seine Päckchen ablieferte. Die Strecke unter zwei Stunden zu schaffen war eine Aufgabe für echte Taxifahrer, da es nur über Bundesstraßen ging und zudem das Rothaargebirge zu überqueren war. Aber Arslan Demirci hatte es nicht eilig.

Seine Auftraggeberin hatte ihm für seine seltsamen Fuhren klare Anweisungen gegeben: Immer nur tagsüber fahren, keine Geschwindigkeitsübertretungen, keine Fahrgäste. Wenn er Eslohe verließ, hatte er sich bei einer bestimmten Handynummer zu melden, die er auswendig lernen musste, weil er sie nicht speichern durfte, und die er nach dem Anruf wieder zu löschen hatte. So wusste der Empfänger schon über sein Eintreffen Bescheid und wartete an den großen Rolltoren der Halle ganz links auf dem sauber gepflasterten Hof.

Arslan wendete und fuhr rückwärts zwischen zwei Traktoren. Der Mann, der ihn empfing, öffnete die Kofferraumklappe, lud die Pakete aus, dann kam er vor und reichte ihm einen verschlossenen Umschlag durch die Seitenscheibe. Immer dasselbe System. Ach ja, und wenn er bei der Anfahrt auf den Hof ein Polizeiauto sah, sollte er einfach das Gehöft rechts liegen lassen und nach Marburg zurückkehren. Sowohl die Doktorin als auch ihre Kunden schienen eine Heidenangst zu haben, dass die Spielchen mit ihren Liebesperlen aufflogen, so viel hatte Arslan schnell kapiert.

Kein Wunder, die Pharmaindustrie ließ sich ihr Monopol nicht so einfach kaputt machen, das wusste man ja. Trotzdem, er hätte da schon ein bisschen Bammel. Medikamente, so hatte Arslan mal gelesen, müssen erst für den Markt zugelassen sein. Und wenn sie das waren, dann brauchte man sie auch nicht heimlich spazieren zu fahren, so viel war mal klar. Aber wozu Fragen stellen: Er machte mit einer Vier-Stunden-Fuhre mehr Kohle als sonst an zwei durchschnittlichen Tagen und musste sich weder mit dem Gepäck nörgeliger Damen noch mit der Kotzgefahr durch besoffene Fahrgäste auseinandersetzen. Außerdem: So ein bisschen was am Finanzamt und seiner Semiha vorbeizuschmuggeln konnte niemandem ernsthaft schaden. Auch diesmal ging wie erwartet alles klar.

17

»Zu Herrn Rattmann?«, fragte der Polizist hinter der dicken Panzerglasscheibe, als Hartmann im Foyer der Direktion Riedburg die drei Granitstufen zur Pförtnerloge hinaufging.

»Nein«, antwortete Hartmann.

»Nein?«, wiederholte ungläubig der Uniformierte. Seine Hand über dem Telefonhörer blieb ein wenig in der Schwebe, sein Ton wechselte von unverbindlich zu belehrend. »Sie wissen schon, dass ich Sie immer an den Sprecher verweisen muss.«

»Aber sicher«, sagte Hartmann und wirkte dabei ausnahmsweise sogar etwas belustigt. Offensichtlich war der Grundkonflikt mit der Polizei, den er in seinen vielen Dienstjahren hegte und pflegte, bis in die Pförtnerloge vorgedrungen.

»Wo möchten Sie denn hin?«, fragte der Polizist nun hellwach und interessiert.

»Zu Frau Schmaerse«, ging Hartmann auf den Tonfall ein.

»Haben Sie eine Vorladung?«

»Ist eine unterwegs?«, versuchte er es mit einem Scherz.

»Herr Hartmann!« Wieder der belehrende Ton.

»Schon gut«, winkte er lachend ab. »Ich will eine Aussage machen.«

»Eine Aussage?«

»Eine Aussage.«

»In welcher Angelegenheit?«

»Das erfährt Frau Schmaerse als Erstes.«

Der Polizist wandte beleidigt den Kopf ab und wählte eine Nummer. Dann beugte er sich wieder zum Sprechfenster und sagte zu Hartmann kurz angebunden: »Frau Schmaerse kommt gleich.« Er drehte sich betont gelangweilt um und tat so, als blättere er in Unterlagen.

Einen Euro für deine Gedanken, dachte Hartmann bei sich. Er beobachtete einen Handwerker im blauen Overall, wie er das Schild in der Eingangshalle wechselte. »Landespolizeidirektion Riedburg« prangte nun in tiefem Blau neben dem Thüringer

Wappen. Mit der Umsetzung der Polizeistrukturreform war aus der einfachen Polizeidirektion eine Landespolizeidirektion geworden. Mächtig gewaltig. Wieder ein Behördenwort, das eine Zeitungsspalte fast vollständig ausfüllen würde. Und zwar schon im einfachen Textkörper.

Immerhin blieb dadurch die Personalstärke erhalten, hatte ihm Sprecher Rattmann im Vertrauen gesagt. In vielen Dienststellen hatten die Polizisten monatelang um ihre Zukunft gebangt. Nicht ganz zu Unrecht, wie sich dann erwies, als der Innenminister die Ergebnisse der über Jahre schlecht vorbereiteten Reform bei einer Pressekonferenz präsentierte. Polizeiinspektionen wurden zusammengelegt oder schrumpften zu Polizeistationen zusammen. Die Flächen wurden größer. Zu groß, befanden einige, die sich damit auskannten. Zudem wurde die Reform genutzt, um an vielen Stellen die sogenannten Zieldienstgrade herabzusetzen. »Edeka« hieß das im Polizeijargon. Dabei stand das Akronym für »Ende der Karriere«. Für den mittleren Dienst war früher Schluss, nicht jeder Kommissar würde es künftig ausschließlich mit Beharrlichkeit zu vier oder fünf Sternen bringen. Zumindest nicht in jeder Dienststelle. Allerdings: Für die personell ohnehin schon dünn besetzten Dienstposten an der Basis war keine Verstärkung in Sicht. Hartmann wusste genau, dass es in Thüringen Kreisstädte gab, in denen nachts gerade mal eine Streifenwagenbesatzung unterwegs war. Und das, so folgerte er, war sicher auch den Ganoven nicht unbekannt.

Steffi Schmaerse kündigte sich schon von Weitem an. Ihre Pumps klackten bei jedem Schritt hörbar auf den Steinboden des Flurs. »Herr Hartmann?«

Sie lächelte ihn an und sah hinreißend aus. Fand er. Das T-Shirt in den Hosenbund ihrer Jeans gesteckt, einen geprägten Ledergürtel mit großer und sehr maskuliner Schmuckschnalle, die mächtige Dienstwaffe hinten auf der Hüfte, die Haare modisch kurz geschnitten. Hartmann brauchte schon eine Gedenksekunde und einen tiefen Atemzug, bevor er zurücklächelte.

»Frau Schmaerse«, sagte er und reichte ihr die Hand. Dann wurde sein Gesicht wieder ernst. »Ich muss Sie dringend sprechen.«

Sie schaute ihn prüfend an, zögerte erst einen Moment, um dann zu nicken.

»Kommen Sie mit«, sagte sie schließlich, machte kehrt und klackerte mit ihren Pumps ihm voran über den Flur.

Das Dienstzimmer der Chefermittlerin war schrecklich nüchtern. Metallmöbel mit grauem Pulverlack beschichtet, ein Beratungstisch mit Ordnern und Heftern, in den Regalteilen säuberlich aufgereiht die Strafgesetzbücher nebst ihren Kommentaren. Sie sahen nicht aus, als würden sie ständig gebraucht, bei den Akten war das anders. Die Polizistin hatte eine atemberaubende Aussicht in Richtung Norden über die halbe Stadt, fand Hartmann. Ein Kaktus im Fenster war das einzige Grünzeug, das war für eine Frau schon ziemlich spärlich. Während sie ihn mit einer knappen Handbewegung an den Beratungstisch bat, ließ er sich von einem Foto fesseln, das zwischen den beiden Fenstern an die Wand gepinnt war: Steffi Schmaerse vor einem kleinen Zelt. In roter Wetterjacke und dicken grünen Wollstrümpfen, vor sich ein kleines Lagerfeuer und einen Aluminiumtopf daneben. Sie lachte und sah unbeschwert und fröhlich aus.

»Sie tun so, als wären Sie noch nie hier gewesen«, sagte die Kommissarin, die seinem Blick folgte.

»War ich auch noch nicht«, sagte Hartmann.

Die Polizistin runzelte die Stirn. »Habe ich Sie nicht schon mal zur Befragung vorgeladen, damals, als Ihr Freund erschlagen wurde?«

»Krüger war nicht mein Freund.« Es kam schneller und giftiger, als Hartmann wollte. »Zumindest nicht so, wie es bei einer Freundschaft sein soll«, setzte er nach, etwas ruhiger nun. »Außerdem war das damals unten im Parterre, in so einem Vernehmungsraum.«

Die Kommissarin merkte kurz auf, winkte dann ab. Schnee von gestern, die Staatsanwaltschaft hatte die Akte schon vor einem halben Jahr geschlossen, und neue Ermittlungsansätze gab es keine. Sie setzte sich ihm gegenüber, verschränkte die Hände vor dem Kinn und sah ihn aufmerksam an.

»Was führt Sie also zu mir, Herr Hartmann?«, fragte sie.

Er schaute ihr fest in die Augen. »Es ist die Sache mit Christian Wendler.«

Keine Reaktion. Nur ihre Augenbraue hob sich etwas, als sie fragte: »Christian Wendler?«

»Der Volontär von der Rundschau. Diese Geschichte mit der Fahrerflucht …«

»Was ist mit dieser Geschichte?«

»Nun«, Hartmann druckste herum. Er fühlte sich gut vorbereitet, aber diese Frau tat ja gerade so, als hätte sie den Namen das erste Mal gehört. Dabei bekam sie jeden unnatürlichen Todesfall auf den Schreibtisch. Und sie wusste, dass er das wusste. Es sei denn, sie hatte die Akte schon wieder zurück an die Verkehrspolizei gegeben oder der Verursacher war gefunden. War es so?

»Sehen Sie«, setzte er erneut an, »ich habe Grund zu der Annahme, dass es bei diesem Unfall nicht mit rechten Dingen zugegangen ist.«

»Das haben wir wohl alle, nicht wahr?«

»Ich meine, es könnte doch sein, dass dieser Unfall absichtlich herbeigeführt wurde.«

»Dann wäre es kein Unfall.«

»Genau das meine ich.«

»Was bringt Sie zu der Annahme?«, fragte sie ganz ruhig.

»Christian Wendler hatte Angst, dass ihm etwas zustößt.«

Die Polizistin angelte sich von ihrem Schreibtisch Papier und einen Kuli. »Okay«, sagte sie gedehnt. »Angst also. Vor wem?«

»Ich habe keine Ahnung.«

Sie legte den Kuli auf das weiße Blatt Papier.

»Herr Hartmann«, setzte sie an. Sanft wie ein Lämmchen. »Sie müssen mich dringend sprechen, weil Sie einen Verdacht hegen. Dann müssen Sie die Tüte auch schon aufmachen, finden Sie nicht?«

»Wie gesagt, er hatte Angst, dass ihm etwas zustößt, so hat er es mir gegenüber zumindest angedeutet.«

»Wie konkret ist er dabei geworden?«

Hartmann wiegte den Kopf. »Schwer zu sagen. Ich hab mir keine Notizen gemacht und der Sache auch nicht so große Bedeutung beigemessen.«

Steffi Schmaerse kritzelte etwas auf ihr Papier, verdeckte es aber mit der Hand. Nun blickte sie auf.

»Wie? Da hat ein junger Kollege von Ihnen Angst, und Sie fragen nicht nach?«

»Christian Wendler ist, war, ein, nun ja, sehr unkonventioneller Mensch.« Hartmann erzählte ihr von seinen kruden Verschwörungstheorien.

Sie nickte, notierte, nickte wieder.

»Woran hat er zum Schluss gearbeitet?«, fragte die Polizistin.

»An dem Lebensmittelskandal.«

»Lebensmittelskandal?«

»Na diese verseuchten Rinder in Niedersachsen.«

»Jaja, hab davon gehört«, sagte Steffi Schmaerse zerstreut und runzelte die Stirn. »Könnte seine Angst mit dieser Arbeit zu tun gehabt haben?«

Hartmann zuckte die Schultern. »Könnte, sicherlich. Wie gesagt, ich habe keine Ahnung. Ich wollte nur, dass Sie es wissen. Dass Sie nicht die Aktendeckel vor der Zeit zuklappen.«

Sie legte den Bogen Papier wieder auf ihren Schreibtisch. »Was ich noch fragen wollte«, sagte sie, als sie sich schon verabschiedet hatten und Hartmann in der Tür stand, »können Sie mir die Notizen des jungen Mannes zu dem Fall zukommen lassen?«

Hartmann drehte sich um. Spott funkelte in seinen Augen.

»Tststs, Frau Schmaerse! Ich spiele doch nicht mit meinem Arbeitsplatz. Selbst wenn es Notizen gäbe, Sie wissen doch, selbst recherchiert, Beschlagnahmeverbot und so weiter und so fort.«

»Blablabla, kenn ich alles. Sie müssen immer stänkern, was? Wenn Ihre Theorie stimmt, dann ist es kein Unfall. Und Sie haben doch sicher ein Interesse dran, dass wir in diesem Fall den Täter rasch finden, oder?«

Hartmann wedelte mit der rechten Hand.

»Denken Sie wenigstens einmal drüber nach«, rief sie ihm fast wütend hinterher, als er die Tür zuzog.

18

Als der Taxifahrer wieder vom Hof gerollt war, verstaute Lukas Herold die drei Pakete an ihrem angestammten Platz und ging rüber ins Herrenhaus. In der Küche schmierte er sich ein dickes Leberwurstbrot und setzte sich einen Tee auf. Er aß früh zu Abend, und er aß wenig, er hatte derzeit andere Probleme als die »Schluckimpfung« für seine Jungtiere. Seine Bärbel lag seit zwei Tagen im Krankenhaus, und er kam mit der Doppelbelastung von Hof und Haushalt nicht zurecht. Eine Frauengeschichte war das. Was mit dem Unterleib. Er hatte kaum das Wort vernommen, da winkte er schon ab. Davon wollte er nichts hören. Es gab Dinge, die gingen nur die Männer was an, und es gab Dinge, die gingen nur Frauen was an. Kinderkriegen zum Beispiel. Oder Unterleibsgeschichten. Da war er gern altmodisch. Im Krankenhaus würden sie sich gut um seine Frau kümmern, da war er sich sicher. Heute Abend wollte er noch rüberfahren, mal nach dem Rechten sehen.

Seine Söhne waren ihm im Haus nicht wirklich eine Hilfe, der jüngere war es gewohnt, sich von Mama bedienen zu lassen, der ältere wohnte unten im Dorf und hatte selbst Familie. Seine Schwiegertochter hatte sich zwar angeboten, ihm zu helfen, aber er mochte seine Schwiegertochter nicht. Außerdem war er ein Sturkopf. Und stolz darauf. So mampfte er schweigend sein Brot und hörte der Uhr beim Ticken zu.

Neben der Uhr hing das Gruppenbild von der Concordia, seiner Münchner Burschenschaft. Eine Gemeinschaft nach dem Lebensbundprinzip. Das hatte er schon immer verteidigt. Nun plötzlich saß da in ihm eine dumpfe Angst um seine Bärbel. Unerbittlich wie das Ticken der Uhr. Das Foto entstand, kurz bevor er den Sprecherposten aufgab. Es war eine spannende Zeit damals, aber auch sehr anstrengend. Sie kämpften wie die Löwen gegen die öffentliche Ächtung der Mensur. Die Concordia war eine sogenannte pflichtschlagende Vereinigung gewesen, der Schmiss auf der Wange war eine menschliche Reifeprüfung –

und stand bei der Kirche noch unter Strafe, als Herold sein Studium begonnen hatte. Noch heute hielt er engen Kontakt zu den Burschen von damals. Im vergangenen Jahr hatte er sich von einem Fux auf Probe sogar überreden lassen, vor der Burschenschaft einen Vortrag zu halten über die Wechselwirkung von extensiver Grünwirtschaft auf die Fleischproduktion von Rindern.

Ziemlich gefährlich war das wohl. Aber das merkte er erst in diesem Jahr, nachdem sie seinem Freund Leo den Bestand gekeult hatten. Am meisten Angst hatte er, als vor einem Monat dieser junge Journalist bei ihm aufgetaucht war und Fragen gestellt hatte. Glücklicherweise hatte der sich nicht für seine Rinder interessiert, sondern mehr für die Concordia. Seitdem hing auch das Bild ein wenig schief und gab schmale Dreiecke heller Tapete frei. Er hatte es heruntergenommen und dem Reporter gezeigt. Wurde Zeit, die Küche mal wieder zu renovieren. Wenn das mit seiner Bärbel noch lange andauerte und er den Haushalt irgendwie besser organisieren könnte, würde er das mal in Angriff nehmen. Das würde ihn ablenken – und sie freuen, wenn sie aus dem Krankenhaus zurückkam.

Wahrscheinlich hatte die Concordia in München selbst den Journalisten erst auf ihn aufmerksam gemacht, indem sie mit ihren guten Verbindungen zu den Alten Herren prahlte. Zu seiner Zeit als Sprecher wäre das nicht passiert, da galt die Verschwiegenheit nach außen hin als heilig. Den Schwur zur ewigen Treue hatte er jedenfalls noch nie gebrochen. Deswegen hatte er dem Reporter auch nur das offizielle Blabla erzählt, Fördern von persönlichen Begabungen, gesellschaftliches Leben, politisches Bewusstsein, wenn auch nie parteipolitisches Bewusstsein, klare Werteorientierung, der Gewinn aus lebenslangen Freundschaften für das spätere Berufsleben und so weiter. Es sollte in diesem Land keine Schande sein, wertkonservativ zu sein, dafür konnte man ruhig einstehen.

Kein Wort von den ausschweifenden Fress- und Sauforgien, den bösen Streichen hart an der Grenze strafrechtlicher Tatbestände; oder wie sie im ausgelassenen Suff manchmal mit den Frauen umgegangen waren, die die Burschen begleiteten.

Und erst recht kein Wort von den Gewissensnöten, in denen er gerade jetzt steckte, weil ihm genau das Gleiche bevorstand wie Leo, wenn die Hysterie um den Skandal in Niedersachsen erst die Behörden in NRW erfassen würde. In einer ersten Reaktion hatte er auch schon darüber nachgedacht, die Pillen einfach wegzulassen, aber wenn sein Vieh dann wieder weniger auf die Waage bringen würde, machte er sich womöglich erst recht verdächtig. Abweichungen von der Norm waren nie gut, die machten alle aufmerksam, die im Dorf, die Kunden, die Behörden, die Reporter.

Herold stellte sein Brettchen und das Messer in die Spüle, nahm seine Teetasse und trat näher an das Bild heran. Verdammt jung sah er darauf noch aus. Auch Leo war ein fescher Bursche, mit leuchtenden Augen, einem markanten Kinn und einem rabenschwarzen Haarschopf. Er fand sie alle wieder: den Detlef und den Martin, Bodo, der sein erster Fuxmajor war, den blonden Holger, der sich später die Haare lang wachsen ließ und Schlagersänger wurde, und Hartmut. Markus auch. Markus, der ihnen die ganze Suppe eingebrockt hatte. Der sah damals so unscheinbar aus und hatte es doch faustdick hinter den Ohren.

Lukas Herold atmete tief durch und seufzte. Er war sonst keiner, der groß klagt, aber im Moment waren es einfach zu viele Sorgen, die auf ihm lasteten. Er würde noch die Hose wechseln und ein sauberes Hemd anziehen, bevor er sich auf den Weg ins Krankenhaus machte.

19

In hohem Bogen flog die dicke Schwarte durchs Wohnzimmer, klatschte an die gegenüberliegende Wand und polterte zu Boden. Anette Hartmann sprang fast in die Höhe.

»Spinnst du jetzt total?«, fuhr sie ihren Mann erschrocken an, der mit hochrotem Kopf in seinem Sessel saß.

»Das ist alles so eine Scheiße, das stimmt doch hinten und vorn nicht«, sagte der wütend.

»Du kannst doch nicht einfach mit Büchern werfen«, überging sie seinen Einwand. »Stell dir mal vor, du hättest die Blumenvase getroffen.«

»Hab ich ja nicht«, brummte Hartmann. »Nun krieg dich mal wieder ein.«

»Ich krieg mich überhaupt nicht ein, solange du dich so benimmst«, schimpfte sie weiter. »Du hast wohl nicht mehr alle Tassen im Schrank?«

»'tschuldigung.« Hartmann wirkte zerstreut, als hätte er eben erst bemerkt, was er getan hat.

»Was stimmt denn nicht, was quält dich denn so?« Anette hatte ihren ersten Schock überwunden und ärgerte sich offenbar selbst über ihre heftige Reaktion.

»Der schreibt so durcheinander, der macht heute Notizen von Wikileaks, morgen von Augusto Pinochet und übermorgen von Bauern, die Rinder züchten.«

»Bauern? Du sprichst in der Mehrzahl, Cowboy!«

»Ja, es müssen wenigstens vierzehn gewesen sein.« Er schraubte sich aus dem Sessel, klaubte das Buch vom Boden und blätterte. »Hier, ein Eintrag vom April: *Jesus ist Mitglied bei FB.*«

»Was ist FB?«, fragte sie dazwischen.

»Facebook.«

Sie prustete los. »Jesus ist Mitglied bei Facebook, das ist ja köstlich.«

Nun musste selbst er lachen, gewann jedoch schnell die Fassung zurück. »Du weißt doch, ein Tarnname. Ich glaube, der hat allen, die er als Quellen benutzt, Tarnnamen verpasst, aber dazu komme ich gleich.«

»Okay.« Sie nickte.

»Also: Wendler sucht Jesus, seine Quelle, bei Facebook, weil er vermutlich sein Wer-mit-wem-Spiel durchziehen will. In dem Profil von Jesus findet sich eine Liste mit hundertvierundfünfzig Kontakten. Die hat er abgeschrieben. Viele von den Namen hat er schon durchgestrichen, bei einigen hat er sich eine Notiz dahinter gemacht.«

Mit einem Blick prüfte Hartmann, ob er die Aufmerksamkeit seiner Frau noch hatte. Die nickte wieder.

»Und jetzt kommt's: Vierzehn sind rot unterstrichen, und es steht *Bursche* dahinter.«

Er blickte sie beifallheischend an, doch in ihren Augen sah er nichts.

»Ja?«, fragte sie. »Und was sagt dir das? Dass es Männer sind?«

»Burschen – die waren alle in so einer studentischen Burschenschaft.«

»Okay, und weiter?«

»Bei acht von ihnen finde ich klare Angaben zum Beruf beziehungsweise Betrieb – es sind Bauern, alles studierte Landwirte, alle waren auf der Technischen Universität München in Freising-Weihenstephan und haben Tierzucht studiert.«

»Na ja, nun hast du eine kleine Gruppe zusammen, aber was machst du damit?«

»Hm.« Hartmann brummte. »Übrigens, das wird dir gefallen: Weißt du, wer auch ein studierter Landwirt ist?«

Anette verdrehte die Augen. »Ich liebe diese unsinnigen Fragen von dir. Woher soll ich wissen, wer studierter Landwirt ist? Tausende? Soll ich Namen nennen? Männer!«

»Schon gut, schon gut … ich verrat es dir: Denny White.«

»Der Schlagersänger?«

»Yep.«

Wieder brach Anette in Lachen aus. »Denny White ein Kuhhirte, ich fass es nicht. Der Lackaffe! Stell dir den mal im Schweinestall vor. Bauer sucht Frau … heute: Denny White.«

»Auf jeden Fall steht er mit auf der Liste von Jesus. Und

Wendler hat die Notiz ›Bursche‹ hinter seinem Namen gemacht.«

»Das heißt noch lange nicht, dass er Landwirtschaft studiert haben muss, oder?«

»Ich liebe deinen analytischen Verstand, Dr. Watson.« Hartmann machte eine Geste, als würde er seinen Hut lüften. »Du hast vollkommen recht. Ich habe einfach Denny Whites Biografie nachgeschlagen. Der macht gar keinen Hehl daraus. Im Gegenteil. Bevor er seinen Durchbruch als Schlagerstar hatte, ist der ein bisschen durch die Volksmusikszene getingelt, mit dem Beinamen ›der singende Hirte‹ übrigens, du lagst gar nicht so falsch.«

»Okay«, sagte Anette, nun wieder ernster. »Du hast nun eine kleine Gruppe von ehemaligen Burschenschaftlern zusammen. Wo ist nun der Haken?«

»Na ja. Zum einen stehen ja dort meist die Adressen nicht dahinter, zum anderen habe ich keine Ahnung, ob und wie die sonst zusammengehören. Allerdings hat Wendler zwei Namen rot eingekringelt.«

»Welche?«

»Lucky Luke und Leo Geißenhöhner.«

Anette blickte ihn wieder mit dem Was-soll-mir-das-sagen-Blick an.

»Geißenhöhner heißt der Geschäftsführer des Agrarbetriebes, bei dem der Lebensmittelskandal aufgedeckt wurde.«

Anette pfiff anerkennend durch die Lippen. »Okay«, sagte sie gedehnt, sodass es wie ein »Okeeeh« klang. »Du scheinst auf eine Goldader gestoßen zu sein.«

»Möglich.« Hartmann ließ keinerlei Euphorie erkennen. »Mir fehlt noch die Spitzhacke, um die Ader zu öffnen.«

Anette legte die Beine aufs Sofa, zog einen Schmollmund und betrachtete das Bild an der Wand, das sie sich erst im Sommer gekauft hatten. Ein Kunstdruck, den sie diesmal zum ersten Mal nicht nach Inhalten, sondern nach Farbakzenten ausgewählt hatten. Eigentlich hassten die Hartmanns alles Nachgemachte, wie billige Kopien an den Wänden. Aber zum einen waren Kunstdrucke längst keine billigen Kopien mehr, zum anderen besaßen sie nur drei Original-Gemälde, und alle drei Bilder hatten sie nicht nur schon über, sie passten einfach nicht mehr zum Stil des Wohnzimmers, das sie sich vor Jahresfrist neu eingerichtet hatten. Und das Motiv des neuen Bildes gefiel ihnen beiden, sie hatten lange dazu im Internet recherchiert. Farbakzente, Internetrecherche ... vielleicht musste man nur die Fragen an das ominöse Notizbuch anders formulieren, um andere Antworten zu bekommen.

»Was denkst du, Peter: Könnte es nicht sein, dass es nicht nur einen Lebensmittelskandal gibt, sondern mehrere?«

Nun war es an ihm, die Stirn zu runzeln.

»Mehrere Skandale?«

»Mehrere Skandale. Oder mehrere Beteiligte, ganz wie du willst.«

Er wiegte den Kopf, verzog das Gesicht und nickte langsam.

»Klar, und die könnten alle hier auf der Liste stehen.«

»Genau«, sagte sie. »Und dein Volontär ist denen auf die Schliche gekommen.«

»Das ist nicht *mein* Volontär«, knurrte er sie an. Dann drehte er sich seiner Frau zu. »Aber du hast recht«, dämmerte es ihm. »Das würde auch ein Motiv hergeben, um ihn über den Haufen zu fahren. Da gibt es eine Bande gewissenloser Fleischproduzenten, und so ein Anfänger kommt ihnen auf die Spur. Er teilt sein Wissen nicht, sie kriegen raus, was er alles weiß, sie sehen die Gefahr und – Bumm!«

»Das musst du der Polizei erzählen.«

Hartmann rollte mit den Augen. »Du immer und deine Polizei. Die sollen das gefälligst selbst rauskriegen. Viel spannender wäre es doch, den Weg zu verfolgen, den Wendler gegangen ist.«

»Willst du dich auch in Gefahr begeben?«

»Ach nicht doch, Hase. Ich bin doch kein Anfänger mehr.« Hartmann kniff die Augen zusammen und dachte nach. »Aber stell dir mal vor: eine große Aufmachung auf Seite drei, und am nächsten Tag klicken in ganz Deutschland die Handschellen. Das wär doch mal was!«

»Peter!« Anette wurde energisch. »Du sollst nicht immer

Detektiv spielen. Überlass das denen, die ihr Geld dafür bekommen.«

»Hase«, wiederholte er sich, um Frieden bemüht. »Ich bin Journalist. Und manchmal muss ein Mann tun, was ein Mann tun muss.«

»Sagte Al Bundy, bevor er aufs Klo ging«, ergänzte sie sarkastisch und komplettierte damit einen Dialog, der sich schon längst zum Running Gag in Hartmanns Ehe gemausert hatte.

Doch ihr Mann hörte ihr schon gar nicht mehr zu.

20

Was konnte ein Fremder in diesem Bild lesen?

Steffi Schmaerse stand mit den Händen auf dem Rücken in ihrem Büro und betrachtete das Bild, das vor wenigen Tagen das Interesse des Journalisten geweckt hatte. Mario hatte es geknipst, bei einem gemeinsamen Wochenendurlaub im Thüringer Wald. Mario, der Outdoorfan. Mario, der Mann, der allein in der Natur überleben kann. Mario, der ihr weismachen wollte, sie abgöttisch zu lieben. Doch als sie ihm auf den Zahn fühlte, war da nur ein Prahlhans, der sich mit ihr schmücken wollte, wie mit einem neuen Taschenmesser. Trotzdem war sie dankbar für die Monate mit Mario. Er hatte sie gelehrt, auf die Natur zu achten, sich an einem Bergquell zu erfreuen und keine Angst zu haben, wenn es nachts im Wald mal knackt. Er konnte mit minimalistischem Einsatz Forellen aus dem Bach holen, ein kleines Feuer anzünden und ein wunderbares Essen machen. Und außerdem war er ganz passabel im Bett. Aber am Ende hatte er sie nur begeistert, nicht beseelt. Da fehlte was. Sie dachte an ihn ohne Groll. Und sie dachte gern an das Wochenende im Wald zurück, ihr einziges Wochenende im Zelt. Was konnte man aus so einem Bild lesen? Ob Hartmann sie für so eine Camping-Tante hielt? So mit Vorzelt, Gartenzwerg, Biervorrat und Würstchen auf dem Grill? Der Gedanke wäre ihr nicht angenehm.

»Chefin?«, fragte Frank Hölbing hinter ihr. Leise, fast sanft. »Es ist um zehn.«

Sie fuhr herum. Wie lange stand sie hier schon so? Mein Gott. Die Dienstbesprechung.

»Ja«, sagte sie knapp. »Wo sind die anderen?«

»Auf dem Weg, nehme ich an.«

Sie setzte sich an ihren Schreibtisch, rollte den Stuhl nahe heran, zog den Ordner mit der Akte Wendler in die Mitte und legte eine dünne Mappe darauf. Nach und nach trudelten die anderen Beamten des Dezernats »höchstpersönliche Rechtsgüter« in ihrem Dienstzimmer ein. Zumindest die, die heute im

Dienst waren und nicht draußen ermittelten. Drei Plätze würden heute leer bleiben. Je drei Stühle standen an den Längsseiten des Beratungstisches, auf einem weiteren an der Schmalseite saß traditionell Hölbing, der im vergangenen Jahr ihr Stellvertreter geworden war. Schneewittchen und die sieben Zwerge nannten die Kollegen diese Beratungsrunde gern und zwinkerten verschwörerisch mit den Augen, aber das wusste Steffi Schmaerse nicht.

Als alle Platz genommen hatten, klopfte sie mit der Hand flach auf die Aktenmappe. »Wir haben glücklicherweise keine neue Lage, können uns also weiter vollständig auf den Fall Wendler konzentrieren.«

Sie blickte in die Runde und erntete Kopfnicken.

»Also. Michael, was gibt es Neues zu dem Auto?«

»Ein 2009er silberner Golf ist tatsächlich gestohlen worden. In Erfurt-Bindersleben, einen Tag vor dem Mord. Eigentümer ist ein pensionierter Regelschullehrer mit weißer Akte. Spurenlage gleich null. Der Täter hat das Auto vom Parkplatz des Ikea-Marktes gestohlen. Es ist aber nach der Tat nirgends mehr aufgetaucht. Ich habe allerdings meine Suche nach dem beschädigten Fahrzeug auf unseren Schutzbereich beschränkt. Es ist einfach weg.«

»Hast du an das Umweltamt gedacht?«, fragte Hölbing dazwischen. »Die Karre kann auf irgendeinem Waldweg stehen.«

Michael Plöttner blickte seine Chefin fragend an.

Die nickte knapp. »Dann mach das«, forderte sie ihn auf. »Wenn die Antwort negativ ist, sensibilisiere die Damen und Herren ein wenig. Werden wir nicht fündig, sollten wir über den Direktor eine Routineanfrage bei den LKAs von Bayern, Hessen, Sachsen-Anhalt und Sachsen starten. Frank?« Steffi Schmaerse blickte ihren Vize an, der die Augen zusammengekniffen hatte. Ein gutes Zeichen bei ihm.

»Wartet mal, mir fällt was ein«, sagte er. »Wenn er den Golf bei Ikea in Erfurt geklaut hat, wie ist er da hingekommen? Der muss einen Komplizen haben, zumindest für den Fahrzeugdiebstahl. Oder er ist mit dem Taxi gefahren. Vielleicht sollten wir auch die Taxizentrale überprüfen.«

Steffi nickte. »Da ist was dran, ein guter Tipp.«

Gabi Kaspar meldete sich. Die junge Blondine war erst im Frühjahr in das Dezernat von Steffi Schmaerse gekommen. Bis dahin war sie im Verkehrsunfalldienst der Autobahnpolizei am Hermsdorfer Kreuz tätig gewesen. Mit besonderem Fleiß und Ehrgeiz in Sachen Spurensicherung hatte sie sich für den gehobenen Dienst empfohlen. Nun sollte sie vor der Delegierung zum Studium Erfahrungen bei der Kripo sammeln. Steffi Schmaerse nickte ihr aufmunternd zu.

»Nur zu, Gabi.«

Die rutschte ein wenig umständlich auf ihrem Stuhl zurecht.

»Also, ich denke ja, wir haben es hier mit einem Profi zu tun. Egal, wo wir gesucht haben, er hat bislang noch nicht den Hauch einer Spur hinterlassen. Deswegen widerspreche ich Kollege Hölbing.« Sie machte eine Pause und bekam feuerrote Ohren. »Ich glaube nicht, dass einer, der so raffiniert vorgeht, dass er keine Spuren hinterlässt, mit einem Taxi zu Ikea rausfährt. Die Gefahr, vom Taxifahrer entweder mit Fragen gelöchert und oder wiedererkannt zu werden, ist viel zu groß. Wer wirklich unauffällig dorthin will und keinen Komplizen hat, der fährt tatsächlich mit Straßenbahn und Bus raus. Und das wird schwer zu überprüfen sein.«

Frank Hölbing starrte seine junge Kollegin an, legte die Stirn in Falten und nickte langsam und anerkennend. Steffi Schmaerse machte sich eine Notiz.

»Wir überprüfen dennoch die Taxizentrale. Wir haben es hier offenbar mit einem brutalen Mörder zu tun. Da will ich nichts auslassen. Du, Gabi, suchst eine zur Tatzeit passende Verbindung mit dem öffentlichen Personennahverkehr raus. Frag den oder die Busfahrer, ob ihnen jemand aufgefallen ist. Wenn allerdings deine Theorie stimmt, dann haben wir schlechte Karten. Frag trotzdem.«

Sie blickte in die Runde.

»Noch andere schlechte Nachrichten?«

Hölbing nickte. »Ja, habe ich. Gestern habe ich noch mal mit dieser Korbmacher gesprochen, der Freundin des Opfers. Sie glaubt nicht an einen Unfall. Wendler muss ihr gegenüber von

Angst gesprochen haben, davon, dass ihm etwas zustoßen könnte. Ich weiß nicht, wie lange wir gegenüber der Öffentlichkeit die Unfallgeschichte noch aufrechterhalten können.« Er ließ ein paar zusammengetackerte Blätter über den Tisch in Richtung seiner Chefin segeln. »Hier hast du das Befragungsprotokoll«, setzte er hinzu.

»Ich glaube auch nicht, dass wir mit der Wahrheit noch lange hinter dem Berg halten können«, sagte Steffi Schmaerse. »Die Presse hat bereits Witterung aufgenommen. Bei mir war Peter Hartmann von der Rundschau.«

Hölbing kniff wieder die Augen zusammen, Plöttner rollte mit den Augen, und die Neue schien das ganze Gespräch protokollieren zu wollen.

»Ich hatte nicht das Gefühl, dass er von uns Informationen wollte«, sagte sie mit Blick auf Plöttner. »Er schien eher besorgt zu sein, dass wir der Unfallflucht« – hier malte sie mit den Fingern Anführungszeichen in die Luft – »zu wenig Aufmerksamkeit widmen. Er hat mir dasselbe gesagt wie dir die Freundin von Wendler. Angst, Todesahnungen, Verschwörungstheorien. Dabei denke ich über einen interessanten Fakt nach: Wendler soll kurz vor seinem Tod an Berichten über den Lebensmittelskandal in Niedersachsen gearbeitet haben. Ich habe inzwischen eine Anfrage an das hiesige Amt für Lebensmittelüberwachung gerichtet, ob es hier irgendwelche Unregelmäßigkeiten gibt. Außerdem hab ich Kontakt mit den Kollegen in Niedersachsen, aber noch keine Antwort. Ich will erst mal wissen, was dort läuft.«

»Soll ich die Korbmacher noch mal dazu befragen?«, wollte Hölbing wissen.

»Tu das«, sagte sie. »Und frag sie gleich, ob er zu Hause irgendwelche Notizen von der Arbeit aufbewahrt. Hartmann rückt natürlich nichts raus, und den Staatsanwalt brauchen wir in dieser Sache gar nicht erst zu fragen – die Spur ist viel zu vage.«

»Hoffentlich ist Hartmann nicht schon wieder auf eigene Faust unterwegs und überrascht uns mit einer Schlagzeile. Wäre nicht das erste Mal«, gab Plöttner zu bedenken, der aus seiner Abneigung gegen den Polizeireporter der Riedburger Rundschau keinen Hehl machte. Steffi Schmaerse konnte es ihm nicht verdenken. Hartmann war es, der bei einem Raubüberfall auf ein Reisebüro vor ein paar Jahren eine Ermittlungspanne aufgedeckt hatte, und Plöttner hatte dafür die Prügel von Polizeidirektor Tremel eingesteckt. Zu Recht, übrigens.

Recht hatte aber auch Plöttner mit seinen Bedenken. »Deswegen lasse ich mich ja auch von den Kollegen in Niedersachsen briefen. Hartmann hat einen Informationsvorsprung, weil die Zeitung sich intensiver mit dem Skandal beschäftigt hat als wir. Aber er kann auch nicht in die Akten der Kollegen gucken.«

Als ihre kleine, aber schlagkräftige Truppe wieder ausgeschwärmt war, wendete sie ihren Drehsessel um einhundertachtzig Grad und legte die Hacken ihrer Füße auf die Heizkörper. Wie gefährlich konnte das Wissen eines Journalistenanwärters sein, dass er dafür sterben musste?

»Was wusste Wendler?«, murmelte sie. Dann herrschte sie ihren Kaktus an. »Kannst du mir das vielleicht sagen?« Doch ihr kleiner Freund schwieg. Wie immer.

21

Natürlich war sein Auto auffällig. Peter Hartmann wusste, dass man einen alten Astra schneller vergessen konnte als seinen vergleichsweise protzigen 300er Chrysler. Aber er hatte ihn lieb gewonnen. Und auf der langen Fahrt nach Eslohe wollte er sich nicht auf Anettes kleinen Peugeot verlassen, das wäre ihm einfach zu unbequem gewesen. Es war so schon ein blödes Gekutsche: Entweder musste er einen Haken über Kassel schlagen oder schon in Alsfeld die Autobahn verlassen. Dann geriet er auch noch beim Kirchheimer Dreieck in einen kapitalen Stau. Eigentlich hätte er damit rechnen können. Doch da er wusste, dass in Richtung Kassel noch immer gebaut wurde, hatte er sich für die langsamere Strecke entschieden. Vor ein paar Jahren wäre ihm das noch nicht passiert, da hätte er Staus gemieden wie der Teufel das Weihwasser – seines nervösen Magens wegen.

Inzwischen war das besser. Er riss sich zwar noch immer nicht um Staus, geriet ihretwegen aber nicht in Panik. Wegen der weiten Strecke hatte Hartmann auch den Chrysler gewählt – er war einfach bequemer. Auch wenn das schwarze Dickschiff sehr auffällig war, wirklich bereut hatte er die Anschaffung nie. Vor fünf Jahren war das gewesen. Ein ominöser Freund, der in Wahrheit nichts weiter als ein riesengroßes Arschloch war, hatte ihm bei seinem unrühmlichen Abgang einen Haufen Geld hinterlassen. Mehr, als man eben so einfach ausgeben kann. Aber er wollte mit dem Mann auf keinen Fall in Verbindung gebracht werden, deswegen hatte er einiges von dem Geld anonym verschenkt, hatte Gutes getan, und den Rest ordentlich angelegt. Der Chrysler und später das Haus waren so die Ausgaben, bei denen Fremde nicht ins Grübeln kämen. Immerhin, er war Redakteur, seine Frau Friseurmeisterin mit eigenem Salon, da glaubten die Leute ohnehin, sie würden im Geld schwimmen. Und nach ein paar Frotzeleien hatten sich alle daran gewöhnt, dass Hartmann ein größeres und »schwärzeres« Auto fuhr als der Riedburger Landrat. Freilich, mit den paar Porsche Cayenne einiger hiesiger Unternehmer konnte er nicht mithalten. Aber es ging ihm auch nie wirklich um das Statussymbol. Er fand das große Auto einfach geil. Eigentlich hätte es damals ein Chrysler Stratus Cabrio sein sollen, doch seine Frau hatte ihm das Stoffverdeck mit Hinblick auf das Wetter in Deutschland einfach ausgeredet.

Und nun war er mit seinem Dickschiff auf dem Weg zu Lukas Herold. Er hatte einen freien Tag, und es war tatsächlich eine Fahrt ins Blaue – nicht nur des Wetters wegen. Lukas Herold war das Ende eines Fadens, der sich bislang nur als komplexes Wollknäuel dargestellt hat. Lukas Herold war der Name, der sich hinter der Facebook-Identität Lucky Luke verbarg. Das hatte Christian Wendler relativ schnell herausbekommen. Allerdings nicht klar in seinem Notizbuch festgehalten. Dort verwendete er weiter den Spitznamen Lucky Luke. Doch ein paar Seiten weiter fand sich die Adresse des Heroldshofes, der Rest war journalistische Routine: Der Heroldshof hatte eine eigene Seite bei Facebook, und er war von Lucky Luke verlinkt. Das Foto, das Lucky Luke als Profilbild verwendete, war das des Inhabers des Heroldshofes. Was Hartmann jedoch Sorgen bereitete, waren Wendlers Notizen, mit denen er sich auf einen Besuch des Heroldshofes vorbereitet hatte. Den angegebenen Zeitraum hatte er überprüft – da hatte Wendler ein langes Wochenende, um einen Sonntagsdienst abzubummeln. Verdammte Axt aber auch, der Junge hatte offenbar wirklich auf eigene Faust recherchiert und war dabei möglicherweise in Gefahr geraten! Nun hatte Hartmann selbst frei. Aber bei ihm war das was anderes. Er wusste, was er tat. Er konnte Risiken minimieren. Kann das ein Fünfundzwanzigjähriger auch? Als er, Hartmann, fünfundzwanzig war, studierte er noch. Nein, er glaubte nicht, dass so ein junger Bursche so eine Recherche machen sollte. Zumindest nicht allein. Was war da schiefgelaufen? Hätte Hartmann ihn etwa beschützen sollen? Hätte er es gekonnt?

Eslohe erwies sich als süßes verschlafenes Nest, das gleich am Ortseingang wichtigtuerisch auf seinen Status als Luftkurort hinwies. Hartmann fand eine Fleischerei in der Nähe des Heimatmuseums und kaufte sich ein belegtes Brötchen und einen

Ring Knackwurst, die man hier Mettwurst nannte. Bei der Gelegenheit erkundigte er sich nach der Herkunft der Wurst. Waren das auch regionale Produkte? Die Verkäuferin blickte misstrauisch, vertraute dann aber offenbar Hartmanns neugierigem, offenem Blick und holte zu einer längeren Erklärung aus. Innerhalb der nächsten paar Minuten erfuhr Hartmann die ethischen Grundsätze der Landfleischerei ebenso wie die Vorzüge des Sauerlandes im Allgemeinen und ihrer Lieferanten im Besonderen. Sogar Spezialitäten von der Bisonfarm in Werpe könne er hier bekommen, man stelle sich das vor, und die sei schließlich ein gehöriges Stückchen weg. Und wegen dem Schmallenberg-Virus müsse sich Hartmann keine Angst machen, der könne Bisons nicht befallen.

»Ein gut sortiertes Geschäft«, unterbrach Hartmann den Redeschwall der Verkäuferin und fragte sie dann direkt nach Lukas Herold.

»Ah, der Heroldshof«, sagte sie und schnalzte mit der Zunge. »Eine gute Wahl. Ein wunderbares Fleisch.« Obwohl keine weiteren Gäste im Laden waren, beugte sie sich ein wenig vor und fing an, verschwörerisch zu flüstern. »Wissen Sie, der Heroldshof liefert ja eigentlich nur an zwei Schlachthöfe. Da muss man schon Beziehungen haben, um von dem Fleisch zu kriegen.«

»Ist nicht wahr. Und Sie haben etwa …«, ließ sich Hartmann gern locken.

»Na freilich. Wir kriegen regelmäßig was rein.«

Hartmann ließ sich eine sündhaft teure Rinderlende einpacken. Damit erkaufte er sich nicht nur das Vertrauen der Verkäuferin, sondern auch jede Menge Informationen über den Bauernhof und seinen Besitzer.

Eine Viertelstunde später lenkte Hartmann seinen Chrysler auf das Gelände des Heroldhofes. Eine kleine Parkfläche grenzte unmittelbar an ein ebenso kleines einstöckiges Gebäude, das sich als Hofladen entpuppte, der allerdings vorübergehend geschlossen war, wie ein Schild verkündete. Herolds Frau lag derzeit im Krankenhaus, die Verkäuferin in der Fleischerei sprach von einer Krebserkrankung.

Für einen Bauernhof war das Gelände riesig, stellte Hartmann fest. Ein langes Rolltor mit gelber Rundumleuchte grenzte das Betriebsgelände vom Parkplatz und der Straße ab. Es sah aus, als ob es schon lange nicht bewegt worden wäre und grundsätzlich offen stünde. Die Zufahrt hatte über die ganze Breite eine kleine Mulde mit dicken Gummimatten. Seuchenmatten, registrierte Hartmann, der nicht das erste Mal einen landwirtschaftlichen Betrieb besuchte. Auf dem Parkplatz standen nur drei Autos, zwei davon waren in die Jahre gekommene Kombis. Mitarbeiter des Hofes, mutmaßte Hartmann. Weil niemand zu sehen war, ging er durch die schmale Gittertür neben dem Rolltor und musste dabei ebenfalls eine dicke blaue Schaumgummimatte überqueren, die zwar feucht zu sein schien, aber dennoch problemlos mit Halbschuhen passierbar war. Ein Trecker mit einer großen, hoch über das Führerhaus erhobenen Ladegabel rollte über den Hof. Der Fahrer stoppte kurz und blickte ihn fragend an.

»Ich suche Herrn Herold«, rief Hartmann, bemüht, den Lärm des Traktors zu übertönen. Dessen Fahrer nickte und wies mit der Hand nach links auf das zweistöckige Gebäude, an das ein scheinbar endloser Flachbau, vermutlich ein Stall, unmittelbar andockte.

»Danke«, brüllte Hartmann. Der Traktorfahrer nickte knapp, legte den Gang ein und fuhr an, ohne sich weiter um den Gast zu kümmern.

Das Haus erwies sich als ein Verwaltungs- und Lagerhaus, und es war offenbar schon deutlich älter. Eine kurze Freitreppe aus Beton führte gleichermaßen zum Haupteingang und zu einer Laderampe. Von einem dunklen Flur mit einfachen Bodenfliesen aus gingen mehrere Türen ab, deren Bedeutung von schwarz eingefrästen Buchstaben auf weißen Plastikschildern verkündet wurde. »Aufenthaltsraum«, las Hartmann, nachdem das Neonlicht flackernd angesprungen war, und »Buchhaltung« oder »Toilette Männer«. Wie in einer kleinen LPG in den letzten DDR-Jahren, konstatierte er. Hinten links war, was er suchte. »Büro« stand an der Tür.

Hartmann klopfte und hörte aus der Ferne ein kräftiges »Ja«. Er trat ein und fand sich in einem winzigen Vorzimmer wieder.

Die Möbel waren alt und abgeschabt. Der kleine Schreibtisch sah aus, als wäre er seit Jahren nicht benutzt worden. Ein Jahresplaner unter der fleckigen Glasplatte verkündete das Jahr 1988. Ob er auch von besseren Zeiten kündete, wer weiß? Vielleicht hat sich ja Herolds Vorgänger noch eine Sekretärin leisten können – es waren schließlich auf jeden Fall Zeiten mit höheren Beschäftigungsquoten gewesen.

Das unbesetzte Vorzimmer war durch eine jetzt offene Glasschiebetür vom eigentlichen Büro getrennt. Ein blonder Mann in mittleren Jahren kam ihm entgegen. Er war groß und breitschultrig, trug schweres Schuhwerk, grobe Cordhosen von einem hellen Braun, ein kariertes Hemd und eine zu kurze offene Lederweste.

»Ja«, wiederholte er, und jetzt klang es wie eine Frage.

»Mein Name ist Stiebritz«, log Hartmann und zeigte ihm von Weitem seinen Presseausweis. »Peter Stiebritz vom Stern. Herr Herold?«

Der Große blieb ungerührt. »Ja«, sagte er zum dritten Mal und baute sich vor ihm auf. »Und Sie wünschen?«

»Nun, es ist so: Ich arbeite gerade an einer Story über Geschichte und Gegenwart von Burschenschaften in Deutschland. Die Münchner Concordia empfahl Sie mir als Ehemaligen.« Hartmann wartete die Reaktion ab.

Über das Gesicht von Herold huschte ein rasches Lächeln, bevor es einem eher genervten Gesichtsausdruck Platz machte.

»Von der Concordia, soso. Wieso schicken die alle zu mir? Können Sie mir das sagen? Und wieso macht die Presse gerade jetzt Jagd auf Burschenschaften?«

Hartmann versuchte, so dumm zu gucken, wie es gerade eben ging.

»Ich fürchte, ich verstehe nicht ganz.«

»Da kann ich Ihnen helfen: Vor vier Wochen war ein Kollege von Ihnen da, von irgendeinem Thüringer Nachrichtenmagazin. Genau wie Sie kam der hier hereinspaziert und wollte von mir was über die Concordia wissen.«

»Oh«, machte Hartmann. »Nun, ja, wir wissen natürlich nicht, woran die Kollegen in Thüringen gerade arbeiten, aber …«

»Ist ja auch egal«, sagte Herold mit einer wegwerfenden Handbewegung. Er stand immer noch Hartmann gegenüber und machte keinerlei Anstalten, ihn ins Büro zu bitten.

»Hätten Sie denn ein paar Minuten für mich?«

»Als ob man so eine Geschichte in ein paar Minuten erzählen könnte«, brummte Herold. »Und offen gestanden …«, er blickte demonstrativ auf seine Armbanduhr, »… ich muss in einer Stunde los, meine Frau … Ich habe einen Termin.« Er wirkte unschlüssig. Hartmann blickte ihn fragend an. »Also kommen Sie schon mit«, sagte Herold schließlich, »vielleicht kann ich Ihnen unterwegs ein bisschen was erzählen.«

Er stapfte an Hartmann vorbei und geradewegs auf den Flur. Ihm blieb nichts weiter, als dem Landwirt zu folgen.

»Wissen Sie, ich bin eigentlich gar nicht mehr so eng mit der Concordia verbunden, wie die Ihnen das erzählen«, begann Herold, und Hartmann schlug sein Arbeitsbuch auf, um sich Notizen zu machen. »Beigetreten bin ich während meines Studiums in Weihenstephan, an der TU München. Dort habe ich mir das Rüstzeug für meinen Beruf geholt. Es ging ja vielen meiner Generation so, dass sie die elterlichen Höfe auf Vordermann bringen mussten.« Herold öffnete die Nebentür des langen Stallgebäudes und ließ Hartmann den Vortritt. »Moderne Rindfleischerzeugung geht nicht mehr so, wie das unsere Vorväter gemacht haben. Wenn die Eltern so etwas überhaupt zuließen, mit Abitur und so, da bot sich ja ein Studium förmlich an. Und dort bin ich zur Burschenschaft gestoßen.«

Er ging durch einen schmalen, mit schweren Stangen abgegrenzten Gang zu einem Podest an der Stallwand, an der sich eine Art Schaltzentrale befand. Computermonitore, grobe Knöpfe und mehrere Tastaturen erinnerten mehr an den Kommandostand eines Kraftwerkes als an einen Kuhstall.

»Ein Transfeed-Roboter zur vollautomatischen Fütterung«, rief Herold Hartmann zu, und er schien in seinem Element. »Sehen Sie, mein Vater hat noch mit der Schaufel in der Karre das Futter gemischt. Solche Viehbestände wie heute hätte er nur mit ungeheurem Personalaufwand halten können.« Er wischte sich die rechte Hand am Hosenbein ab. »Wo war ich stehen geblieben? Ach ja, die Burschenschaft. Das hatte eine Menge für sich. Wenn man von einem Bauernhof kommt, dann kocht man oft im eigenen Saft. In Weihenstephan habe ich nicht nur fachlich ungeheuer dazulernen können. Ich habe Gleichgesinnte getroffen, die dieselben Wurzeln und dieselben Ziele hatten wie ich. Und das war nur meine Seminargruppe. In der Burschenschaft ging das ja weiter. Wir haben uns politisch interessiert, wir haben Vorträge über Raumfahrt gehört, wir haben einfach unseren Horizont erweitert. Und ich habe Kameradschaft erfahren. Treue.« Lukas Herold rüttelte an der Tür einer Gitterbox, wie um sich zu vergewissern, ob sie auch hält.

Hartmann zeigte auf die Tiere, die jeweils in Gruppen zu dreien bis fünfen in so einer Box standen. »Sind das Holsteiner?«, fragte er.

Herold freute sich über das Interesse des Gastes. Er blieb stehen und musterte ihn nun freundlicher als vorhin im Büro.

»Na ja, viel Ahnung scheint ihr Schreiber nicht zu haben«, schmunzelte er. »Das sind Deutsche Angus, aber immerhin, da waren früher auch schwarzbunte Holsteiner mal dazwischen. Sie sollten mal die Bullen sehen. Die kommen locker auf eine Tonne.«

»Und die rötlichen dahinten?«

»Das sind Limousin-Rinder. Angus und Limousin sind bei uns die Fleischlieferanten. Wir haben auch Galloways, die sind aber das ganze Jahr über auf der Weide. Landschaftspflege, verstehen Sie? Das sind die wolligen, die haben Sie bestimmt schon mal gesehen.« Dann blieb er abrupt stehen.

»Sie wollten doch was zu unserer Burschenschaft wissen.«

»Das meiste hat man mir ja schon in München erklärt. Was mich interessiert, ist, wie Sie als Ehemaliger Kontakt zu Ihren Kameraden halten.«

»Als Alter Herr zu den Burschen«, korrigierte Herold sofort.

»Genau das meine ich«, kam ihm Hartmann entgegen.

»Hm«, machte Herold. »Da müssen wir ins Wohnhaus rüber. Aber wie gesagt, ich habe nicht viel Zeit.« Er stiefelte mit großen Schritten voran zum Stallausgang.

»Sie haben wenig Beschäftigte hier«, versuchte Hartmann, das Gespräch in Gang zu halten.

»Das habe ich Ihnen ja erklärt«, sagte Herold über die Schulter. »Das ist eine Frage der Wirtschaftlichkeit. Personalkosten sind ein großer Posten in so einem Betrieb. Ich muss schon rechnen, wie viel Tonnen Fleisch ich jährlich pro Beschäftigten produziere. Der Schlachthof bezahlt mich für die Rinder, nicht fürs Personal.« Er stürmte förmlich über den Hof.

Im Wohnhaus führte Herold den Reporter in die große Stube, die sich im Erdgeschoss befand. Aus einem Hängeschrank, der sich in der Arbeitsecke gleich über dem Computer befand, holte er zwei prall mit Briefen, Dokumenten und Fotos gefüllte Aktenmappen.

»Bei Ihnen hat aber auch die moderne Technik Einzug gehalten«, sagte Hartmann und deutete auf den Computer.

»Sie dürfen nicht alle für dämlich halten, die in der Landwirtschaft arbeiten«, sagte Herold abrupt unfreundlich.

»Sorry, ich wollte Ihnen nicht zu nahetreten«, machte Hartmann einen Rückzieher.

»Hier haben Sie den Schriftverkehr mit der Burschenschaft«, ging Herold offensichtlich missgelaunt über die Entschuldigung hinweg. »Und hier«, er zog ein Schreiben aus der Mappe, »die Einladung, die ich dieses Jahr zu einem Vortrag hatte.«

»Halten Sie regelmäßig Kontakte zur Concordia?« Hartmann versuchte, so unverbindlich wie möglich zu klingen.

»Na ja«, Herold zögerte. »Ich besuch die nun nicht regelmäßig«, sagte er. »Die Alten Herren werden zwar einmal jährlich zum Sommerball eingeladen, aber die wenigsten fahren hin.«

»Sie schreiben sich hin und wieder?«, bohrte Hartmann weiter.

Jetzt grinste Herold. Die Chance zur Retourkutsche ließ er sich nicht entgehen. »Es gibt auch einen E-Mail-Verkehr. Und viele sind auch bei Facebook. Social Media, falls Sie das kennen.«

Hartmann grinste zurück. »Der Punkt geht an Sie«, sagte er versöhnlich. »Aber das mit Facebook weiß ich, da habe ich Sie auch schon gefunden. Und viele andere aus der Concordia auch.«

»Na sehen Sie«, freute sich Herold.

»Ach sagen Sie, Herr Herold«, nutzte Hartmann die Gunst des Augenblicks, »dort steht auch ein Leo Geißenhöhner auf der Liste.«

Das Lächeln aus Herolds Gesicht war wie weggewischt.

»Ach ja«, sagte er lauernd, wobei es nur beinahe wie eine Frage klang.

»Kennen Sie ihn?«

»Wenn er in meinen Kontakten steht, werde ich ihn wohl kennen. Ich verstehe Ihre Frage nicht.« Herold wurde wieder ungehalten.

»Ist Leo Geißenhöhner nicht Chef von dem Betrieb, in dem dieser STH-Skandal aufgedeckt wurde?«

Lukas Herold konnte nicht verhindern, dass er rot anlief.

»Was hat das mit der Concordia zu tun?«, fragte er und stand auf.

»Na, Leo Geißenhöhner war doch auch Mitglied der Burschenschaft, oder nicht?«

»Was wollen Sie jetzt eigentlich von mir?« Herold wurde lauter. »Wenn Sie was von Geißenhöhner wollen, müssen Sie ihn schon fragen.«

»Ich wollte ja nur wissen, ob Sie ihn kennen.«

»Und? Das habe ich Ihnen bestätigt.« Herold schlug demonstrativ die Mappe wieder zu und legte sie auf seinen Schreibtisch.

»Kann ich sonst noch was für Sie tun?«

Hartmann stand ebenfalls auf.

»Ich habe wenig Zeit, das sagte ich Ihnen bereits.«

Das Gespräch schien offiziell beendet, der Abschied fiel noch unfreundlicher aus als die Begrüßung.

22

Als der große schwarze Wagen des Journalisten außer Sichtweite war, legte Lukas Herold seine Stirn an die Fensterscheibe. Schön kühl war das und beruhigend. Sein Herz hämmerte, und er sglaubte, er könne noch immer die Röte im Gesicht spüren. Eine Mischung aus Wut und Angst. Weswegen war dieser Mann zu ihm gekommen? Bei diesem jungen Reporter vor ein paar Wochen hatte er sich noch nichts weiter gedacht. Aber der hatte sich auch ausschließlich auf die Concordia konzentriert. Oder hatte der ihm auch schon so komische Fragen gestellt? Oder waren die Fragen heute eher zufällig? Vielleicht geriet er auch völlig unnötig in Panik. Hat Geißenhöhner auch Besuch bekommen? Er musste ihn fragen, musste ihn warnen.

Lukas Herold löste sich vom Fenster und ging hinüber zum Schreibtisch. Mit dem Telefonhörer in der Hand setzte er sich auf seinen Schaukelstuhl. Sein Lieblingsstück auf dem Kuhfell. Von hier aus hatte er den Fernseher im Blick, konnte zur Tür sehen und auch aus dem Fenster. Er atmete tief durch, dann wählte er die Nummer von Leo Geißenhöhner. Er wollte fast wieder auflegen, da wurde endlich abgenommen.

»Ja bitte«, krächzte eine Stimme ins Telefon. Eindeutig nicht Geißenhöhner. Es sei denn, er war schwer erkältet.

»Ähm, hier ist Lukas Herold, ich hätte gern Herrn Geißenhöhner gesprochen.«

»Lucky, altes Haus.« Die Stimme seines Freundes klang plötzlich wieder normal. »Ich bin es, Leo.«

»Bist du erkältet?«

»Nein, ich will nur nicht dauernd am Telefon genervt werden.«

»Soll ich wieder auflegen?«

»Du doch nicht.«

»Hör mal, ich muss dich dringend sprechen. Es könnte sein, dass bei dir demnächst ein Journalist auftaucht.«

Geißenhöhner lachte. Es klang nicht lustig. »Willst du mich

verarschen, Lucky? Bei mir klingelt dauernd die Journaille. Die stehen hier seit Wochen vor meinem Hof. Am Anfang war noch das Fernsehen jeden Tag da.«

»Ja ich mein ja nur. Bei mir war heute einer, der hat nach dir gefragt.«

»Nach mir?« Geißenhöhner war still, wartete gespannt.

»Ja, nach dir. Der wollte wissen, ob ich dich kenne.«

»Ach du Scheiße.«

»Eben.«

»Und was hast du gesagt?«

»Ich habe Ja gesagt, der hatte uns schon über die Concordia in Verbindung gebracht.«

»Über die Concordia? Bist du sicher, dass es nur das war?«

Herold schwieg.

»Lucky! Hörst du mich? Bist du sicher, dass der Mann nicht mehr wusste?«

»Ich weiß nicht«, druckste Herold herum. »Kann sein, kann aber auch nicht sein.«

Geißenhöhner atmete hörbar aus.

»Das ist vielleicht eine Scheiße«, wiederholte er dann plötzlich.

»Das kannst du laut sagen. Und nun?« Herold erwartete einen Rat von Geißenhöhner. Das war schon damals so, auf der Uni. Geißenhöhner war älter, erfahrener, hatte den größeren Hof und hatte mehr Ahnung von Frauen. Einer, dem man sich anschloss, wenn man was erleben wollte.

»Ich muss nachdenken«, sagte er. Die beiden schwiegen sich eine Weile an.

»Mach gar nichts«, sagte Geißenhöhner schließlich.

»Wie, gar nichts?«

»Na gar nichts. Du unternimmst nichts und passt schön auf. Besuche, Fragen, vor allem die der Behörden. Sei einfach aufmerksam.«

»Kann ich versuchen.« Herold klang unsicher. Dann fragte er: »Soll ich die Tabletten absetzen?«

»Schwere Frage«, antwortete Geißenhöhner. »Und dumme Frage.«

»Bitte?«

»Hast du mal dran gedacht, dass mein Telefon abgehört werden könnte?«

»Leo, alter Junge, du stehst doch nicht unter Terrorverdacht.«

»Manchmal komm ich mir aber so vor.«

»Also was ist nun mit den Pillen?«

»Ich an deiner Stelle würde es nicht tun.«

»Warum?«

»Weil jede Veränderung bei deinen Tieren dich nur auffallen lässt. Bei mir war es ja so ähnlich.«

»Wie war es bei dir? Erzähl doch mal.«

Geißenhöhner schwieg.

»Leo, bist du noch da?«

»Ja«, sagte dieser schließlich. »Das war bei mir eine Mischung zwischen alter Feindschaft und einem Zufall.«

»Erzähl.«

»Ich hab hier ein paar Kilometer weiter einen alten Feind. Das ist ein kleiner Weltkrieg, schon unsere Väter konnten sich nicht leiden. Auf jeden Fall, das ist eigentlich ein Hühnerbauer mit ein bisschen Getreide und Kartoffeln, keine wirkliche Konkurrenz.«

»Und weiter?«

»Wir gehen uns eigentlich aus dem Weg. Aber der hat mir mal vor Jahren einen Bullen abgekauft. Wollte er seiner Tochter zur Hochzeit schenken. Sozusagen als Mitgift. Die hat bei einem Rinderzüchter im Norden eingeheiratet.«

»Was war mit dem Bullen?« Herold wollte die ganze Geschichte wissen.

»Mit dem war gar nichts. Da hatte ich noch nicht … Na ja, da hatte ich noch nichts gemacht, verstehst du?«

»Hm.«

»Und jetzt hat er auf dem Schlachthof einen Bekannten abholen wollen, als mein Vormann gerade eine Partie Kühe gebracht hat. Die kamen ins Gespräch, und natürlich hat er mitgekriegt, dass das meine Kühe waren. Dann hat er sich darüber lustig gemacht.«

»Ja und?«

»Meine Kühe wären größer als meine Bullen, hat er gesagt.«

»Deine Angus?«

»Nun sind sie tot. Alle.«

»Hat der dich angezeigt?«

»Brauchte er gar nicht. Der vom Schlachthof war eifrig genug, dem Amt Bescheid zu sagen. Die haben sich dann ein paarmal ganz speziell um meine Kühe gekümmert. Eines Morgens standen sie dann hier auf dem Hof. Den Rest der Geschichte kennt die ganze Welt.«

»Schöne Scheiße«, sagte Herold.

»Hmhm«, machte Geißenhöhner.

Nach einer Pause fragte Herold weiter: »Was wird denn nun aus dir?«

Auch sein Gegenüber schwieg eine Weile. »Das ist es ja«, sagte er dann. »Ich war ein paarmal bei Kripo und Staatsanwaltschaft und musste aussagen. Jetzt sitze ich zu Hause rum und warte. Und weiß noch nicht einmal, worauf. Das kann alles dauern. Das Schlimmste ist, dass mein Bestand gekeult wurde. Ich habe nichts mehr.«

»Du könntest wieder von vorn anfangen.«

»Bis jetzt darf ich gar nichts machen. Erst, wenn der Fall abgeschlossen ist. Dann muss ich wohl sehen, was der Richter sagt.«

»Ich habe Angst, Leo.«

Geißenhöhner lachte auf. Brummig klang es, böse und gefährlich. »Frag mich mal.«

»Und wenn man mich auch erwischt?«

»Pech«, sagte Geißenhöhner. »Aber wenigstens weißt du dann schon, was dir blüht.«

»Ich glaub, ich hör auf.«

»Wie gesagt, ich rate dir ab.«

»Vielleicht fällt es nicht auf, wenn ich auf eine andere Rasse umstelle. Das müsste gehen, was meinst du?«

»Red mit Jesus, ich kann dir da nicht helfen.«

»Halt die Ohren steif, Leo.«

»Du auch, Lucky.«

Herold legte wieder die Stirn an das Glas der Fensterscheibe. Die Stirn glühte. Nach ein paar Minuten schlurfte er in die

Küche, holte die Schnapsflasche aus dem Schrank und goss sich ein großes Glas ein, dass er auf ex trank. Dann griff er erneut zum Telefon. Doch auch das Gespräch mit Andreas Weller im Hessischen brachte keine neuen Erkenntnisse. Immerhin – bei dem war der neugierige Journalist nicht aufgekreuzt. Sie mussten Jesus informieren, insofern waren sie sich einig. Der war der Einzige, der alles wusste, der war auch der Einzige, der die Verbindung zum Produzenten der Tabletten hielt. Er war es schließlich auch, der ihnen versichert hatte, das sei alles sauber. Kein Dreck aus Osteuropa, keine Nachteile für die Tiergesundheit. Das Wachstumshormon würden die Rinder ja auch selbst produzieren. Am Ende würden sie nur ein wenig nachhelfen.

Wenn er wüsste, wie leicht oder wie das Zeug im Körper nachweisbar war, dann könnte er ruhiger schlafen. Aber Geißenhöhner hatten sie ja auch erwischt. Schluss machen. Er hatte bis jetzt schon eine ordentliche Stange Geld gemacht, er könnte auch verzichten. Zumal er gerade vom Leben deutlich vor Augen geführt bekam, dass es Wichtigeres gab. Die Gesundheit seiner Bärbel zum Beispiel. Da nutzte kein Stall voller feinem Rindfleisch, und da nutzte kein Konto voller Geld.

Er schlug mit der Faust vor den Fensterrahmen, schenkte sich noch einen Schnaps ein, setzte sich auf seinen Lieblingsplatz und fing an zu schaukeln, bis er müde wurde. Seine Bärbel würde er morgen besuchen.

23

Hartmanns Aschenbecher stand blank poliert auf dem Schreibtisch. Es war ein altes und billiges Stück aus gegossenem tiefgrünem Glas. Eine Ecke war angeschlagen, er wusste nicht mehr, wann und wie das passiert war. Seit Grieshaber das Rauchen in der Redaktion grundsätzlich verboten hatte, war der alte Aschenbecher eigentlich überflüssig wie ein Pickel am Arsch. Aber Hartmann mochte sich nicht davon trennen. Er hatte nichts gegen saubere Luft, aber in einer verräucherten Atmosphäre, so kam es ihm zumindest vor, konnte er besser denken. Eigentlich hatte er sich vorgenommen, das Verbot zu nutzen, um mit dem Rauchen kürzerzutreten. Aber das war so leicht gesagt. Wenn er nur mit Routinekram belastet war, ging das noch einigermaßen. Hier eine Landtagsgeschichte, dort eine komplexe Verkehrskontrolle. Aber wenn es richtig dicke kam, da brauchte er eine Kippe, da konnte das Vernunft-Männchen in seinem Kopf reden, wie es wollte, es wurde einfach zu einem statischen Hintergrundrauschen. Im Moment war so eine Zeit.

Schon in der Redaktionssitzung hatte Böhnke ihn fixiert. Der sah ihm immer an, wenn er ziemlich am Drehzahlbegrenzer arbeitete. Vier Tage hatte er freigehabt und sollte eigentlich erholt sein. Was Böhnke nicht wusste – die Fahrt ins Sauerland und die Arbeit an Wendlers Notizbuch hatten ihn geistig ebenso aufgekratzt, wie ihn die Gartenarbeit, zu der ihn seine Anette in der verbliebenen freien Zeit antrieb, körperlich angriff. Er war kein Kleingärtner. Das hatte er schmerzhaft lernen müssen, nachdem sie sich das Häuschen geleistet hatten. Er bezahlte lieber eine Firma und widmete sich den angenehmeren Dingen im Leben. Wozu hat man ein wenig Geld auf der hohen Kante? Doch Anette wollte das nicht gelten lassen. Wann immer einer ihrer Sätze mit »Die Nachbarn« anfing, verdrehte Hartmann die Augen. Er lebte nicht für die Nachbarn, und er musste auch nicht jedem gefallen. Basta.

Er rang kurz mit sich, ob er die anbrechende Mittagspause

für eine schnelle Kippe im Raucherzimmer nutzen sollte, angelte sich dann aber doch lieber den dicken roten Wälzer vom Schreibtisch, den er sich noch am Freitagabend auf die Schnelle in der Buchhandlung ausgesucht hatte. Ein Sachbuch über Geheimsprachen. Es verschaffte einem einen guten Überblick in Codierungen und Chiffren, angefangen von den alten Hieroglyphen und endend bei der Quantenkryptografie von Hochleistungsrechnern. Zwar eher populärwissenschaftlich und ziemlich dick aufgetragen das Ganze, aber dafür konnte man dem Stoff auch folgen, ohne Informatik studiert zu haben.

Alexander Böhnke kam ins Zimmer. Er trug ein lässiges Jackett und hatte die linke Hand tief in der Hosentasche vergraben. Du kriegst eine ganz schöne Platte da vorn über der Stirn, dachte sich Hartmann, sagte aber nichts. Er wurde auch nicht jünger.

»Na«, sagte Böhnke und legte ihm vertraulich eine Hand auf die Schulter. »Was liest du Schönes?«

Hartmann klappte den Deckel zu und hielt ihn Böhnke hin.

»Geheimsprachen, ah ja«, sagte der nur. »Willst du lernen, Grieshaber zu verstehen?«

Hartmann grinste dreckig. »Der Code wird nie geknackt. Das bleibt ein ungeschriebenes Buch«, sagte er, und Böhnke grinste auch.

»Wozu recherchierst du?«

Hartmann druckste herum. Sollte er es ihm sagen? Dann zog er doch die Schublade auf und holte das schwarze Notizbuch von Wendler heraus. »Christian Wendler hat mehr über den Fleischskandal gewusst, als er uns erzählt hat.«

Böhnke nickte, schielte interessiert auf das Notizbuch, rührte es aber nicht an. »Das mit dem Jungen geht dir nahe, stimmt 's?«

»Du hast es mir doch oft genug unter die Nase gerieben, dass ich mich mehr um ihn kümmern sollte.«

»Deswegen ist er aber nicht tot.«

»Wer weiß.«

»Was weißt du, Peter?«

»Ich bin noch am Anfang, quäl mich nicht.«

»Quäl du dich nicht selbst«, sagte Böhnke.

»Ich pass schon auf.«

»Ist das ein Tagebuch?« Böhnke konnte es doch nicht lassen.

»Eher ein Arbeitsbuch. Und in Teilen verschlüsselt. In Teilen, die den Fleischskandal betreffen.«

Böhnke blickte ihn prüfend an. »Du arbeitest. Das ist schön«, sagte er fast sanft. Hartmann wusste, dass es anders gemeint war.

»Kommst du mit essen?«, fragte Böhnke dann.

Hartmann schüttelte den Kopf. »Keinen Appetit.«

»Es gibt auch Fleisch …«, sagte Böhnke und grinste.

»Ich geh eine rauchen«, sagte Hartmann, als hätte er den Witz gar nicht wahrgenommen.

Dann legte er das dicke rote Buch wieder auf den Schreibtisch, vertiefte sich in das Notizbuch und vergaß seine Zigarette. Als Hartmann erkannt hatte, dass er das Notizbuch eben nicht einfach so lesen konnte, war er systematisch an eine Analyse herangegangen. So schwer war das gar nicht. Das Erste, was er herausfand, war, dass Wendlers Notizbuch chronologisch aufgebaut war. Das war gut so, so konnte er verschlüsselte Botschaften auch dann einem bestimmten Zeitpunkt zuordnen, wenn sie nicht zu entziffern waren. Sehr hilfreich. Zum zweiten verwendete Wendler ein System von Decknamen, für das es keine Übersicht gab – weder in einem Anhang noch irgendwo dazwischen. Entweder hatte er sie auf einem Extrazettel notiert oder in seinem Kopf abgespeichert. Eine Zuordnung von Namen fand sich zumindest nicht in seinen Arbeitsunterlagen in der Redaktion. Möglich, dass sie noch in seiner Wohnung bei der dicken Radegunde lagen. Möglich auch, dass die den Zettel noch gar nicht gefunden hatte. Oder nicht gesucht. Hartmann hielt jedoch den zweiten Fall für den wahrscheinlichsten: Es gab gar keinen Zettel. Das Prinzip war einfach: Er selbst nannte seinen Chefredakteur Grieshaber in Gedanken nur den »Alten«. Würde er in Aufzeichnungen nur ihm selbst bekannte und markante Decknamen verwenden, brauchte er gar keine Liste. Böhnke zum Beispiel könnte er Wuschel nennen, seiner früheren Haarpracht wegen. Verwendete er den Namen Luna für Isabell, Böhnkes Sekretärin, dann würde nur er die Herleitung vom Wort »Sonnenscheinchen« über die Verschlüsselung »Mond« erkennen, weil es einfach das treffendste Wort für sie war. »Der Alte ließ Wuschel durch Luna informieren« – schon Anette könnte das nicht mehr übersetzen. Und die wusste, dass er den Alten nur den Alten nannte.

Und noch etwas fiel auf: Bevor Wendler zur Rundschau kam, interessierte er sich vor allem für den Fall des chilenischen Putschistengenerals Augusto Pinochet und für die Verschwörungstheorien rings um den 11. September. Während seines Volontariats begeisterte er sich vor allem für Wikileaks. Und zwar für die journalistische Nutzbarkeit der Dokumente. Das zeugte davon, wie sehr er für den Job brannte. Wäre bestimmt mal kein schlechter Journalist geworden, dachte sich Hartmann. So hatte Wendler regelmäßig in der Wikileaks-Sektion Germany nach Dokumenten gesucht, die Thüringen berühren könnten. Zwar ohne recht fündig zu werden, aber immerhin – hier war einer ständig auf der Suche nach Themen, hier entwickelte einer eine Spürnase. Dabei ließ er nie den Terroranschlag vom 11. September aus den Augen. Offenbar war Christian Wendler vollkommen fasziniert von jeder Art von Verschwörung. Vielleicht hatte ihn das so paranoid gemacht, dass er ständig Verschwörungen gegen sich selbst witterte und ganz ohne Not in seinen Aufzeichnungen zu solchen Methoden griff.

Dann kam der Fall der gekeulten Rinder: Am 18. April wurden auf einem Bauernhof in Niedersachsen zweihundertsiebzehn Bullen und Kühe getötet, nachdem in mehreren Proben der Tiere auffällig hohe Konzentrationen des Hormons Somatotropin nachgewiesen worden waren. Weitere Ermittlungen hatten ergeben, dass diesen Tieren offenbar künstlich dieses Wachstumshormon zugeführt worden war – verbotenerweise. Nachdem die erste Nachricht der dapd ihren Weg in den Blätterwald gefunden hatte, wurde Hartmann von seinem Ressortleiter auf den Fall angesetzt – für eine Berichterstattung aus der Ferne. Christian Wendler, so ging es aus seinen Notizen hervor, war das von Anfang an nicht genug. Er witterte eine Verschwörung: die nationale Fleischmafia gegen die Konsumenten. Erstaunlich, wie tiefgründig er sich schon in den ersten Tagen mit den wissenschaftlichen Hintergründen von Hormonbehandlung bei

Tieren und mit den wirtschaftlichen Faktoren einer solchen auseinandergesetzt hatte.

Ab April kam zu Wendlers Lieblingsthemen von Wikileaks und Nine-Eleven auch die Fleischmafia hinzu. Kurz nach seinem Besuch beim Amtstierarzt musste er über die ominöse Figur des Jesus gestolpert sein. Von diesem Tage an kam zu den Decknamen und zu den Abkürzungen, von denen sich nicht alle für Wendler erschlossen, auch eine Art Geheimschrift hinzu. Keine Geheimsprache, Hartmann war schnell klar, dass sich hinter dem Buchstaben- und Zahlensalat keine spezielle Lexik verbarg. Eher eine Art Chiffriercode, bei dem in unregelmäßigen Abständen gleichmäßig lange Zeichenketten von Buchstabensalat aneinandergereiht waren. Ein bisschen ärgerte er sich, dass sein Wissen vom Chiffrieren und Dechiffrieren bei der Armee nur rudimentär ausgebildet worden war. Das war alles streng geheim behandelt worden, und er als »Dreijähriger« hatte damit ohnehin fast nichts zu tun gehabt. Meist waren es die Berufsunteroffiziere, die sich damit beschäftigten. Er wusste nur noch, dass man aufgrund von Wörterbüchern und Zahlentabellen fünfstellige Zahlen addieren und beim Dechiffrieren wieder subtrahieren musste. Ein numerischer Code, klarer Fall. Daran wurde er erinnert, als er die fünf- beziehungsweise sechsstelligen Buchstabenketten von Wendler las.

Code 524 ngere uetrb nudez teorh eldgo vrshea k1lu2 code 635 aiordn ocgene wnchea msnaui mrtteh cillee iv5436 EOF

Christian Wendler hatte sich eines alphanumerischen Codes bedient, so viel stand mal fest. Ob er dafür einen Computer verwendet hatte, war völlig unklar. Immerhin ließ das »EOF« darauf schließen. Die Abkürzung für »End of file« war Hartmann noch aus der Zeit geläufig, als die ersten Computer ihren Einzug in die heimischen Arbeitszimmer hielten und er sich selbst ein wenig mit Basic-Programmierung beschäftigt hatte. Alles andere jedoch war ihm ein Rätsel.

Er warf das Notizbuch zurück auf den Schreibtisch und schielte auf seine Armbanduhr, ob noch genug Zeit blieb, einen Blick in den dicken roten Wälzer zu werfen, aus dem er sich einen vagen Hinweis auf den von Wendler verwendeten Code erhoffte. Dann holte er tief Luft, seufzte, klopfte sich eine Zigarette aus der Schachtel, steckte sie hinters Ohr und verließ sein Büro in Richtung Raucherecke.

24

Die Terrasse zum leicht abfallenden Garten hatte Elisabeth Dallmann mit Teakholz beplanken lassen. Das gab ihr das vornehme Ambiente einer Jacht. Breite bequeme Rattanmöbel mit schneeweißen Aufliegern unterstrichen diesen Eindruck noch. Sie hatte sich ein kleines Beistelltischchen an ihre Sofaliege gezogen. Ein Glas Orangensaft mit Eiswürfeln stand zum Nippen bereit, ein spannender Krimi wartete nur darauf, aufgeschlagen zu werden. Doch zunächst wollte sie noch eine halbe Stunde dösen. Als feststand, dass der Tag richtiges Frühsommerwetter mit Sonnenschein bringen würde, war sie extra zeitig ins Labor gefahren, um am Nachmittag noch ein bisschen auf der Terrasse zu relaxen. Bekleidet war sie nur mit einem Bikini, auch der in reinem Weiß. Gern hätte sie sich nackt gebräunt, aber das ging nur, wenn ihre Nachbarn verreist waren. Doch selbst wenn sie sich im Bikini sonnte, klebte Rudolf Kemper so oft am Gartenzaun, dass es schon lästig war und sie sich freute, wenn sein keifendes Eheweib ihn mit Aufgaben weit weg vom Garten betraute. Sie hätte doch ein solitär stehendes Haus nehmen sollen und nicht so eine Doppelhaushälfte. Auch wenn sie nicht schlecht verdiente – aber das hätte sie wohl nur an der Seite eines solventen Mannes stemmen können.

Heute blieb es verdächtig ruhig drüben bei den Kempers. Als das Telefon im Wohnzimmer schrillte, war sie schon beinahe weggedämmert. Wie durch Watte fand das Klingeln seinen Weg in ihr Ohr. Aber es fand ihn. Zunächst runzelte sie nur die Stirn. Als das Klingeln anhielt, schlug sie die Augen auf und seufzte genervt. Dann schwang sie ihre langen Beine auf den Boden, schlüpfte in ihre Flipflops und ging ins Haus.

Eine Thüringer Vorwahl. Riedburg. Der wird doch nicht etwa …

»Dallmann«, sagte sie kurz angebunden. Sollte er ruhig hören, dass sie sich gestört fühlte.

»Hör mal«, überfiel er sie hastig. »Ich muss mit dir reden.«

»Mein kleiner Jesus, ach was«, sagte Elisabeth Dallmann sarkastisch. »Du musst mit mir reden. Du darfst mich anrufen, aber ich darf es bei dir nicht. Ist das dein neues Verständnis von Geheimhaltung?«

»Es ist dringend, und es ist wichtig, Elisabeth.«

Aha. Elisabeth. Also ist es nicht nur dringend und wichtig, sondern ihm auch verdammt ernst.

»Ich höre«, sagte sie knapp und wünschte sich urplötzlich die alte Vertrautheit wieder, die, als er mit dem Mund in ihrem Haar und seinem dunklen Bass »Lissi« zu ihr gesagt hatte. Brunftig klang das immer, und sie konnte seinen heißen Atem direkt in ihrem Ohr spüren. Eine Gänsehaut hatte sie davon bekommen und noch mehr. Doch heute war von dem zärtlichen Jesus aus Studientagen nicht mehr viel zu spüren.

»Weller hat mich angerufen.«

»Ja, und?«

»Der ist in heller Panik.«

»Haben sie ihn erwischt?«

»Nein, aber der hat richtig Angst davor. Pass auf. Herold hat Weller angerufen. Bei Herold war zum zweiten Mal ein Journalist.«

»Ich denk, der hat inzwischen die Flatter gemacht. Hat den nicht der Bus überrollt?«

»Elisabeth, hör zu!«

»Mach ich doch«, sagte sie. Sie wusste, dass es ihn reizte, wenn sie belustigt klang, und sie genoss es. Doch diesmal ging er gar nicht darauf ein. Sie nahm den Hörer und schlenderte wieder auf ihre Terrasse. Wer weiß, wie lange das jetzt dauerte, und am Ende verpasste sie noch ein paar Sonnenstrahlen. Vom Kemper waren nicht mal die neugierigen Ohren zu sehen. Vielleicht waren die beiden einfach mal zu ihren Kindern gefahren. Oder einkaufen.

»Also, noch mal ganz langsam und zum Mitschreiben: Der Journalist, der erst bei mir war und dann bei Herold und dann ganz schnell alles rausbekam, der ist eines bedauerlichen Unfalltodes gestorben. Jetzt hat ein anderer Journalist Lukas Herold besucht. Stiebritz heißt der Mann und arbeitet angeblich beim Stern.«

»Wieso angeblich?« Elisabeth griff nach ihrem Saftglas, in dem die Eiswürfel bereits geschmolzen waren.

»Weil ich mich für den Typen interessiert habe, habe ich ein bisschen nachgeforscht. Beim Stern gibt es keinen Stiebritz.«

»Könnte doch auch ein freischaffender Journalist sein, im Auftrag vom Stern.«

»Ja, könnte, freilich. Aber pass auf: Dieser Journalist hat sich bei ihm erst nach der Concordia erkundigt, dann nach Geißenhöhner.«

»Das kommt mir bekannt vor«, sagte Elisabeth Dallmann.

»Weiter: Herolds Frau geht es im Moment nicht sehr gut, sie liegt im Krankenhaus. Das muss irgendeine Krebsgeschichte sein, sie kriegt Bestrahlungen. Herold jedenfalls ist in Sorge, dass man ihn erwischt. Er ruft Geißenhöhner und Weller an, Weller alarmiert mich.«

»Immer noch begriffen, Süßer, aber wo liegt jetzt das Problem? Was weiß dieser Journalist?«

»Das weiß ich eben auch nicht«, sagte Jesus.

Die beiden schwiegen sich eine Runde an. Elisabeth Dallmann dachte angestrengt nach.

»Es ist dieselbe Gesprächsstrategie, die der junge Schnüffler von der Rundschau hatte. Erst die Concordia, dann die STH-Sache.«

»Du vermutest einen Zusammenhang?«

»Bingo, Kleines! Da muss es einen Zusammenhang geben.«

»Und wenn der vom Stern ein Studienfreund von dem toten Journalisten war?«

»Hab ich auch erst gedacht. Aber ich hatte meine Zweifel. Der war zu jung für den Stern. Die nehmen doch nur die alten Hasen, kann ich mir denken. Jedenfalls habe ich den Herold noch mal angerufen. Ihn beruhigt und ihm ein bisschen auf den Zahn gefühlt und mir den Typen beschreiben lassen. Der Stiebritz könnte der Vater von dem Jungen sein.«

»Vielleicht ist er es?«

»Elisabeth!«

»Ich hab ja nur mal laut gedacht.«

»Ich frage mich, was die Concordia damit zu tun hat.«

»Sag du es mir, das ist dein Studentenclub.«

»Burschenschaft«, korrigierte er. »Die Concordia ist eine Burschenschaft.«

»Jacke wie Hose«, sagte sie. »Meine Kunden jedenfalls waren alle in deiner Concordia.«

»Schon«, räumte er ein, »aber ich glaube nicht, dass sie einem aktiven Burschen erzählt haben, was sie jetzt für Geschäfte machen. Die sind doch nicht dumm.«

»Vielleicht doch«, überlegte Dallmann. »Da hat vielleicht einer bei einem der Treffen geprahlt, ein anderer hat es spitzgekriegt und spielt jetzt Räuber und Gendarm. Vielleicht so ein militanter Öko.«

»Dann wäre er zur Polizei gegangen oder zu den Behörden, aber nicht zur Presse.«

»Stimmt«, sagte sie. »Und wenn er zur Presse gegangen wäre, dann würde die keine Gespräche über die Concordia anzetteln, sondern hätte schon längst die ganz großen Räder gedreht.«

»Was sollen wir tun?«

Jesus konnte ihr Schulterzucken nicht sehen, so schwiegen sie wieder eine Weile. Elisabeth Dallmann drückte ihre Fußspitzen nach unten und zog sie wieder an. Das tat ihren Waden gut.

»Wie stehen unsere Kunden mit der Burschenschaft in Verbindung?«, wollte sie schließlich wissen.

»Keine Ahnung. Der Herold macht ein- oder zweimal im Jahr einen Vortrag in München, der ist da sehr rührig. Ansonsten höchstens über Facebook.«

»Über Facebook?«

»Fast alle Studenten nutzen heutzutage soziale Netzwerke, die meisten wohl Facebook. Kennst du das nicht?«

»Ach Süßer, ich bin schwarz, nicht blond. Natürlich kenne ich Facebook.« Elisabeth Dallmann konnte ihren Zorn nur schlecht verstecken. »Ich frag mich nur, wie blöd ihr seid. Facebook-Kontakte, also wirklich.«

»Was ist daran so schlimm, wir verständigen uns ja nicht darüber.«

»Sondern?«

»Na ja, so bleibe ich sporadisch auf dem Laufenden, was die alten Freunde machen.«

»Ach, du bist auch da drin.«

»Schon lange. Aber wie gesagt, ich mach da fast nichts. Das soll unsere Sorge nicht sein.«

»Möglicherweise doch.« Dallmann richtete sich auf ihrer Liege auf. Ihr ganzer Körper spannte sich. »Bist du gerade online?«

»Ja.«

»Dann sag mir doch mal, wer alles in deiner Freundesliste steht.«

»Phhh«, machte Jesus. »Das sind über hundertfünfzig Namen, soll ich die dir alle vorlesen?«

»Vielleicht wäre es schon hilfreich, wenn du sie dir mal genauer ansehen würdest.« Sie klang langsam giftig. Der schien nichts zu begreifen. »Sind unsere Kunden dabei?«

»Da sind alle aus der Concordia dabei, die selbst bei Facebook sind.«

Pause.

»Elisabeth?«

»Ich bin noch dran.« Sie musste sich die Nägel mal wieder lackieren. An den großen Zehen sah das schon nicht mehr sauber aus. »Vielleicht solltest du unsere Kunden bitten, ihre Facebook-Accounts zu löschen«, sagte sie schließlich. »Und du selbst solltest dich dort auch verkrümeln.«

»Meinst du, das hilft?«

»Es kann nicht schaden. Wenn einer richtig über Geißenhöhner recherchiert hat, dann kann er euch auch finden.«

»Ja, aber viele andere auch. Da hat doch jeder seine Listen.«

»Genau. Und zwar mit oder ohne unterschiedlich großen gemeinsamen Schnittmengen. Um die zu vergleichen, genügt eine Exceltabelle.«

»Da ist was dran.«

»Vielleicht weiß dieser Typ vom Stern noch gar nicht so viel«, mutmaßte Elisabeth Dallmann. »Wenn ihr fünf dort einfach verschwunden seid, kann man nur noch schwer nachkommen. Dann verwirren die Listen wohl eher. Außerdem fehlt eine Informationsquelle.«

»Ich denk drüber nach.«

»Ist einen Versuch wert, denke ich.«

»Und sonst, Lissi, alles schön bei dir?«, wechselte er unvermittelt das Thema.

Sie spürte einen Schauer auf der Haut. Fast war ihr, als spürte sie seinen Atem.

»Ich will dich wiedersehen«, sagte er ganz sanft.

»Ich will das auch, glaub mir«, sagte sie, und es war nicht gelogen. Klang seine Stimme zärtlich, dann erinnerte sich ihr Körper an die Liebkosungen, und im Unterleib zog sich etwas zusammen, schmerzhaft fast, gleich über dem Schambein. »Ich will dich auch wiedersehen, aber das geht jetzt nicht.«

»Warum?«

»Lass uns das jetzt durchstehen«, sagte sie. »Es wäre dumm, wenn uns jetzt einer zusammen sehen würde. Stell dir mal vor, wenn dich einer verfolgt, wenn dich einer beobachtet.«

»Hm. Hast wohl recht. Was denkst du, ist es vorbei?«

»Eigentlich dachte ich schon, es ist vorbei. Bis zu deinem Anruf.« Wieder eine Pause. »Wenn Geißenhöhner vor Gericht steht, dürften sich die Wogen wieder glätten. Lass uns bis dahin warten.«

»Ist gut. Ich mach jetzt Schluss. Ist eh unvorsichtig, hier einfach übers Festnetz zu telefonieren.«

Das war es mit der zärtlichen Stimmung. Wie weggeblasen von einem einzigen Satz. Dallmann lachte. »Mein Jesus, der Sicherheitsinspektor. Bei Facebook hättet ihr euch das mal früher überlegen sollen …«

»Stimmt«, sagte er kleinlaut.

»Und jetzt ciao, großer Junge.«

»Mach's gut.«

Sie legte den Hörer langsam, fast bedächtig auf das Beistelltischchen. Sie bekam ihre mehr oder weniger gut versteckte Wut nur schwer unter Kontrolle. So ein Versager. So ein eitler, dummer Wichser. Manchmal fragte sie sich wirklich, was sie mit Jesus verband. Mal von den gemeinsamen Geschäften abgesehen. Aber da war die Erinnerung an ihre Studienzeit, an die vielen heißen Nächte. Jesus war schon damals ein opportunistischer, immer auf Sicherheit und Vorteil bedachter Feigling gewesen. Immer bereit, sich der stärksten Gruppe anzuschließen. Allerdings: Jesus war auch unglaublich zärtlich und ein wunderbarer Liebhaber. Die anderen Jungs waren grob und dachten nur an sich, wenn sie Sex hatten. Jesus ließ sich bereitwillig führen, und bei ihm konnte man sich auch wunderbar fallen lassen. Je nachdem, in welcher Stimmung man war. Das hatte sie später bei anderen Männern stets ein wenig vermisst.

Wie er allerdings so unvorsichtig sein konnte, sich in einem öffentlichen Netzwerk zu präsentieren, das konnte und wollte sie nicht begreifen. Sie ging ins Haus, schaltete den Computer an und suchte nach ihrem Jesus bei Facebook. Doch das funktionierte erst, nachdem sie sich selbst registriert hatte. Als »Bette Davis Eyes« versuchte sie es noch einmal. Unter seinem Klarnamen war er nicht zu entdecken. Ihr fiel ein Stein vom Herzen. Unter seinem Spitznamen fand sie ihn schließlich. Tatsächlich – mehr als einhundertfünfzig Freunde standen in seiner Kontaktliste. Und bis auf Herold fand sie alle. Weller, Schwaighofer, Geißenhöhner. Zugegeben, unter der Menge an »Verdächtigen« einen Zusammenhang zu finden war nicht einfach. Aber möglich. Und wenn einer schon auf der Spur war … Nein, es war unvorsichtig. Die Profile zu löschen würde die Möglichkeit ausschließen. Na ja, er war nun auch schon über fünfzig, vielleicht fühlte er sich einfach zu sicher.

Und vielleicht ging das auch alles viel zu lange gut.

Und, um ein Drittes zu benennen: Vielleicht sollte sie es beenden, und zwar in jeder Hinsicht. Sie allein hatte es schließlich in der Hand. Sie nahm den Aschenbecher von der Flurgarderobe und ging wieder nach draußen. In einer halben Stunde würde sich die Sonne verzogen haben.

Sie zündete sich eine Zigarette an, nahm einen tiefen Zug und lehnte sich zurück. Was würde denn passieren, wenn sie die Produktion einstellte? Der Schlachthof würde sich wundern, dass sie kein Schweinehirn mehr abholte. Ärgern würden die sich außerdem. Nicht, weil sie es dann entsorgen mussten, das mussten sie mit den anderen Schlachtabfällen schließlich auch. Aber sie hatte immer das Gefühl, dass es auch für den Prokuristen vom Schlachthof willkommene Bargeschäfte waren, die sie da abwickelten. Was würde weiter geschehen? Ihr Taxi-Türke würde bittere Tränen weinen, wenn er nicht mehr für sie fahren durfte. Fragen würde er sicherlich keine stellen, zumal er ohnehin zu wissen glaubte, nur in Sachen Liebe unterwegs zu sein. Die Rinderzüchter kannten sie nicht einmal, die kannten nur Jesus. Und wenn sie den fragten, na wenn schon. Sie würde es ihm erklären, und er würde gehorchen. In einem halben Jahr würde kein Hahn mehr danach krähen.

Leid tat es ihr nur um das schöne Geld. Sie dürfte diejenige sein, die am meisten dabei abkassiert hatte. Aber sie fand, das stand ihr auch zu. Zum einen konnte sonst eben niemand das Somatotropin aus den Fettzellen extrahieren. Und die »Verpackung« erst ... Pillen mit eingebetteten Gelatinebläschen. Hätte sie den Gedanken damals zu Ende gedacht und auf primäre Lebensmittel übertragen, wäre sie die Erfinderin des Bubble Teas geworden. Denn das Prinzip war ja wohl dasselbe. Da musste man nichts spritzen, da musste man sich nicht sorgen, dass durch die Zersetzung im Magen zu wenig ins Blut kam, da stopfte man dem Jungtier eine große Portion ins Maul, und es legte sich wie von allein ordentlich Fleisch auf die Rippen. Zugegeben, die Idee stammte von Jesus, aber umgesetzt hatte sie es schließlich. Und wenn sie gründlich genug aufhörte, konnte sie außer dem Taxifahrer, den keiner kannte, auch niemand belasten. Außer Jesus. Wenn sie es geschickt genug anstellte, blieb alles an ihm kleben.

Sie lächelte dünn und boshaft, als sie die Zigarette ausdrückte. Es sah ja niemand. Nicht mal der geile Gartennachbar.

25

Hartmann war froh darüber, dass er seinen Chrysler schon hatte, bevor er sich das Haus hatte bauen lassen. So bekam die Doppelgarage gleich die richtige Dimension in der Tiefe. Immerhin, sein schwarzes Dickschiff maß exakt fünftausend Millimeter, da brauchte es schon Raum. Anettes Peugeot daneben nahm sich geradezu winzig aus. Auch sein geliebtes Motorrad passte hinein. Und zu seiner Ehrenrettung sei gesagt, dass er sich nach der Erbschaft auch kein neues gekauft hatte. Bei den paar Kilometern, die er im Jahr fuhr, wäre das nun wirklich Geldverschwendung gewesen. Und wenn er etwas hasste, dann Verschwendung – Erbschaft hin oder her. Dennoch: Jedes Mal, wenn er eine Tour vorhatte, ärgerte er sich. Sein Motorrad nämlich stand vor dem Peugeot. War Anette zu Hause, musste er den Kleinen erst rausfahren, wenn er an die Maschine herankommen wollte. Und jedes Mal, wenn er sich darüber ärgerte, grübelte er, wie man es hätte besser machen können. Aber er kam nicht drauf. Umgekehrt war es auch nicht ideal, da die beiden Autos natürlich öfter benutzt wurden als das Motorrad.

Er ließ die Maschine noch eine Weile in der Sonne stehen, damit sich der Sattel erwärmte. Er würde es niemals einem Menschen verraten, aber das tat ihm gut. Seine Reizdarm-Problematik hatte er zwar einigermaßen im Griff, aber einen warmen Platz für das letzte Ende der Nahrungskette wusste er seitdem sehr zu schätzen.

Mit einem weichen Putzlappen ging er noch mal über das Felgenbett, die Deckel vom Kurbelgehäuse und die langen Teleskop-Federbeine. Seine 750er Virago hatte eine Menge Chromteile, die gerade in der Garage schnell mal Staub ansetzten. Da war er immer hinterher. Ansonsten waren die modernen Putzmittel schon klasse. Er erinnerte sich noch gut, wie er als Kind die Felgen seines Fahrrades immer mit einer milchigen Paste namens »Elsterglanz« eingerieben hatte. War alles schön stumpf, ging es ans Polieren. Fast immer hatte man sich dabei an den Speichen die Finger verletzt. Auf sein Rad war er damals ungefähr so stolz wie heute auf seine Virago, sein altes Mädchen.

Als sie blitzte, ging er noch mal zurück ins Haus, um die kleine kompakte Digitalkamera in seine Lederjacke zu stecken. Vor Idenstedt, so hoffte er, würde noch der Raps blühen. Immer wieder nahm er sich vor, sein Motorrad vor einem blühenden Rapsfeld zu fotografieren. Sie war weinrot lackiert mit ockerfarbenen Applikationen. Dazu noch das viele Chrom, das würde mit Sicherheit ein farbenprächtiges Bild zum Träumen fürs Büro werden. Doch wann immer ihn Anette daran erinnerte, war die Saison gerade vorbei.

Beim ersten Druck auf den Starterknopf schüttelte sich die Maschine und ließ dann ihr vertrautes tiefes Blubbern erkennen. Kupplung ziehen, auf das Schaltpedal kicken, und es knallte hörbar im Getriebe, die Kardanwelle zuckte ein wenig an … Hartmann genoss es immer wieder, die unbändige Kraft zu spüren, die dem Hinterrad Vortrieb verlieh. Schnell war er aus Riedburg raus. Am späten Vormittag herrschte auf dem Stadtring nur ein schläfriger Verkehr. Dennoch machte das Motorradfahren erst auf der Landstraße richtig Spaß. Auf den sanften Anstiegen vor Idenstedt, wo er sich lässig-kraftvoll aus der Kurve ziehen ließ und sich der Blick nach fast jeder Biegung neu öffnete. Er hatte Glück mit dem Raps.

Nach den Fotos legte er sich auf seine Jacke und sah den wenigen Wolken zu, die am Himmel ihren immer neuen Tanz aufführten, sich vor dem Blau ineinandermischten wie Kondensmilch in der Teetasse. So konnte er am besten nachdenken. Und Denkaufgaben hatte er eine ganze Menge auf der Agenda. So ein freier Tag war nachgerade ideal, um den Kopf ohne den Termindruck des Redaktionsalltags mal freizubekommen und das lose Geröll auf der humanen Festplatte in die richtigen Ordner einzusortieren.

Es war unwahrscheinlich, dass viele seiner Kollegen mitbekommen hatten, was für eine talentierte Spürnase Christian Wendler war. Dafür war er einfach nicht lang genug in der

Redaktion. Und, das wog viel schlimmer, man hatte ihn nicht ernst genommen. Dabei war er selbst, Hartmann, wohl ein Vorreiter gewesen. Überheblichkeit hatte er dem jungen Kollegen unterstellt. In Wahrheit hatte er sich wohl nur über dessen Eifer lustig gemacht – und war damit selbst überheblich. Wenn man Wendlers Faible für Verschwörungstheorien mal außer Acht ließ, dann fand Hartmann auf jeder Seite die Botschaft wieder: Ich bin richtig gut, und du hast es nicht erkannt! Dabei konnte man selbst Wendlers kruden Theorien etwas Positives abgewinnen: Ohne diese Denkstruktur nämlich wäre der Volontär den Ausmaßen des STH-Skandals niemals auf die Spur gekommen. Und ohne diese Denkstruktur hätte er auch keine Verbindung nach Riedburg gefunden. An die glaubte Hartmann zwar noch immer nicht, aber der Tod von Christian Wendler schuf ja nun erst einmal Fakten, nicht wahr? Vielleicht, so sinnierte Hartmann, während er sich eine Zigarette anzündete und den Rauch des ersten Zuges genussvoll wieder ausblies, brauchte es ja ab und an so einen jungen Burschen, um die eingefahrenen Gleise des Denkens zu verlassen.

Mal ehrlich: Wie oft waren die sogenannten gestandenen Redakteure nur noch eine nicht reflektierende Schnittstelle für Politik und Verwaltung? Frank Semmler, der Leiter des Wirtschaftsressorts, hatte ihn mal während eines Mittagessens auf diesen merkwürdigen Umstand aufmerksam gemacht. »Wer von meinen Leuten«, so hatte Semmler gefragt, »kann denn noch eine Bilanz lesen? Mehr noch: Wer kennt Bilanztricks und kann in einem Unternehmen die Symptome dafür erkennen?« Woraus Semmler folgerte, dass die Wirtschaftsberichterstattung zunehmend nur noch wiedergab, was von den Unternehmen vorgekaut wurde. Meist war man ja sogar auf das Wohlwollen der Unternehmer angewiesen. So eine Bilanz war zwar offenzulegen, aber wenn der Geschäftsführer sich hartleibig anstellte, dann musste man den mühseligen Weg über die Auskunft der Amtsgerichte und ihrer Handelsregister nehmen. Dafür blieb einem im Tagesjournalismus kaum Zeit. Hartmann hatte diese Situation mit den Gepflogenheiten in seinem eigenen Ressort verglichen und festgestellt: Da sah es nicht viel anders aus. Wenn der Staatssekretär des Sozialministeriums ewig lächelnd Fördermittel für eine integrative Kindertagesstätte übergibt, dann läuft das doch alles auf Routine hinaus. Flugs die Verlautbarungen des Verkündigungsengels mitgeschrieben, ein knackiges Zitat vom Bürgermeister und wenn es hoch kommt noch ein individuelles Gespräch mit einer Erzieherin während des Rundgangs – falls die nicht aus Angst vor ihrer Chefin oder dem Träger schweigt –, und fertig ist der Lack. War Annegret, der Bildungstante in der Redaktion, erst vor ein paar Monaten unterlaufen. Nur einem Informanten, der nach der Veröffentlichung anrief, hatte sie dann späteren Ruhm zu verdanken. In diesem Kindergarten nämlich wurden systematisch die Prognosen geistig behinderter Kinder gefälscht; sie gingen auf dem Papier grundsätzlich bildungsfähiger aus dem Kindergarten raus, als sie reingekommen waren. Schließlich mussten ja sonderpädagogische Erfolge her, um auch weiter öffentliche Gelder kassieren zu können.

Wahrhaftigkeit war ein dünnes Eis, hatte Hartmann gelernt. Selbst die Ereignisse, bei denen er Augen- und Ohrenzeuge war, liefen oft allein deswegen anders ab, weil die Presse zugegen war. Logisch. Ein Polizist fasst einen Demonstranten anders an, wenn er weiß, dass eine Kamera auf ihn gerichtet ist. Ein Bürgermeister redet in einer Amtsleiterberatung in anderem Tonfall als mit denselben Bediensteten in Gegenwart eines Zeitungsreporters. Und selbst der Informant im Falle der Fälscher im Kindergarten hatte ein ureigenstes Interesse, sich an die Presse zu wenden. »Jeder will uns instrumentalisieren«, hatte Böhnke mal in einer Redaktionssitzung gemahnt, »wir dürfen es nur nicht zulassen.« Christian Wendler hätte einen solchen Appell nicht benötigt. Der zweifelte noch an allem, hätte selbst hinter einem profanen »Guten Morgen« eine Falle gewittert. Auch wenn das nervte, es war ein gangbarer Weg.

Hartmann drückte die Zigarette neben sich im Gras aus, stand etwas steif und stöhnend auf und angelte sich das Notizbuch aus der kleinen nietenbesetzten Satteltasche links neben dem Soziussitz. Am Morgen schon hatte er nach dem Checken seiner E-Mails noch einmal Facebook aufgerufen. Dass dieser ominöse Jesus der Schlüssel für alles sein musste, war Hartmann schon lange klar. Doch seit ein paar Tagen hegte er einen vagen Verdacht. So wie für ihn Lukas Herold der einzelne Faden im Wollknäuel war, an welchem er die Sache aufrollen wollte, so musste der Faden in Wendlers Wollknäuel Jesus gewesen sein. Das erste Mal war ihm der Gedanke gekommen, als er feststellte, dass Wendler erst dann mit der teilweisen Chiffrierung von Notizen begonnen hatte, nachdem er von Jesus erfahren hatte. Möglicherweise war Jesus sogar genau der Mann, der Wendler auf die Spur nach Riedburg gebracht hatte.

Wer war dieser Jesus? Als Hartmann sich heute in das soziale Netzwerk eingeloggt hatte und Jesus aufrufen wollte, bekam er eine Fehlermeldung. Den Jesus, den er suchte, gab es dort nicht mehr. Das war schon bemerkenswert. Erst vor ein paar Tagen hatte er Lukas Herold besucht und sich nach Leo Geißenhöhner erkundigt. Nun war Jesus samt seiner Liste verschwunden. Das konnte natürlich ein Zufall sein. Aber inzwischen glaubte er nicht mehr daran. Hartmann empfand etwas latent Bedrohliches, wenn er über Jesus nachdachte. Zu geheimnisvoll war dessen Rolle. Wendler entdeckte Jesus – und begann mit der Chiffrierung. Warum? Wurde er bedroht? Fühlte er sich bedroht? Schien ihm nicht mal mehr sein ganz persönliches Notizbuch ein sicherer Platz? Und er, Hartmann, besuchte Herold, und Jesus klinkte sich ganz offensichtlich aus Facebook aus. Hatte er von dem Besuch bei Herold erfahren? Wollte er Spuren verwischen?

Und vor allen Dingen: Wusste Jesus, dass Wendler fein säuberlich dessen ganze Liste in ein Notizbuch übertragen hatte? Einhundertvierundfünfzig Kontakte – penibel aufgereiht und mit analytischen Anmerkungen versehen. Vierzehn Mitglieder der Burschenschaft Concordia. Wenn Jesus tatsächlich zu einer Fleischmafia gehörte, und zwar zu derselben wie auch Geißenhöhner, dann müsste sich Letzterer ebenfalls aus dem sozialen Netzwerk ausgeklinkt haben. Und wenn Jesus tatsächlich aus Riedburg stammte, worauf einiges hindeutete, dann müsste er ebenfalls ein Fleischproduzent sein. Klare Hypothesen, die es zu recherchieren galt. Und das ging nicht auf dem Rücken am

Rande eines Feldweges. Dazu brauchte Hartmann Technik – einen funktionierenden Internetzugang. Er sprang auf. Alex Böhnke würde ihm jetzt einen Vortrag über die Vorteile von Smartphones halten. Doch Hartmann konnte mit diesen kleinen Bildschirmen nichts anfangen. Er wollte auf eine ordentliche Tastatur hämmern. Er war Journalist und kein Uhrmacher.

Seine Virago sprang auf Knopfdruck an, was auch sonst? Er ließ den Gang krachen und drehte am Gasgriff. Ungeduldig scharrte sein Hengst mit den Hufen – und baggerte Steinchen und loses Erdreich in einer staubigen Fontäne hinter sich.

Eine gute halbe Stunde später starrte Hartmann auf den flimmernden Bildschirm seines heimischen Computers. Fieberhaft bekritzelte er ein Blatt Papier und bekam schrittweise Klarheit. Am Ende kringelte er mit einem grünen Textmarker fünf Namen ein: Jesus, Lucky Luke, Leo Geißenhöhner, Welli Weller und Martin Schwaighofer. Alle standen auf der Liste in Christian Wendlers Notizbuch, alle waren in den letzten Tagen oder Wochen aus dem sozialen Netzwerk verschwunden. Dann kramte er einen roten Fineliner aus der rechten Schreibtischschublade und schrieb auf den Kopf des Blattes seine entscheidende Erkenntnis: *Wer fehlt, gehört dazu!!!*

Er lehnte sich zurück, zündete sich eine Zigarette an, öffnete weit das Fenster, weil seine Anette Zigarettenqualm im Haus auf den Tod nicht ausstehen konnte, und betrachtete zufrieden das Blatt.

Leo Geißenhöhner sah seiner Anklage entgegen. Lucky Luke alias Lukas Herold hatte er bereits kennengelernt. Kein Wunder, dass der abging wie ein Zäpfchen, als Hartmann im Gespräch Geißenhöhner erwähnte und ihn direkt auf ihr Verhältnis zueinander ansprach. Aber es mussten fünf in den Skandal verstrickte Landwirte sein. Und für Hartmann stellte sich die Aufgabe, die Recherchearbeit seines Volontärs fortzuführen. Der war ihm, obwohl längst tot, noch immer einen entscheidenden Schritt voraus – er hatte offensichtlich gewusst, wer dieser geheimnisvolle Jesus war. Das würde Hartmann auch erfahren, sobald er den Code in Wendlers Notizbuch geknackt hatte. Dann hieße es, weiterzugehen: Wer waren Welli Weller und Martin Schwaighofer? Und warum hatte Wendler gerade vor Jesus solch eine Angst? War Jesus der Chef? Waren die Fünf gleichberechtigt? Es blieb noch ein Haufen Arbeit übrig. Er notierte die Fragen.

Dann suchte er sich Informationen über die Fleischproduktion in der Region zusammen. Allerdings war das ein mühseliges Unterfangen. Größter Tierhalter nach Anzahl der Tiere war offenbar ein Geflügelhof, der auf Gänse- und Putenspezialitäten setzte. Die meisten Rinder gab es in Idenstedt. Die Anlage kannte er von früheren Recherchen her recht gut. Manuela Richter, eine frühere Bekannte, deren Namen in Hartmanns Gedächtnis schon fast in Vergessenheit geraten war, hatte ihm mal das ganze Areal vorgestellt. Größtes Manko im Sinne seiner Recherche: Der Betrieb in Idenstedt hatte zwar mehr als tausend Rindviecher, war aber eine reine Milchviehanlage. Da konnte Jesus seine Finger nicht drinhaben. Blieben zig andere Agrargenossenschaften und Wiedereinrichter. Andererseits war die Region um Riedburg zwar eine landwirtschaftlich geprägte, aber der Ackerbau überwog bei Weitem. Zudem kam auch der Schlachthof in Riedburg selbst in Verdacht. Er erinnerte sich an sein erstes Gespräch mit Kreuziger. Da hatte er ihm auch schon glasklar die Frage gestellt, ob es nicht denkbar sei, dass niedersächsische Rinder im Riedburger Schlachthof verarbeitet würden. Doch Kreuziger hatte verneint. Nun, Herold zumindest war nicht aus Niedersachsen, sondern hatte seinen Hof in Nordrhein-Westfalen. Und wo Welli Weller, wenn er überhaupt herausbekam, wer sich hinter diesem Pseudonym verbarg, und Martin Schwaighofer, falls das ein richtiger Name war, ihr Fleisch erzeugten, war ja noch nicht ganz klar. Möglich war immerhin, dass einer der beiden aus Riedburg oder der Umgebung stammte, obwohl ihm die Namen Weller und Schwaighofer bislang nicht untergekommen waren.

Er kam nicht weiter. Vielleicht sollte er noch einmal mit Dr. Kreuziger reden. So richtig sympathisch fand er den Bayern-Import der Kreisverwaltung zwar nicht, aber er war schon eine Weile im Amt und sollte seine Schäflein mittlerweile kennen. Wichtig war lediglich, ihn in Sachen STH nicht misstrauisch zu machen. Um relevante Antworten zu bekommen, würde sich Hartmann vor der Recherche eine gute Legende zulegen müssen. Aber das konnte er, er war ein Profi.

»Kreuziger fragen« schrieb er mit dem roten Fineliner auf das bekritzelte Papier. Es blieb viel Arbeit übrig, wahrlich. Dennoch blickte er noch einmal zufrieden über das Blatt. So ist's recht, sagte er sich. Ein schönes Tagwerk. Und es war gerade mal Nachmittag.

26

Obwohl sich die beiden Frauen nie begegnet waren, erkannten sie sich auf Anhieb. Das war zumindest bei Radegunde Korbmacher überhaupt kein Problem. Frank Hölbing hatte recht. Was sich da mühselig aus der Straßenbahn schwang und über die Straße kam, war eine Kopie von Beth Ditto, nur ein wenig größer. Und vermutlich heterosexuell, so wie sie versuchte, die Blicke der Burschen zu kontrollieren, während sie sich, rhythmisch ihre gewaltigen Hüften wiegend, vorwärtsschob. Aber, so viel musste zur Ehrenrettung der dicken Sängerin gesagt werden, sie war wohl wesentlich beweglicher als Radegunde Korbmacher.

Steffi Schmaerse sah deutlich unauffälliger aus. Sie trug ihre Lieblingspumps, die sie ein wenig größer erscheinen ließen, als sie eigentlich war. Jeans, eine Jeansjacke und ein Pulli von klarer roter Farbe ließen sie sportlich aussehen. Auf Dienstwaffe und Handschellen, die Insignien ihrer exekutiven Macht, hatte sie bewusst verzichtet. Wenn sie Radegunde Korbmacher verhören wollte, hätte sie sie ins Präsidium bestellt. Sie wollte sich ein Bild von der jungen Frau machen, wollte wissen, warum sie sich gegenüber Hölbing so wenig kooperationsbereit gezeigt hatte.

Die Frauen musterten sich schon aus der Entfernung, gingen freundlich aufeinander zu und gaben einander die Hand.

»Sie sind also Radegunde Korbmacher«, begann Schmaerse.

»Wenn Sie Frau Schmaerse sind, gern.« Okay, das konnte man noch gelten lassen.

»Wollen wir ein paar Schritte laufen?«, fragte Schmaerse.

»Warum nicht?«, sagte die junge Frau tapfer, obwohl ihr Steffi Schmaerse ansah, dass es ihr schwerfallen würde.

Sie kamen auch nicht weit. Radegunde Korbmacher schaffte es bis zur zweiten Bank in dem kleinen Stadtpark, gerade mal außerhalb der Reichweite des größten Verkehrslärms. Sie ließ sich umständlich auf die Bank nieder und schaute die Polizistin an.

»Ich kann Ihnen sicher nicht weiterhelfen, ich habe Ihrem Kollegen schon alles gesagt«, fing sie ohne Umschweife an. Sie hatte eine angenehm weiche Stimme und sprach unbefangen und ohne jegliche Scheu.

Steffi Schmaerse lachte unwillkürlich leise auf und setzte sich neben sie. Von hier aus konnte man durch die Bäume noch ein Zipfelchen vom Teich sehen. Wenn die Bäume dann im Sommer richtig dicht belaubt waren, würde man dazu ein Stück tiefer in den Park hineingehen müssen. »Wissen Sie, Frau Korbmacher, das ist genau das, was mir ein bisschen Sorgen bereitet. Ich glaube nämlich nicht, dass Sie meinem Kollegen wirklich alles gesagt haben.«

»So, glauben Sie nicht.« Es kam ein bisschen schnell und ein bisschen schnippisch. »Und warum nicht, wenn ich fragen darf?«

Schmaerse lächelte immer noch. Bei einer Befragung in der Dienststelle hätte sie jetzt ihr Gegenüber auf die Rollenverteilung aufmerksam gemacht, darauf, dass es zu den Spielregeln gehörte, dass einer die Fragen stellte und der andere darauf antwortete. Hier lief das ein bisschen anders. Und das war gut so, wollte sie etwas Neues in Erfahrung bringen. Die junge Frau schaute sie noch immer unverwandt an. Sie redete betont leise.

»Sie sind eine ganze Weile mit Christian Wendler zusammen gewesen …«

»Das habe ich Ihrem Kollegen auch schon gesagt«, platzte Radegunde dazwischen.

»Ich mache Ihnen einen Vorschlag, Frau Korbmacher. Wir sind in einem ungezwungenen Gespräch. Ich schreibe hier nichts mit, und wir können uns einfach so unterhalten. Dabei sollten wir einander ausreden lassen. Einverstanden?«

»Sie haben auch kein Diktiergerät an?« Radegunde Korbmacher schielte nach der Handtasche der Kriminalistin. Die lachte.

»Sicher nicht. Der Christian hat Sie ganz schön angesteckt mit seiner Vorsicht, was?«

»Wäre er vorsichtig gewesen, würde er vielleicht noch leben.« Eine Mischung aus Bockigkeit und Trauer bestimmte ihre Stimme.

Schmaerse ging nicht darauf ein. »Wie lange waren Sie schon zusammen, bevor Sie in die gemeinsame Wohnung gezogen sind?«

»Also, erst einmal: Das war meine Wohnung. Christian ist zu mir gezogen. Und, na ja, ein paar Monate waren es schon.«

»Da kennt man sich doch ganz gut, vertraut einander, vertraut einander auch Geheimnisse an, oder?«

Radegunde Korbmacher wiegte den Kopf hin und her. »Geheimnisse …« Sie sagte es abwertend. »Jeder hat so seine Geheimnisse. Der Christian, der war so … so anständig. Dem hab ich gar nicht so viel erzählt, über meine Vergangenheit und so. Sie wissen schon …«

Steffi Schmaerse nickte. »Ich kenne Ihre Akte. Drogen, vorher Sachbeschädigung.«

»Sachbeschädigung!« Radegunde Korbmacher spuckte das Wort fast aus. »Wir haben ein bisschen gesprayt. Und das waren Ruinen. Sachbeschädigung. Bei euch Bullen klingt das immer so brutal.«

Schmaerse sagte nichts.

»Sorry für die Bullen«, setzte Wendlers Freundin schließlich etwas leiser nach. »Damals war ich auch noch kein Goth-Girl. Heute würde ich keine Farbdose mehr anfassen.«

Schmaerse sagte noch immer nichts.

»Auch das mit den Drogen ist doch längst Geschichte. War doch eh alles nur für den Eigenverbrauch. Und der Christian hat damit überhaupt nichts zu tun. Deswegen wollte ich ihn damit auch nicht belasten. Der hatte seine eigenen Sorgen.« Die junge Frau hing ihren Gedanken nach.

»Als da wären?«, fragte Schmaerse und bemühte sich, dabei unverbindlich und ehrlich interessiert zu wirken.

»Christian war seiner Zeit weit voraus. Der war schon so … so erwachsen, so erfahren, obwohl er erst angefangen hatte bei der Zeitung. Die haben ihn gar nicht so richtig respektiert, das hat ihm sehr zugesetzt. Vielleicht hätte er sich ja sonst jemandem anvertraut, verstehen Sie?«

Schmaerse nickte. »Aber Ihnen hat er sich anvertraut?«

»Auch nicht wirklich. Christian war immer ein Geheimniskrämer. Erst dachte ich, der ist vielleicht ein Aufschneider, aber dann hat er mir Sachen erzählt …«

»Zum Beispiel?«

»Ach da war so vieles. Zum Beispiel hat er eine Dokumentensammlung angelegt zum 11. September, das World Trade Center, Sie wissen schon. Da waren Dokumente von der Regierung dabei, vom FBI, von Wikileaks … Ich hab immer gestaunt, wie der das alles rauskriegt.« Sie machte eine Pause und winkte dann ab. »Aber das hat ja schon Ihr Kollege alles.«

»Sagen Sie, Frau Korbmacher, hat Christian auch mal was Spannendes von diesem Lebensmittelskandal erzählt?«

»Das mit dem vergifteten Fleisch, oder dem verdorbenen, besser gesagt?«

»Ja.«

»Da hat er sich auch mächtig reingehängt, das war ja das letzte Thema, für das er sich so richtig begeistert hat, bevor er …« Sie brach ab.

»Richtig reingehängt, sagen Sie …« Schmaerse versuchte es mit einer Ablenkung.

»Na ja. Der ist sogar mal rübergefahren, bis kurz vor Dortmund oder so.«

»Wissen Sie, was er dort gemacht hat?«

»Der wollte sich mit einem der Bauern unterhalten, die da beteiligt waren.«

»Einem *der* Bauern?«

»Ja, da gehörten doch eine ganze Menge dazu.«

Schmaerse war wie elektrisiert. Hoffentlich merkt sie mir das nicht an, dachte sie. Jetzt nur ganz locker bleiben. »Ich hab das gar nicht so verfolgt«, sagte sie dann wie beiläufig.

Die junge Frau drehte sich um. Empörung schwang in ihrer Stimme mit. »Sollten Sie aber, Sie sind schließlich von der Mordkommission.«

»Sie sehen einen Zusammenhang zwischen dem Tod von Herrn Wendler und dem Fleischskandal, ich weiß«, sagte Schmaerse.

»Und Sie sehen den Zusammenhang wohl nicht?«

»Wir haben außer den Vorahnungen von Herrn Wendler, die

Sie ja immer wieder bestätigen, keine Anhaltspunkte dafür. Hier um Riedburg gibt es keinen Fleischskandal.«

»Hier muss es aber was geben«, sagte die junge Frau, fast verstockt jetzt.

»Wissen Sie, wie der Bauer hieß, zu dem Ihr Christian gefahren ist?«, versuchte sich Schmaerse wieder im verständnisvollen Ton eines Gesprächs unter Frauen.

Radegunde Korbmacher schüttelte den Kopf, schniefelte und kramte ein Papiertaschentuch aus ihrer großen schwarzen Handtasche.

»Wissen Sie, wie viele Täter nach Meinung von Christian in den Fall involviert waren?«

Die junge Frau schnäuzte sich lautstark und schüttelte erneut den Kopf. »Das können sechs oder sieben gewesen sein. So genau weiß ich das nicht.«

»Und einer hat Christian bedroht. Hat er je gesagt, wie?«

»Der hat immer weniger darüber gesprochen, je länger die Sache dauerte. Ich weiß nur, dass es ein Riedburger gewesen sein muss.«

»Woraus schlussfolgern Sie das?«

»Er hat ein paarmal mit ihm gesprochen, ihn wohl auch angerufen. Und er hat sich mit ihm verabredet. Aber dann kam ja … das wurde dann ja nix mehr.«

»Wissen Sie, für wann er verabredet war? In seinem Kalender haben wir keinen Eintrag darüber finden können.«

»Ach der Kalender, der war doch nur so ein offizielles Teil.«

»Und wo hat er das Inoffizielle gehabt? Auf dem Computer?«

»Dazu noch nicht. Er hat immer solche Akten verfasst, Dossiers nannte er die. Aber erst, wenn er bei seinen Recherchen einen bestimmten Stand erreicht hatte.«

»Das war bei dem Fleischskandal nicht der Fall?«

Radegunde Korbmacher schürzte die Lippen. »Das müssen Sie Ihren Kollegen fragen.«

»Sie mögen Herrn Hölbing nicht sonderlich?«, erkundete sich Schmaerse.

Die junge Frau verzog das Gesicht. »Männer«, sagte sie dann. Es klang, als hätte sie ein Schimpfwort gesagt.

»Ja, der Kollege mag anders sein als Ihr Christian«, versuchte Schmaerse, das Gespräch wieder aufs Thema zu lenken.

»Und ob«, seufzte Wendlers Freundin. »Christian war so … so feinfühlig. Der blickte mehr auf die inneren Werte, wenn Sie verstehen, was ich meine.«

Jetzt war Schmaerse geradezu belustigt. »Und mein Kollege hat sich wohl nur für Ihren Computer interessiert?«

»Der? Der hat immer auf meinen Busen gestarrt.« Böse kam das raus.

Schmaerse hörte auf zu lächeln. Sie betrachtete die Frau neben sich sehr eindringlich, und ihre Belustigung schlug in einen leisen Zorn um, dessen Grund so offenkundig war, dass sie sich fragte, ob Radegunde Korbmacher keinerlei Fähigkeit zur Selbstreflexion hatte. Sie überlegte eine Weile, wie sie angemessen auf die Bemerkung reagieren sollte, ohne ihre Gesprächspartnerin zu verletzen. Ein junger Mann, der sich von seinem Hund halb ziehen ließ, als er an der Parkbank vorüberging, machte ihr die Entscheidung leichter.

»Wissen Sie, Frau Korbmacher, Ihren Ärger über Herrn Hölbing kann ich gut nachvollziehen. Zumindest emotional. Mich nervt es auch, wenn mich einer auf mein Geschlecht reduziert. Andererseits …«, sie deutete mit dem Kopf dem jungen Mann hinterher. »Nun ja, unter uns Frauen gesagt, ich schaue einem Knackarsch auch mal ganz gern hinterher.« Radegunde Korbmacher folgte ihrem Blick, dann drehte sie träge den Kopf und schaute Schmaerse an. »Und offen gestanden«, setzte diese fort, »machen Sie es den Männern aber auch schwer, woanders hinzusehen.« Sie nickte dem Dekolleté der jungen Frau zu. »Wenn Sie wissen, was ich meine.«

»Ich kann doch zeigen, was ich habe, da muss doch niemand hinstarren«, insistierte diese, fast verwundert. Eine fruchtlose Diskussion.

»Wie dem auch sei«, setzte Schmaerse fort. »Es wäre auf jeden Fall besser gewesen, wenn Sie Herrn Hölbing schon mehr dazu erzählt hätten. Wer weiß, vielleicht wären wir dann schon weiter gewesen.« Sie ließ ihr keine Luft zum Antworten. »Er muss doch aber auch vor einem solchen Dossier schon

Aufzeichnungen gehabt haben. Warum haben wir da nichts gefunden?«

»Das weiß ich doch nicht. Vielleicht hätten Sie sich mal mehr Mühe mit seinem Notizbuch geben müssen.«

»Seinem Notizbuch?«

»Ja, dieses dicke schwarze.«

»Haben Sie uns das ausgehändigt?«

»Ich? Hat Ihnen das nicht Christians Chef gegeben?«

»Herr Grieshaber? Nein, hat er nicht.«

»Nicht der Grieshaber.« Radegunde Korbmacher schüttelte beharrlich mit dem Kopf. »Dem Hartmann habe ich das gegeben.«

»Sie?« Die Frage ärgerte Schmaerse, kaum dass sie ihr rausgerutscht war. Wieder traf sie so eine Art elektrischer Schlag. Wieder Hartmann. War er erneut einen Schritt voraus? Das Ganze entwickelte sich zu einem Alptraum.

»Ja, warum nicht? Was weiß denn ich, ob ich Ihnen trauen kann?«

»Toll!« Jetzt ärgerte sich Schmaerse wirklich. »Aber einem Reporter trauen Sie.«

»Warum sollte ich nicht?«

Steffi biss sich fast auf die Lippen. Ruhe bewahren, sagte sie sich. Deeskalation.

»Und weil wir schon dabei sind«, setzte die junge Frau fort, »sagen Sie mir doch zum Beispiel, warum das Landeskriminalamt schon vor Christians Tod ihm hinterhergeschnüffelt hat.«

»Davon ist mir nichts bekannt«, sagte Schmaerse wahrheitsgemäß. Sie bekam dabei zum dritten Mal in diesem Gespräch so etwas wie einen Tiefschlag. Blöde Geheimniskrämerei. Sie musste dringend mit den Kollegen im LKA reden, nahm sie sich vor. Wie stand sie jetzt vor dieser Frau da? »Glauben Sie mir, Frau Korbmacher, da muss ich mich selbst erst einmal erkundigen.« Sie kramte eine Visitenkarte aus ihrer Handtasche.

»Jaja, ich weiß schon. Wenn mir noch etwas einfällt, soll ich Sie auf jeden Fall anrufen.«

»Genau«, sagte Schmaerse und bemühte sich um ein unverkrampftes Lächeln. »Wenn Sie schon Polizisten nicht trauen, dann müssen wenigstens wir Frauen zusammenhalten.« Doch Radegunde Korbmacher sah nicht so aus, als wäre sie von dem Vorschlag begeistert.

Irgendwann, dachte Steffi Schmaerse, als die junge Frau in ihrem engen schwarzen Rock wieder in Richtung Straßenbahnhaltestelle wankte, irgendwann brechen dir die Knie, weil sie deine Last nicht mehr tragen können. Und sie fragte sich fast bedauernd, warum sie in ihr keine Vertraute gefunden hatte. Irgendwer musste es ihr schließlich mal sagen.

27

Das Gespräch mit Peter Hartung hatte ganz harmlos begonnen und artete so langsam in eine hitzige Debatte über das Urheberrecht aus. Der frisch gebackene Kreisvorsitzende des ebenso frisch gebackenen Kreisverbandes der Piratenpartei hatte bei Böhnke einen solchen »Antrittsbesuch« angemeldet, dieser hatte die Sache dann kaltschnäuzig in der Redaktionskonferenz auf Hartmann abgewälzt. Das kriegst du wieder zurück, hatte Hartmann gedacht, aber nichts gesagt. Nur die Augen zusammengekniffen. Sein Chef verstand die Mimik, das sah Hartmann an dessen nur angedeutetem schadenfrohem Grinsen.

Nun saß er hier mit diesem Piraten rum. Ziemlich groß und ziemlich korpulent war dieser Hartung. Sein Auftreten und seine Diktion verrieten einiges Durchsetzungsvermögen. Als Beruf hatte er Assistent in der Fakultät Informatik an der Uni angegeben. Für Hartmann hieß das im Klartext: Berufsstudent. Ziemlich praxisfern waren auch seine Auffassungen von machbarer Politik. Das fing mit diesem basisdemokratischen Gefasel an, das die Piraten gerade wie einen Schild vor sich hertrugen. Na ja, und gerade ging es um die kruden Theorien einer Liberalisierung des Urheberrechtes. Da war er bei Hartmann gerade an den Richtigen geraten. Die Namensgleichheit und -ähnlichkeit, auf die Peter Hartung gleich bei der Vorstellung anspielte, zog da gar nicht. Der Antrittsbesuch war zumindest für Hartmann eine Routineübung. Ohne Herzblut. Warum dachte er dabei schon wieder an Christian Wendler und dessen eifrige Ernsthaftigkeit?

Das Handy riss ihn aus seinen Gedanken. Er zog es aus der Jacketttasche und schielte auf das Display. Anette.

»Sie entschuldigen eine Sekunde?«, fragte er den Piraten. Der machte eine gönnerhafte Handbewegung.

Hartmann stand auf. »Ich bin nicht allein«, begann er das Gespräch.

»Es dauert auch nicht lang.«

»Was gibt es?«

»Du willst doch immer noch wissen, wer Jesus ist.«

»Ja doch, hast du etwa was rausgekriegt?«

»Zumindest hab ich eine Idee.«

»Sag schon!«

»Frag doch Denny, wer Jesus ist.«

»Denny?«

»Denny White, ja. Der ist am Samstag in Riedburg zu einem Konzert.«

»*Der* Denny White?«

»*Der* Denny White. Samstagabend, neunzehn Uhr dreißig, im Bürgerzentrum. Stand in deiner Zeitung.«

»Du weißt, dass ich so was gern überlese. Aber danke für den Tipp, ich denk drüber nach. Ich muss jetzt ...«

»Alles klar, bis heute Abend.«

»Tschüss.«

Hartmann legte auf und begann, den unliebsamen Piraten, der da sein Büro geentert hatte, abzuwimmeln.

Das Riedburger Bürgerzentrum war ein skurriler Bau. Errichtet Mitte der neunziger Jahre, als die Fördermittel noch reichlich flossen, erschien es für eine Stadt wie Riedburg eher überdimensioniert. Unsere Stadt braucht keine Weimarhalle, weil wir nicht so viele Touristen haben, so lautete damals der Grundtenor der Kritiker. Und in der Tat erinnerte das Bürgerzentrum ein wenig an die Weimarhalle: von der Architektur eher ein Kulturpalast wie in Dresden, mit einer scheinbar vorgehängten kupfern schimmernden Glasfront, aber alles ein paar Nummern kleiner als in der Klassikerstadt. Der Bau nicht so hoch, der Saal nicht so üppig dimensioniert, die Aufteilung eher kleingliedrig. Doch die Riedburger hatten sich mit ihrer kleinen Weimarhalle arrangiert. Die hieß in der Bauphase übrigens noch Mehrzweckhalle, wurde dann in »Haus der Kultur Riedburg« umbenannt, um Anfang des neuen Jahrtausends als Bürgerzentrum akzeptiert zu werden. Inzwischen hatte der Stadtrat dem Gebäude das Etikett »Mehrgenerationenhaus« aufgepappt. Das klang zwar gruselig, aber es gab Fördermittel vom Bund dafür. Und in der Tat war es ja ein Haus der Generationen. Einen Seniorenclub gab es darin ebenso wie ein Freizeitzentrum und die aus ihrem Stammhaus ausgelagerte Kinder- und Jugendbibliothek. Letzteres allerdings, so munkelte man, sei unnötig gewesen, aber um eine Anerkennung als Mehrgenerationenhaus zu bekommen, musste man etwas Neues unter das Dach stecken. Ein Jazzkeller, mehrere Restaurants, Veranstaltungs-, Konferenz- und Proberäume komplettierten das Angebot des Hauses, in dem immer reichlich Betrieb herrschte.

Hartmann parkte den kleinen roten Peugeot in einer Seitengasse. Er hatte Mühe, rings um das Bürgerzentrum überhaupt einen Parkplatz zu finden. Doch auf den kostenpflichtigen mochte er sich nicht stellen. Nicht, weil ihm das Geld zu schade gewesen wäre, doch er wusste, wie lange er nach Konzertende brauchen würde, um das Gelände wieder zu verlassen.

Er hatte seinen Besuch so gelegt, dass er erst gegen Ende der Veranstaltung das Foyer betrat. Er wies sich mit seinem Presseausweis aus und erhielt von einer Mitarbeiterin des Hauses einen streng tadelnden Blick, vermutlich wegen der späten Zeit.

»Der Fotograf ist schon längst wieder weg«, zischte sie ihm zu. Auch das schien ihr nicht zu passen. Er machte eine entschuldigende Geste und grinste sie an. Als sie außerhalb seines Blickfeldes war, kaufte er sich am Devotionalienstand die jüngste CD des Sängers. Irgendwas musste er schließlich in der Hand halten.

Behutsam öffnete er die Tür zum großen Saal, um in eine andere Welt einzutauchen. Knapp tausend Besucher wollten sich den Auftritt des Schlagerstars nicht entgehen lassen, der Saal war annähernd ausverkauft. Das Publikum bestand zu wenigstens zwei Dritteln, wenn nicht gar zu drei Vierteln aus Frauen, die ihre wirklich guten Jahre schon hinter sich hatten. Kein Wunder bei so einem Schnulzensänger, dachte Frank bei sich. Weil er als Eindringling von vielen Konzertbesuchern gemustert wurde, bemühte er sich um ein möglichst freundliches Lächeln. Was ihm schwerfiel. Einer Besucherin, die er kannte und die ihm freundlich zunickte, als wolle sie sagen: Sieh an, der Hartmann ist auch ein Denny-White-Fan, zeigte er von Weitem als Alibi die CD und grinste blöde. Keine Frage, Hartmann schämte sich, anders als dienstlich ein Konzert dieses Schlagersängers zu besuchen.

Denny White schmachtete von der Bühne aus die Damen an.

Weißer Anzug, weiße Weste, weißes Hemd, weiße Fliege, weiße Lackschuhe. Eine rote Rose am Revers und einen protzigen Ring mit dunkelrotem Stein an der linken Hand. Die Farbe der Zähne, registrierte Hartmann wie nebenbei, war garantiert nicht natürlich. So etwas machte man heute mit Bleichen, hatte er sich sagen lassen. Der ganze Auftritt war so falsch, das zog einem doch die Schuhe aus. Aber das Publikum war Wachs in den Händen des Schmusesängers. Die Frauen hingen an seinen Lippen, viele sangen den Text mit. Feuerzeuge und kleine Lichtstäbe wurden geschwenkt. Die ersten Blumen lagen bereits auf der Bühne. Hier, so dachte Hartmann sarkastisch, durfte man sich nicht wundern, wenn Slips auf die Bühne flogen.

Hartmanns Blick glitt aufmerksam über die Besucher. Er suchte scheinbar ziellos nach den Männern im Publikum. Wenn Jesus tatsächlich ein Riedburger war und wenn Jesus mit Denny White in einer Burschenschaft war, dann war es durchaus möglich, dass sich die beiden heute und hier trafen. Er hatte so ein Gefühl, dass er diesen geheimnisvollen Jesus erkennen würde, wenn er ihn sah. Aber er hatte keine Ahnung, wonach er suchen musste. Ein Engelsgesicht mit langer Haarpracht sicherlich nicht.

»Wenn ich dich erst in meinen Armen halte«, schmachtete der Blondgelockte auf der Bühne. Der würde leicht als Engel durchgehen. Und wenn Denny White nun Jesus war? Quatsch.

Hartmann hatte nichts gegen Schlager. Es gab sogar eine Zeit in seinem Leben, da hatte er sie gemocht. So kurz vor der Wende. Die Lieder von Udo Jürgens zum Beispiel. Drafi Deutscher mit seinen von Rock und Beat unterlegten Titeln. Sogar Roland Kaisers Liebeslieder waren, vor allem der Texte wegen, lange Zeit für Hartmann hörbar. Allerdings hatte er seine eigene Definition vom Schlager. Demnach gehörte alles, wo sich Liebe auf Triebe reimte, in die Sparte Volksmusik. Erst wenn sich Liebe auf Hiebe reimte, akzeptierte er es als Schlager.

Bei Denny White jedoch, da troff das Schmalz förmlich von der Bühne. Der Mann war sehr erfolgreich, ohne wirklich als Superstar durchzugehen. Er gehörte wohl eher in die Rubrik der harten Arbeiter, die sich Tag für Tag dem Publikum stellten – egal ob in Möbelhäusern, in Seniorenheimen oder auf

Kirmesfesten –, um ihr solides Handwerk abzuliefern. Dass er in Riedburg einen vollen Saal hatte, überraschte Hartmann. Konnte aber auch sein, dass es an dem neuen Album lag, mit dem Denny White gerade auf Tour war. Drei Zugaben, eine davon das unvermeidliche »Dein wundervolles schwarzes Haar« musste Hartmann über sich ergehen lassen, bevor es die Damen nicht mehr auf den Sitzen hielt und sie zur Bühne stürmten, während die anderen zum stehenden Applaus »Denny, Denny« skandierten. Hartmann mischte sich unter die Stürmenden und kam sich so falsch vor wie in einer Scream-Maske auf dem Kindergeburtstag. Dann flog tatsächlich ein Kleidungsstück auf die Bühne, es streifte Hartmann am Hinterkopf. Nur ein Schal, dachte er erleichtert, ein Schal in den Stadtfarben. Er hielt White, der in die Knie gegangen war und sich verzückt von seinen Fans anhimmeln ließ, die CD zum Signieren hin.

»Für meine Frau«, brüllte er durchs Gedränge. Immerhin fiel er als fast einziger Mann in dem Pulk so auf, dass der Sänger über die hingereckten Hände der Damenwelt seine CD entgegennahm.

»Gern«, rief Denny White zurück, und immerhin sorgte die Aufmerksamkeit, die er Hartmann widmete, für eine kleine Gasse direkt an den Bühnenrand, die die Frauen, ein wenig staunend zwar, räumten.

Jetzt oder nie, dachte Hartmann und startete einen Frontalangriff. »Ich soll Sie schön grüßen, von Jesus«, rief er dem Mann zu. Das Fragezeichen in dessen Gesicht hatte nur eine Sekunde Bestand und wich dann einem freudigen Erkennen.

»Von Jesus. Schön«, sagte White. »Ist er denn heute hier?«

»Ich habe ihn noch nicht gesehen«, sagte Hartmann.

»Ein bisschen hatte ich ja gehofft, ihn hier zu treffen, wenn ich schon mal in Riedburg bin, aber er hat wohl derzeit ziemlich viel um die Ohren«, sagte White freundlich, »grüßen Sie ihn zurück.«

Er reichte Hartmann die signierte CD zurück und wollte sich wieder seinen weiblichen Fans zuwenden. Hartmann war in Panik. Der Kontakt drohte abzureißen. Und er war auf weitere Fragen gar nicht vorbereitet, hatte sich eher Antworten von dem Sänger erhofft. Er musste sich wieder lautstark Gehör verschaffen. Schnell.

»Haben Sie vielleicht seine Nummer, ich habe ein neues Handy?«, rief er auf die Bühne. Dumm klang das, er wusste es, bevor er den Satz vollendet hatte. Doch Denny White hatte schon längst kein Ohr mehr für ihn. Er ließ sich gerade von einer drallen Brünetten auf die Wange knutschen und sammelte Blumen ein. Hartmann wurde abgedrängt. Dann kam er auf eine neue Idee. Er ließ sich bereitwillig nach hinten schieben, ging dann zum Saalausgang und stürmte über den Flur. Doch vor dem Zugang zum Backstagebereich versperrten ihm zwei Sicherheitsleute den Flur. Stiernacken in schwarzen Nylonjacken, die üblichen Verdächtigen. So was hatte Hartmann noch nie aufgehalten.

»Presse«, sagte er lakonisch und wedelte mit seiner kleinen Plastikkarte.

»Haben Sie eine Akkreditierung?«

»Eine was?« Hartmann war so verblüfft, als hörte er den Begriff zum ersten Mal.

»Eine Backstage-Akkreditierung.«

»Aber hallo, so was hab ich hier noch nie gebraucht.«

»Heute brauchen Sie es«, sagte Stiernacken ungerührt. »Wenden Sie sich bitte ans Management.«

»Die haben auch fertige Interviews«, assistierte sein Kollege.

»Fertige Interviews«, sagte Hartmann. Fassungslos schüttelte er den Kopf. »Eine Akkreditierung und fertige Interviews. Ja rutscht mir doch …«

Er drehte sich um und schob sich gegen den Strom wieder in den Saal. Doch Denny White war schon verschwunden. Auch die halbe Stunde, die er am Bühnenausgang verbrachte, erwies sich als nutzlos. Zwei weitere Stiernacken flankierten den großen Passat mit den abgedunkelten Scheiben, bis der Sänger eingestiegen und abgerauscht war. Ein schneeweißer Passat. Natürlich.

»Akkreditierung, was?«, brüllte Hartmann dem Wagen hinterher. »Und fertige Interviews, wie?« Immerhin wusste er nun, dass Jesus tatsächlich ein Riedburger war.

28

Es waren nur gut fünfzig Kilometer bis nach Alsfeld, und seit die Ortsumgehung bei Kirchhain funktionierte, hatte man sie mit dem Pkw auch schnell hinter sich. Südöstlich der Stadt und jenseits der Autobahn lag das Restaurant und Hotel »Pfefferhöhe«. Die Betreiber waren pfiffige Leute. Professionelle Konferenzräume, die Möglichkeit, gleich vor Ort zu übernachten, und die Nähe zu einer der wichtigsten Ost-West-Verbindungen in der Mitte Deutschlands sicherten immer ein volles Haus, allein schon durch die Laufkundschaft. Hinzu kam eine exzellente Küche, die sich nicht nur in der hessischen Kleinstadt, sondern auch bei Geschäftsreisenden längst herumgesprochen hatte. Während auf dem Parkplatz noch hektische Betriebsamkeit herrschte, vermittelte das Restaurant genau das Gegenteil von Raststätten-Atmosphäre. Ruhig und behaglich saß man hier, fühlte sich fernab der großen Verkehrswege. Für Elisabeth Dallmann war der Tafelspitz vom Kalb der beste, den man in Hessen bekommen konnte. Darauf freute sie sich auch am meisten, als sie über den türkisblauen Teppich auf einen der wenigen freien Tische zusteuerte. Ein Dreiertisch am Fenster mit einem pflanzenbesetzten Raumteiler auf der einen und einem Pflanzkübel auf der anderen Seite. Genug Diskretion und genug Ruhe.

Doch während die Vorfreude auf das Essen ihr den Gaumen kitzelte, war der Anlass weniger erfreulich. Jesus hatte dringend um eine Unterredung gebeten. Dieses Weichei, dachte sie bei sich, als sie so Platz nahm, dass sie den Restauranteingang im Auge behalten konnte. Der Kellner war schnell und fürsorglich, Dallmann bestellte sich ein Wasser und beschied ihm, dass sie noch auf einen Gast warte.

Für jemanden in diesem Geschäft hatte Jesus entschieden zu viel Angst, fand sie. Hätte sie das doch nur schon damals gewusst, als sie gemeinsam die Idee ausgebrütet hatten. Möglicherweise hätte sie die Finger davon gelassen. Oder sie hätte sich einen anderen Partner dafür ausgesucht. Aber nur er hatte die

Beziehungen zu potenziellen Kunden. Und nur sie kannte die Methoden, wie man das Hormon so geschickt verpackte, dass es auch da ankam, wo es wirken sollte und nicht schon in den Mägen zersetzt wurde. So war eine buchstäbliche Symbiose der beiden zusammengekommen. So erhielten sie auch ihr persönliches Verhältnis aufrecht. Eine merkwürdige Liebesaffäre. Jesus klammerte sich auch dann noch an sie, als sie die Berufspraxis nach dem Studium in entfernte Bundesländer verschlug. Und sie selbst? Nun auch, als sie seiner längst überdrüssig war und andere, wechselnde Liebhaber fand, kam sie immer wieder gern auf seine Angebote zurück. Mit ihm nämlich konnte es keinen Beziehungsstress mehr geben, viel zu vorsichtig war er und viel zu feige, seine mit drei Kindern gesegnete Ehe für eine Affäre mit seinem Studentenliebchen aufs Spiel zu setzen. So bot ihnen die geschäftliche Zusammenarbeit ab und an Gelegenheit zu einem hübschen Schäferstündchen, das wohl beide genossen. Ja, auch in den Betten der »Pfefferhöhe« hatten sie schon die eine oder andere heiße Nacht verlebt. Ob er diesmal die Nerven dazu hatte, bezweifelte sie. Rein vorsorglich hatte sie jedoch glänzend schwarze Dessous und halterlose Strümpfe unter ihrem züchtigen Businesskostüm angezogen. Er würde die feinen Zeichen erkennen, wenn er bereit dazu war.

Elisabeth Dallmann wollte sich gerade entschließen, vor der Tür noch eine Zigarette zu rauchen, als Jesus ins Restaurant trat. Gekleidet wie die Personifizierung der Unauffälligkeit, sich dennoch aufmerksam rechts und links umblickend, kam er auf ihren Tisch zu.

»Ich hoffe, du wartest noch nicht zu lange«, fing er an und hauchte ihr rechts und links einen Kuss auf die Wange. »Am Kirchheimer Dreieck war furchtbar viel Verkehr.«

»Wie immer«, sagte sie. Wie ein Kistenteufel tauchte der aufmerksame Kellner mit den Speisekarten neben ihnen auf, kaum dass Jesus Platz genommen hatte.

Sie wählte wie immer den Tafelspitz, während sich Jesus für den Grillspieß entschied. Männer, dachte sie. Männer und Kurzgebratenes.

Er blieb geduldig, wartete, bis sie ihn zum Reden aufforderte.

»Nun sag schon«, begann sie schließlich zwischen zwei Bissen. »Was ist so wichtig, dass wir es nicht aus der Ferne besprechen können?«

»Ich weiß, wer Stiebritz ist«, platzte er heraus. Er hatte kaum heruntergeschluckt.

»Stiebritz? Ich fürchte, ich verstehe nicht ganz.«

»Der Journalist, der bei Herold war.«

»Oh.«

»Ja. Oh. Von wegen Stern. Bei diesem Stiebritz handelt es sich um einen gewissen Peter Hartmann von der Riedburger Rundschau.«

Sie schnitt sich sorgfältig ein kleines Stück von dem Tafelspitz ab, und drehte es prüfend mit der Gabel hin und her. »Das ist jetzt aber wirklich schon ziemlich dicht an dir dran«, sagte sie schließlich. Und diesmal ganz ohne Belustigung. »Wer ist dieser Hartmann?«

»Ich habe mich ein wenig erkundigt. Peter Hartmann ist Gerichts- und Polizeireporter bei der Riedburger Rundschau. Der gilt als richtig gut, weil er sich auch mit der Polizei und den Behörden anlegt, wenn es sein muss.«

»Klingt nach einem hartnäckigen Burschen«, sagte sie und deutete mit dem Messer auf Jesus' Teller. »Vergiss dein Essen nicht«, forderte sie ihn auf.

»Das ist auch ein hartnäckiger Bursche, verlass dich drauf«, sagte er.

»Wieso recherchiert ein Thüringer Journalist in Niedersachsen und in Nordrhein-Westfalen?«, fragte sie und nahm nachdenklich einen Schluck Wein.

»Er hat schon ein paarmal über die Sache mit Geißenhöhner geschrieben«, sagte er und schob sich eine kleine Grilltomate in den Mund. »Und pass auf, jetzt kommt's«, schmatzte er. »Dieser Hartmann läuft gerade durch Riedburg und erkundigt sich nach Rinderzüchtern in der Region.«

Elisabeth Dallmann ließ das Besteck sinken. »Das gefällt mir ganz und gar nicht«, sagte sie schließlich.

»Ich bin auch ganz begeistert davon.«

»Woher weißt du das eigentlich?«

»Er hat sich beim Landwirtschaftsamt danach erkundigt, wollte Zahlen, Übersichten, Namen. Aber es kommt noch besser: Hartmann war am Wochenende bei einem Denny-White-Konzert.«

»Dein Schlagerfreund.«

»Bingo. Genau der. Eine Kollegin von mir hat ihn dort gesehen.«

»Na ja, vielleicht mag er Schlager.«

»Ja, vielleicht auch nicht. Wir müssen irgendetwas tun.«

Elisabeth Dallmann nickte. Sie versuchte, mit dem Messer noch ein wenig der köstlichen Soße auf die Gabel zu schieben, legte dann das Besteck hin, schob den Teller weg und tupfte sich mit der Serviette den Mund ab. Sie nahm noch einen kleinen Schluck von dem Weißwein, blickte aus dem Fenster und presste die Lippen aufeinander.

»Hat es geschmeckt?« Der Kellner kam wie aus dem Nichts.

»Ausgezeichnet, danke schön«, bedachte sie ihn mit einem Lächeln. Als er mit dem Teller in Richtung Küche verschwand, blickte sie wieder zu Jesus.

»Es war gut, dass ihr alle aus Facebook verschwunden seid. Hauptsache, es war nicht schon zu spät. Die Frage ist doch jetzt: Was weiß dieser Hartmann, was ahnt er und wann gibt er die Suche auf. Dass er sich jetzt gezielt erkundigt, halte ich für ein ganz schlechtes Zeichen.« Vor allem für dich, mein Lieber, setzte sie in Gedanken hinzu und überlegte, ob man die Spur objektiv bis zu ihr verfolgen konnte, wenn Jesus die Klappe hielt.

»Wir müssen irgendwas tun«, wiederholte sich dieser, und es klang hilflos und albern.

»Du sagst, er ist hartnäckig.«

Jesus nickte.

»Wir sollten herausbekommen, ob und wie man ihn einschüchtern kann.«

»Das kann man bestimmt nicht.«

»Das kann man bestimmt nicht, das kann man bestimmt nicht«, äffte sie ihn nach. »Bleib doch mal ruhig und denk erst mal nach. Vielleicht säuft er, nimmt Drogen, betrügt seine Frau, hat ein Balg auf der Wildbahn und, und, und. Jeder hat eine

Schwachstelle. Wir müssen sie finden und ihn dann damit zum Schweigen bringen.«

»Und wie soll ich das rauskriegen?« Jesus nickte und stierte eine Weile vor sich hin. »Das wird schwer. Ich kann schlecht eine Detektei mit Nachforschungen beauftragen, man kennt mich in Riedburg.«

»Ja dann nimmst du irgendeinen Strohmann und arrangierst das. Da musst du halt ein bisschen erfinderisch sein.«

»Und wenn wir nichts finden?«

»Wenn wir nichts finden, dann können wir nur hoffen, dass er seine Ermittlungen von allein einstellt. Andernfalls …« Sie ließ das Wort in der Luft hängen.

»Anderenfalls?«, fragte Jesus.

»Bei dem jungen Schnüffler ist dir doch schließlich auch was eingefallen.«

»Du meinst …« Jesus riss vor Schreck den Mund auf.

»Schschsch«, machte sie. Unter dem Tisch zog sie einen Schuh aus und streckte das Bein so, dass sie mit dem Fuß sein Knie streicheln konnte. Er bekam augenblicklich große Augen. »Was meinst du?«, gurrte sie. »Nehmen wir noch einen Cognac danach?«

Seine sorgenvolle Miene begann zu strahlen. »Ein Cognac wäre doch auch das Richtige davor«, lockte er sie.

»Was für ein helles Köpfchen du doch heute wieder bist.« Sie lächelte ihn lasziv an und schnippte nach dem Kellner.

29

»Wie kann man nur so kaltherzig sein?«, sagte Isabell mit ehrlicher Entrüstung in der Stimme.

»Pst, da kommt er«, zischte Melitta.

»Redet ihr über mich?«, fragte Hartmann in die Runde.

Melitta schloss kurz die Augen, schüttelte den Kopf und wies dann mit dem Blick in Richtung Tür. Wenn Chefredakteur Grieshaber durch die Gänge schritt, dann schob er stets eine unsichtbare Bugwelle vor sich her. Das Personal ließ ihm förmlich eine Gasse, durch die der Chef mit seinem stets mürrischen Gesicht schweben konnte. Dabei verstand er es wie kein Zweiter, durch seine Gesprächspartner hindurchzusehen. Aber wehe, er blickte einen direkt an. Sein stechender Blick verhieß selten etwas Gutes, auch wenn er in den Konferenzen die Redakteure gern mit »Meine Lieben« ansprach. Das hatte etwas von der Gönnerhaftigkeit eines unter Realitätsverlust leidenden Fürsten, versuchte es mal einer der Kollegen zu analysieren.

Hartmann winkte ab und ging in Richtung Tresen. Mittagszeit war bei der Riedburger Rundschau immer auch Klatschzeit. Wer-mit-wem, Wer-gegen-wen, Hast-du-schon-gehört- und Denk-doch-mal-Geschichten würzten das Kantinenessen, das es meist gar nicht nötig hatte.

In der Schlange an der Essenausgabe wieder ein charakteristisches Bild für den Führungsstil des Alten: Normalerweise schoben die Kollegen die Tabletts auf der Ablage dicht an dicht. Nur Grieshaber ließ eine Tablettlänge Lücke zum Vordermann. Ich bin nicht so wie ihr, sollte das heißen. Doch der hinter ihm Stehende ließ ebenfalls eine Lücke. Du gehörst nicht zu uns, lautete die Botschaft. Aber das wollte Grieshaber ja auch nicht. Nicht mal die paar treuen Gefolgsleute, die der Chefredakteur hatte, trauten sich, öffentlich ihre Verbundenheit zu demonstrieren. Doch Grieshaber wollte das auch nicht. In seinem Selbstbild zählte er zur intellektuellen Elite der Stadt, ach was, des Landes; Augenhöhe mit seinen Redakteuren war ihm nicht willkommen. Das war nicht immer so gewesen. Als Grieshaber Ende der neunziger Jahre, aus Leipzig kommend, von der Geschäftsführung als Chefredakteur eingesetzt wurde, suchte er sofort nach Verbündeten. Zumindest auf der Ebene der Ressortleiter. Doch mit jedem Erfolg der Riedburger Rundschau – und er schrieb sich Erfolge grundsätzlich selbst zu – wuchs sein Abstand zur Belegschaft. Er dozierte, belehrte, und Widerspruch war grundsätzlich so etwas wie eine Majestätsbeleidigung. Dennoch war er kein schlechter Chefredakteur: Er stellte sich nach außen hin vor seine Mannschaft und vertrat die Interessen des Blattes ziemlich souverän.

Kaum hatte er sein Tablett auf dem Tisch abgestellt, erfuhr Hartmann den Grund für Isabells Entrüstung: Melitta, die sich in ihrer mütterlichen Art um jeden Geburtstag und jedes Jubiläum in der Landesredaktion kümmerte, hatte eine Geldsammlung angezettelt, um der Freundin von Christian Wendler unter die Arme zu greifen. Radegunde Korbmacher arbeitete als Hilfskraft in einem Einkaufszentrum und verdiente nicht das Schwarze unterm Nagel. Während sie wohl mit den laufenden Kosten zurechtkam, drohte sie an den Kreditverpflichtungen für die gemeinsame Wohnungseinrichtung zu ersticken. Keine schlechte Idee, befand Hartmann. Aber Melitta war wie so oft über das Ziel hinausgeschossen. Sie wurde unter Umgehung von Böhnke beim Chefredakteur vorstellig und wollte aus der kollegialen Solidaritätsaktion einen Hilfsfonds der Zeitung, wenn nicht gar einen öffentlichen gründen. Und Grieshaber hatte sie einfach abblitzen lassen.

»Auf der Beerdigung hat er noch große Worte gespuckt, von wegen, wir stehen hinter der Familie, und wenn Hilfe benötigt würde, und so weiter«, schimpfte Isabell in gedämpftem Tonfall, sorgfältig darauf bedacht, dass sie schon am Nachbartisch nicht mehr gehört werden konnte.

»Das hätte ich dir gleich sagen können, dass das nichts wird«, sagte Alexander Böhnke mit vollem Mund zu Melitta. »Wendler ist unter der Erde, und Grieshaber ist zur Tagesordnung übergegangen. Morgen gibt es eine neue Ausgabe. Wir sind Tageszeitung und nicht die Caritas. Was hast du erwartet, mal ehrlich?«

»Ich jedenfalls gehe zum Betriebsrat. Mal sehen, was der dazu zu sagen hat.«

»Oh ja«, nickte Böhnke. »Unser schlagkräftiger Betriebsrat. Wenn du Glück hast, sucht der in vier Wochen sogar das Gespräch mit Grieshaber. Davon ist die Einrichtung von Wendler auch nicht bezahlt.«

»Auf jeden Fall sammel ich weiter!« Melitta klang trotzig.

»Das sollst du ja auch – ich glaub nicht, dass der Alte da was dagegen hat. Peter?«

»Ich bin dabei«, nuschelte dieser, kaum von seinem Essen aufblickend.

»Sehr gesprächig bist du heute nicht«, stellte Melitta fest.

»Ich bin in Eile. Ich muss nachher noch mal ins Landratsamt.«

»Immer noch der Fleischskandal?«, wollte Böhnke wissen.

Hartmann nickte. »Aber wie gesagt: Was immer ihr gebt, ich bin mit genauso viel dabei. Mindestens.«

Zehn Minuten später verließ er die schnatternde Tischrunde und ging mit vollem Bauch und leise aufstoßend an der Pförtnerloge vorbei in Richtung Parkplatz. Hoffentlich hielt sein Gedärm Ruhe. Es hatte Blumenkohl zum Jägerschnitzel gegeben, und irgendwie hatte der schon so säuerlich geschmeckt. Nicht dran denken, ermahnte er sich im Stillen.

»Herr Hartmann, seien Sie willkommen«, dröhnte Dr. Markus Kreuziger in seinem vollen Bass, als er ihn begrüßte, ihm mit der Rechten die Hand schüttelnd und mit der Linken jovial am Oberarm nehmend. Eine Spur zu kumpelhaft, fand Hartmann. Seine erste persönliche Begegnung mit dem Amtstierarzt hatte er anders in Erinnerung. Auch da war Kreuziger freundlich gewesen, das schon, aber eher unverbindlicher.

»Was also kann ich heute für Sie tun, Herr Hartmann?« Kreuziger hatte wieder das dicke Buch über Tierarzneimittel auf dem Tisch liegen.

»Sie liegen richtig, Herr Doktor«, sagte Hartmann und deutete mit dem Finger auf den Wälzer. »Es geht schon wieder um den Skandal, den Sie und Ihre Behörde nur ungern Skandal nennen.«

»Nun ja, unser Haus hat damit ja auch nichts zu tun.«

»Ich möchte heute mit einer eher heiklen Frage beginnen«, leitete Hartmann ein.

»Nur zu«, ermunterte ihn Kreuziger. Hätte er noch ein »junger Freund« drangehängt, es hätte ihn nicht verwundert.

»Ich möchte, dass wir über unser Gespräch eine absolute Vertraulichkeit vereinbaren«, sagte Hartmann und beobachtete aufmerksam die Reaktion seines Gegenübers. Mit einer Geste forderte der Tierarzt ihn zum Weiterreden auf.

»Geht das?«, fragte er beharrlich weiter.

Kreuziger lehnte sich zurück. »Nun ja«, sagte er gedehnt. »Das kommt ganz auf das Thema an. Natürlich bin ich verschwiegen. Aber wenn Sie mir jetzt sagen, dass bei den Tieren von Schäfer XY die Blauzungenkrankheit ausgebrochen ist, werde ich nicht untätig bleiben können. Das werden Sie sicherlich verstehen.«

»Ja«, sagte Hartmann und wiegte den Kopf. »So ungefähr hatte ich mir Ihre Antwort auch vorgestellt.«

»Und«, fragte Dr. Kreuziger, »wo ist denn nun die Blauzungenkrankheit ausgebrochen?« Die Augen hinter seiner altmodischen Brille funkelten lustig.

Sieh an, dachte Hartmann, ein kleiner Ausbruch von Beamtenhumor.

»Lassen Sie es mich als Hypothese formulieren: Kann es sein, dass dieser Fleischskandal, diese STH-Geschichte, in Deutschland viel weitere Kreise zieht als bisher bekannt?«

»Lieber Herr Hartmann.« Kreuziger beugte sich etwas vor. »Welche Kreise Skandale ziehen, wie Sie es immer nennen, weiß man immer erst, wenn sie aufgeklärt sind. Und das scheint in diesem Fall längst geschehen zu sein. Ein Landwirt in Niedersachsen hat durch eine verbotene Hormonbehandlung Tiere in den Verkehr gebracht, die nicht mehr für den menschlichen Verzehr geeignet sind. Seine Bestände wurden gekeult, und der Mann, wirtschaftlich ruiniert, soviel ich weiß, wartet nun auf seine Verurteilung.«

»Das schließt aber nicht aus, dass auch andere Bauern dieselben Methoden verwenden, oder?«

Kreuziger blickte Hartmann an, als verstünde er dessen Frage nicht. »Nun ja, das werden wir nach dem nächsten Skandal wissen, nicht wahr? Haben Sie denn Anhaltspunkte dafür?«

Hartmann lächelte. »Sehen Sie, da sind wir wieder bei der Vertraulichkeit. Deswegen formuliere ich die Sache auch rein hypothetisch.«

»Aber Sie sind doch nicht hier, um mit mir über Hypothesen zu diskutieren.«

»Sagen wir es so: Wenn ich Ihnen nun mitteilte, dass ich fünf Bauernhöfe kenne, wo das Rindfleisch auf dieselbe Art manipuliert wird wie in Niedersachsen, was würden Sie tun?«

Dr. Markus Kreuziger sah nicht mehr aus, als wäre ihm nach Scherzen zumute. Er beugte sich vor und legte die Arme auf den Schreibtisch. »Dann würde ich Sie natürlich auffordern, mir die Namen und Adressen der betroffenen Höfe zu nennen, um mich mit den Kollegen dort in Verbindung zu setzen.«

»Schon klar«, sagte Hartmann. »Und wenn ich einen Anhaltspunkt hätte, dass sich einer dieser Höfe in der Umgebung von Riedburg befindet, also in Ihrem Verantwortungsbereich, wie würden Sie dann vorgehen?«

»Ach, Herr Hartmann!« Kreuziger nahm den Kuli, mit dem er gerade noch gespielt hatte, und warf ihn verärgert auf den Schreibtisch. »Mir gefällt dieses Gedankenspiel nicht. Unterstellen Sie meinem Amt etwa, es würde die Viehbestände schlampig kontrollieren? Das ist alles ziemlich streng geregelt. Allein auf dem Schlachthof in Riedburg haben wir ständig Tierärzte vor Ort, die die Schlachtungen überwachen. Da kann nichts passieren.«

»Das hat der zuständige Amtstierarzt in Niedersachsen vorher sicherlich auch behauptet.«

»Hören Sie doch auf! Also ich kann das für uns wirklich ausschließen. Wenn Sie einen konkreten Verdacht haben, dann nennen Sie ihn. Oder schreiben Sie ihn meinetwegen in die Zeitung, wenn Sie eine Klage wegen Rufschädigung riskieren wollen. Aber dieses Was-wäre-wenn-Spiel ist doch fruchtlos. Ich verstehe sowieso nicht, warum Sie noch immer auf dem Thema rumreiten. Das müsste doch selbst für die Zeitung inzwischen gegessen sein.« Kreuziger hatte sich in Rage geredet und holte erst einmal tief Luft.

Hartmann ließ ihm Zeit, ließ aber nicht locker. »Wenn aber die Spur des Fleisches, um es mal so zu nennen, bis hier in Ihr Amt führen würde – wie würden Sie es denn dann anfangen, nach dem schwarzen Schaf in der Herde zu suchen?«

Kreuziger fing sich wieder. »Na ja, ich würde in Abstimmung mit dem Landrat zunächst einmal die Kontrollen verstärken, auch die unangemeldeten Kontrollen. Vor allem bei unseren etwas unsicheren Kantonisten.«

»Also gibt es unsichere Kantonisten?«, hakte Hartmann sofort nach.

Kreuziger hielt verblüfft inne, um dann in ein dröhnendes Gelächter auszubrechen. »Netter Versuch, Herr Hartmann. Und morgen steht dann in der Riedburger Rundschau: Amtstierarzt verweist auf schwarze Schafe bei den Tierzüchtern …«

»Nein, nein«, beeilte sich Hartmann zu versichern. »Ich betrachte das jetzt wirklich als Hintergrundgespräch. Ich will derzeit gar nichts veröffentlichen.«

»Derzeit, soso. Nein ehrlich, Herr Hartmann, so läuft das hier im Amt nicht. Wenn Sie eine konkrete fachliche Anfrage haben, stehe ich Ihnen immer mit einer Antwort zur Verfügung. Aber keine hypothetischen Spielchen über erfundene Skandale. An diesem Punkt müssen wir das Gespräch dann grundsätzlich als beendet betrachten.«

Als Hartmann wenig später wieder in seinen Chrysler stieg, war er genauso schlau wie vorher. Warum, so fragte er sich, hilft mir Kreuziger nicht? Ahnt er schon selbst was? Weiß er schon, wen ich suche? Läuft bei der Behörde schon eine Untersuchung? Er würde seine Quellen bei der Polizei anzapfen müssen.

30

Der Mann, der von seinen Freunden aus Studienzeiten noch heute Jesus genannt wurde, lief in der Bahnhofshalle auf und ab. Er hatte noch Zeit, war viel zu früh am vereinbarten Treffpunkt. Er war nervös, und er hatte allen Grund dazu. Um sich abzulenken, ging er in die Bahnhofsbuchhandlung. Dort konnte er sich hinter einem Buch oder einer Zeitschrift verstecken. Dort konnte er sich auch auf eine der Lesebänke setzen, ohne dass ihm gleich ein lästiger Verkäufer seinen Rat aufzwingen würde.

Heute Morgen hätte er dringend einen Rat benötigt. Da hatte er vor dem Kleiderschrank gestanden und nicht gewusst, was er sich anziehen sollte. Unauffällige und legere Kleidung hielt er für ein dem Anlass angemessenes Outfit. Doch mit Entsetzen hatte er festgestellt, dass seine beiden letzten verbliebenen Jeans inzwischen zu Gartenhosen mutiert waren. Und die schwarze Cordhose, die vor Jahren mal zu einem bequemen Anzug gehörte, war inzwischen so ausgebeult, dass er sich damit nicht mehr auf die Straße wagte. Er ließ sie einfach auf dem Bett liegen. Seine Frau würde sie schon in den Altkleidersack stopfen. Schließlich entschied er sich für eine leichte Sommerhose, eine sogenannte China- oder Chino-Hose, wie ihm seine Frau erklärte, als sie das Stück im Vorjahr für den Urlaub in Österreich gekauft hatten. Dazu zog er ein dunkelblaues Sporthemd und eine Windjacke an. Hoffentlich, so dachte er bei sich, erkennen mich nicht allzu viele Menschen in der Stadt. Irgendwie sah er im Spiegel wie verkleidet aus. Kein Wunder für einen Mann, der sein halbes Leben in formellen Anzügen verbracht hat.

Immer wieder, wenn er an einem Zeitungskiosk stand oder in der Zeitschriftenecke eines Supermarktes, war er schier überwältigt von der großen Zahl der Angebote. Nicht nur die Unmengen an Frauen-, Fernseh- und Computerzeitschriften, auch die Vielfalt von Hobbys, denen seine Mitmenschen offenbar frönten, verblüffte ihn. Zeitschriften für Waffensammler und Modellbauer, für Fotografen und Weintrinker, für Tattoos und

Wohnmobile, für schöneres Wohnen, Kochen oder Denken – keine Phantasie der Welt hätte so eine Themenfülle zusammentragen können. »Karl« hieß eine großformatige Zeitschrift, die sich im Untertitel »Das kulturelle Schachmagazin« nannte. Die Titelgeschichte in der aktuellen Nummer hieß »Von Steinitz bis Navara«, und Jesus erinnerte sich beim Blättern, dass er sich mit einem alten Freund genau so immer das Alter vorgestellt hatte: mit einem Pfeifchen und einem Glas Rotwein am Schachtisch sitzend und über einer langen ruhigen Partie beinahe einnickend. Was er jetzt jedoch spielte, war eher eine nahkampfbetonte Schnellschachpartie, bei der man als Erster schlug, um nicht selbst unterzugehen. Hoffentlich hatte er sich seinen nächsten Zug gut überlegt. Er war sozusagen einen Bauern im Rückstand. Zudem drohte er allmählich in Zeitnot zu geraten. Da passierten schon mal Fehler. Und die konnte er sich in seiner jetzigen Situation gar nicht leisten. Er fühlte sich nicht mehr als Chef auf dem Brett und hatte Angst, sein Gegner könnte ihm die Züge diktieren. Verlöre er noch einen Bauern, würde seine Stellung nur noch eine Ruine sein, und ihm selbst drohte gewissermaßen ein Erstickungsmatt.

Der Zeiger der Bahnhofsuhr über der Eingangstür rückte auf neun Uhr fünfunddreißig. In zwei Minuten würde, wenn er pünktlich war, der Zug aus Erfurt einrollen. Jesus stellte die Zeitschrift ins Regal zurück, zupfte sich die Jacke zurecht, nahm seine Aktentasche und ging zu den Unterführungen. Seine Verabredung erkannte er sofort. Der Mann trug Jeans und grobe Schuhe sowie einen Pullover von verschossenem Rot über einem karierten Hemd. Er kaute auf einem Streichholz herum und schob es permanent von einem Mundwinkel zum anderen. Der Mann war nicht wirklich ungepflegt, aber auch kein Typ, den man im Zug als Gegenüber haben wollte. Ziemlich kräftig, jedoch im Ganzen wohl doch unauffällig.

Jesus setzte sich neben den Mann auf die Bank aus Drahtgeflecht, schaute auf seine Uhr und blickte geradeaus, bis der Zug wieder anfuhr und sich der Bahnsteig lichtete.

»Schöne Grüße von Alexander«, sagte er, als die Geräusche des abfahrenden Zuges wieder ein normales Gespräch zuließen.

Der Schlüsselsatz. Für einen Moment tat der Typ so, als hätte er ihn gar nicht gehört, wandte sich auch nicht ihm zu.

»Ah, von Alex«, nuschelte er schließlich. »Lange nichts mehr von ihm gehört.«

Okay, der Mann war seiner, auch wenn er redete, als ob er gleich einschlafen wollte.

»Sie haben also Probleme, die ich lösen soll?«, fragte der Fremde. Sein osteuropäischer Akzent war kaum zu hören.

»Ja«, sagte Jesus schnell. Er öffnete seine Aktentasche und nahm einen braunen Umschlag heraus. »In diesem Umschlag finden Sie alle Instruktionen, dazu Name und Anschrift, Arbeitsstelle, Bilder und Kennzeichen von Auto und Motorrad. Fotos von ihm und seiner Frau.« Jesus redete hastig, er wollte es schnell hinter sich haben.

Sein maulfauler Nebenmann stellte die Knie auseinander, legte die Unterarme darauf und blickte auf die Steinfliesen des Bahnsteiges. »Alex hat gesagt, ich soll diesen Mann ein bisschen erschrecken, ihn warnen. Ist das richtig?« Er nuschelte so, dass Jesus kaum etwas verstand.

»Ja, genau darum geht es.«

»Hat Alex Ihnen auch gesagt, dass das etwas kostet.«

»Ja natürlich, dreihundert Euro.«

»Gib sie mir.«

Jesus zögerte. Der Mann machte auf ihn den Eindruck, als stünde er unter Drogen.

»Gib sie mir«, wiederholte der Typ ungeduldig. Er blickte sich nervös um und sah dann Jesus direkt an. »Gib mir das Geld, und sag mir, ob du besondere Wünsche hast, bei diesem … Erschrecken.«

»Keine besonderen Wünsche«, sagte Jesus, zog die sechs zusammengefalteten Fünfziger aus der Hemdtasche und hielt sie dem Mann hin. Der nahm sie ganz offen, zählte nach und stopfte sich die Scheine dann achtlos in die Jeans, wobei er sich nach hinten lehnen musste, um an seine Hosentasche zu kommen.

»Denk noch mal nach«, sagte der Mann schließlich. »Ich mach dir ein gutes Angebot. Wenn du das verdoppelst, brech ich ihm auch den Arm. Ist kein Problem, weißt du.«

Jesus zuckte beinahe zurück. Für den Bruchteil einer Sekunde sah er vor seinem geistigen Auge, wie Hartmann auf brutale Art und Weise krankenhausreif geschlagen wurde.

»Nein, nein«, rief er aufgeregt. »Eine deutliche Verwarnung reicht mir schon aus.«

»Fünfhundert«, bot der Fremde an.

»Nein, wir machen das so wie abgesprochen.« Jesus wollte nicht feilschen wie auf dem Basar.

Doch auch der Schläger war es zufrieden. Er zuckte mit den Schultern. »Wie du willst. Ist bis Wochenende erledigt«, sagte er zu Jesus, stand dann auf, nahm den Umschlag und ging zur Treppe.

31

Hartmann hatte nichts gegen Politiker. Zumindest nichts Wirksames, scherzte er bisweilen. Doch auch mit denen, die ihn offensichtlich nicht mochten oder die er nicht mochte, kam er im Job gut aus. Es galt, Spielregeln einzuhalten, und Hartmann respektierte jeden, der sie einhielt. Bei Rüdiger Langhans, dem Riedburger Landrat, war das lange Zeit der Fall gewesen. Er war über Jahre der beste Landrat, den Riedburg haben konnte. Doch Langhans war ein Fossil. Schon seit der Wende im Amt und unter anderem dank blendender Rhetorik auch in diesem Frühjahr bei den Kommunalwahlen bestätigt, hielt er noch immer für Altersweisheit, was andere längst als Altersstarrsinn bezeichneten. Zudem erhob er einen zunehmend arroganten Alleinvertretungsanspruch auf die Wahrheit, sodass selbst ehemalige Weggefährten heute mit mehr Mitleid als Respekt auf den Landrat blickten.

Gerade hatte er wieder eine Kostprobe seiner unbeugsamen Logik abgeliefert. Nach Abschluss eines Haustarifs hatte er zum Pressegespräch geladen und verkündete feierlich das Ergebnis. Nicht, ohne »sein Haus« und »seine Mitarbeiter« über den grünen Klee zu loben. Hatten sie sich doch »nicht geschont«, um eine »bürgernahe Verwaltung« aufzubauen. Nun wurde die Arbeitszeit gesenkt – um fünf Prozent. Bei Lohnverzicht.

»Wer wird in der Zeit, in der die Verwaltungsmitarbeiter nicht arbeiten, deren Aufgaben übernehmen?«, hatte eine Kollegin nachgefragt.

Der Landrat strahlte. »Niemand. Die Arbeit wird so effektiv gestaltet, dass die Aufgaben auch in der kürzeren Arbeitszeit erfüllt werden können.«

Hartmann dachte nach. Dann schmunzelte er. »Moment bitte«, meldete er sich zu Wort. »Wenn die Aufgaben künftig in der gleichen Qualität in fünfundneunzig Prozent der Zeit erledigt werden können, was haben Ihre Mitarbeiter dann bisher in den anderen fünf Prozent der Zeit gemacht?«

Langhans blickte Hartmann aufmerksam an. Er mahlte mit den Kiefern. »Sie haben mich nicht richtig verstanden, Herr Hartmann. Wir organisieren die Arbeit um.«

Doch Hartmann ließ nicht locker. »Das klappt sicherlich in dem einen oder anderen Einzelfall«, räumte er ein. »Aber wenn alle dreihundertundnochwas Mitarbeiter fünf Prozent weniger arbeiten, geht die Rechnung nicht auf. Sie selbst sind doch ein Gegner der Gießkannenmethode, zum Beispiel bei den Fördermitteln. Warum sagen Sie jetzt, der Rasenmäher würde bei den Personalkosten funktionieren?

»Wenn man konzentrierter arbeitet, dann geht das schon. Es handelt sich hier nicht um einen halben Tag, sondern lediglich um fünf Prozent.«

»Aber das ist doch eine einfache Arithmetik: Dreihundert Mitarbeiter arbeiten in der Woche zwei Stunden weniger, das sind sechshundert Stunden. Das heißt, Sie verzichten in Summe auf die Mitarbeit von fünfzehn Angestellten.« Hartmann beugte sich vor. Er hatte sich in Rage geredet. »Mit anderen Worten im Klartext: Entweder haben die Mitarbeiter der Kreisverwaltung bislang fünf Prozent ihrer Arbeitszeit gegammelt, oder sie können künftig nur fünfundneunzig Prozent ihrer Aufgaben bewältigen.«

»Ich weiß nicht, ob diese Zwiegespräche jetzt wirklich zielführend sind«, sagte Langhans freundlich, aber kalt. »Das Prinzip habe ich ja hinreichend erläutert. Haben die anderen Damen und Herren noch Fragen?«

Hartmann lachte böse auf, und Lorenz Stader, der Sprecher des Landrates, legte ihm beschwichtigend die Hand auf den Unterarm. Es half nur wenig. In Hartmann krampfte sich was zusammen. Der Arsch hat mich einfach abserviert, dachte er wütend. Das Wissen, dass ihm die passenden Worte für einen Kommentar in der nächsten Ausgabe einfallen würden, wenn er erst genug abgekühlt war, tröstete ihn dabei nur wenig.

Er schielte auf seine Uhr und hatte es plötzlich eilig, hier rauszukommen. Lügenbaron. Verlautbarungsjournalismus war für ihn schon immer verlorene Lebenszeit. Außerdem hatte er sich für heute fest vorgenommen, frühzeitig aus dem Haus zu kommen und seine Anette noch schön ins Kino auszuführen. Mit Essen danach. Dafür musste er wieder ein bisschen cooler werden.

Er sollte nicht den Fahrstuhl nehmen, wenn ihm ohnehin schon nicht gut war. Das wusste Hartmann dank vieler und meist schlechter Erfahrungen ganz genau. Heute nahm er keine Rücksicht darauf, und prompt wurde ihm übel, noch bevor die Reise in der Tiefgarage endete. Er begrüßte den Rumor im Darm wie einen guten alten Bekannten. Ist gleich vorbei, sagte er, als ob er mit seinem Bauch spräche. Noch zwei Mal tief einatmen und ausatmen, dann ist es vorbei. Er bekam weiche Knie, als der Fahrstuhl im ersten Stock ruckend anhielt. Eine unscheinbare kleine und dünne Frau mit Dauerwelle schob einen Rollwagen mit Aktenordnern in den Fahrstuhl und lächelte säuerlich, als Hartmann noch einen Schritt zurück bis an die Kabinenwand machen musste.

»Ich mach hier auch nur meine Arbeit«, sagte sie in einem aggressiven Ton, als hätte er sie um eine Rechtfertigung gebeten.

Hartmann streifte ein unangenehmer Hauch von kaltem Nikotin. Er grinste schief. Ich bin nicht klaustrophob, wiederholte er in Gedanken sein Mantra. Mir ist nur ein bisschen übel. Kein Wunder, bei dem Parfüm. Die mürrische Dünne zerrte die Akten im Kellergeschoss nach draußen. Er atmete nur ein bisschen auf, als sich die Tür wieder schloss und der Boden Richtung Tiefgarage durchsackte.

Im flackernden Neonlicht am Kassenautomat bekam er erneut ein ungutes Gefühl. Ruhig jetzt, schalt er sich. Du bist überreizt und hättest besser die Treppe genommen. Plötzlich stellten sich ihm die Nackenhärchen auf. Er spürte hinter sich jemanden atmen und fuhr blitzartig herum. Nichts. Er war allein. Aber er hätte schwören können … Die Nerven. Er zitterte, als er das Ticket in den Schlitz schob, und schaute sich noch einmal um, als er das Geld passend einwarf. Nichts. Da spielte ihm seine Phantasie einen Streich.

Hartmann zog beherzt den Riemen seiner Umhängetasche fester und schritt vorwärts. Im Sektor D stand sein Chrysler.

Wenn er sich in dessen Polster sinken ließ und die Türen verriegelte, würde er durchatmen können, würde sich der Magen von Stahlkugelgröße wieder auf Normalmaß weiten.

Plötzlich knallte es hinter ihm wie ein Pistolenschuss. Etwas klirrte und rieselte zu Boden. Hartmann zuckte zusammen und duckte sich instinktiv. Es wurde dunkler – eine Neonröhre war einfach so zerplatzt. Sein Herz schlug schnell, und seine Angst wich einer diffusen Wut auf seine Umwelt.

Als er um die Ecke bog, blieb er wie angewurzelt stehen. Das kann doch nicht … das war doch nicht … Hartmann brauchte ein paar Sekunden, um zu realisieren, was er sah. Mit offenem Mund und rasendem Herzen ging er langsam auf sein Auto zu. Auf das, was davon noch übrig war. Denn da hatte jemand ganze Arbeit geleistet. Alle Scheiben waren eingeschlagen, was vor allem bei der Frontscheibe offenbar nicht einfach gewesen war – sie klebte blind zersplittert und mit mehreren Dellen versehen noch irgendwie in ihrer Halterung. Splitter knirschten unter den Schuhen, als Hartmann näher trat. Die Scheinwerfer waren zertrümmert, nicht mal die Nebelscheinwerfer und die Blinker hatte der Täter verschont. Die Motorhaube und die Türen waren an mehreren Stellen eingedellt. Teilweise war sogar das Blech zerrissen – hier musste einer mit einem Vorschlaghammer gearbeitet haben. Und noch mehr Werkzeuge hatte der unbekannte Besucher mitgebracht: Die Lederpolsterung der Sitze war an mehreren Stellen zerschnitten. Und als ob das nicht reichte, war der Lack auf Türen und Kotflügeln auch noch an mehreren Stellen zerkratzt. Im Innern hatte jemand mit einem spitzen Gegenstand ins Armaturenbrett gehackt.

Hartmann beugte sich durch das zerschlagene Seitenfenster, um sich einen gefalteten Zettel im A4-Format vom Beifahrersitz zu angeln. In diesem Moment schlug hohl ein metallener Gegenstand auf. Bei dem Geräusch zuckte Hartmann nach oben, knallte an den Türrahmen und schnitt sich mit einem Glassplitter in den Nacken. Er zerrte seinen Kopf aus dem Fenster und hörte sowohl die Schritte eines Davonlaufenden als auch ein metallisches Geräusch, ganz in der Nähe. Dann rollte langsam ein schweres Stahlrohr auf den Gang, nur drei Autos weiter weg.

Hartmann war hellwach. Seine Übelkeit war wie weggewischt, sein Herz pumpte pures Adrenalin durchs Blut. Er wischte sich über den Nacken und besah sich das Blut an seiner Hand. Dann faltete er den Zettel auf. Ein sauberer Computerausdruck im Querformat – wie eine fette Schlagzeile: »Wenn DU nicht aufhörst, nach Rindern zu suchen, bist DU der Ochse, den ICH schlachten werde.« Hartmann starrte eine Weile fassungslos auf den Zettel. Wow. Das war deutlich.

Als sein Herz sich ein wenig beruhigt hatte, zog er sein Handy aus der Tasche und wählte die Nummer der Polizei. Es war definitiv nicht sein Tag. Heute würde er auf jeden Fall nicht mehr ins Kino gehen.

32

Dr. Jantzen hatte sich, auf der Ladekante seines Mercedes Kombis sitzend, die Gummistiefel angezogen. Jetzt stakste er über die Weide wie ein Storch. Andreas Weller folgte ihm in ein paar Metern Abstand.

»Hier«, rief der Tierarzt und klopfte einer Kuh mit der flachen Hand auf die Seite. »Die sieht ja schon regelrecht abgemagert aus.« Er drehte sich aufmerksamkeitheischend zu Weller um. »Die Weide hingegen macht einen kerngesunden Eindruck«, wunderte sich Jantzen.

Andreas Weller musste sich regelrecht mühen, um keinen desinteressierten Eindruck bei Jantzen zu hinterlassen. Er wusste, dass es nicht an der Weide lag.

Irgendwann hatte er es nicht mehr ausgehalten. Er hielt sich nicht für besonders gierig, aber die Chance, auf relativ einfache und einleuchtende Art und Weise den Ertrag seiner Fleischproduktion zu steigern, wollte er sich denn auch nicht entgehen lassen. Er konnte sich noch gut an das Gespräch mit seinem alten Freund Martin Schwaighofer erinnern, der ihm erzählt hatte, wie er mit den Somatotropin-Gaben die ersten Erfolge hatte. Es klang alles ganz harmlos: Eine der neuartigen Pillen, nicht erlaubt zwar, aber ein körpereigenes Hormon, den Jungtieren hinter den Zungengrund geschoben, und schon ging es los. Wenn die äußere kalkartige Schicht der Pillen erst im Netzmagen abgerieben war, wurden die Gelatinebläschen freigesetzt und beim Saufen mit dem Wasser in die Magenrinne gespült. Im Blättermagen schließlich wurden die Bläschen zerdrückt, und das Hormon wurde aufgenommen. Eine einzige Pille, und schon legten die Mutterkühe und Kälber schnell schöne Fleischpartien auf. Erhöhung des Schlachtgewichtes, Verkürzung der Zeit bis zur Schlachtreife … das erschien alles vernünftig. Und es ging ja auch lange gut. Doch dann kam der Fall Geißenhöhner. Schon als Leo aufflog, hatte sich Andreas Weller unwohl gefühlt. Zu viel hatte er zu verlieren. Er war ein guter Bauer. Sein Vieh gedieh prächtig – übrigens auch schon vor Jahren, als es noch keine Hormongaben erhielt. Doch mit dem Auffliegen von Leo drohte eines seiner wichtigsten Betriebsgeheimnisse gelüftet zu werden. Das konnte und durfte er sich nicht leisten. Leo würde dichthalten, das stand für ihn auch dann noch nicht in Frage, als sie seine Bestände keulten. Doch mit dem Heranrücken des Prozesses begannen die Zweifel zu nagen.

Jantzen blieb ganz plötzlich stehen und hob den Kopf, gerade so, als würde er etwas Besonderes riechen. Er machte Weller mit der Hand ein Stoppzeichen und drehte den Kopf hin und her.

»Hören Sie das auch?«, fragte er. »Als ob hier in der Nähe ein Bach rauscht.«

Weller musste unwillkürlich lächeln. »Das ist kein Bach, das ist die Lahn. Gleich dort hinter dem Waldstreifen«, wies er mit dem Arm in Richtung Westen.

Der Tierarzt nickte anerkennend. »Gutes Weideland haben Sie hier. Richtig gutes Weideland. Ich versteh das alles nicht.« Er stakste weiter, als suche er ein Minenfeld ab.

Als die Presse vor ein paar Wochen bei Herold geschnüffelt hatte und diesen direkt nach Geißenhöhner gefragt hatte, platzte Andreas Weller der Kragen. Er rief Jesus an, der hatte das Ganze schließlich eingefädelt. Warnte ihn vor dem Journalisten. Verlangte von ihm, die anderen zu alarmieren. Und riet allen Beteiligten, künftig auf das Somatotropin zu verzichten. Doch Jesus hatte ihn fast noch bedroht. Zum Aussteigen, so war er sich sicher, sei es zu spät. Wenig später kam der Rückruf von Jesus: Er und die anderen möchten doch umgehend ihre Accounts bei Facebook löschen. Möglicherweise hätten sie hier verräterische Spuren gelegt. Wieder so etwas, was Weller nicht passte. Konnte ja sein, die anderen hatten über das soziale Netzwerk wie die Teenager nur neue Kontakte gesammelt oder lustige Witzbildchen ausgetauscht. Er war über Facebook tatsächlich verbunden. Nicht nur mit den ehemaligen Kameraden aus der Concordia. Auch mit vielen Kollegen, mit Freunden aus der Musikszene und nicht zuletzt mit seinen beiden Töchtern, deren weit entfernte Studienorte eben keinen wöchentlichen Besuch mehr zuließen. Außerdem erhielt er auf diese Art und Weise nette Einblicke in ihr Privatleben und in ihre Denkstrukturen – mit zunehmendem Alter fühlte er sich der Jugend und ihrer Welt leicht entfremdet. Nun also den Facebook-Account löschen? Er hatte es getan.

Er wäre beinahe auf Jantzen aufgelaufen. Der hatte sich umgedreht und vor ihm aufgebaut. »Ich glaube doch, dass es an der Weide liegt«, stellte er dann eine These auf.

»Doch?«, fragte Weller.

»Sie sagten doch, dass dahinten die Lahn fließen würde.«

Weller nickte.

»Ist das hier eine Flutmulde?«

»Nicht wirklich«, sagte Weller, »zumindest keine künstlich angelegte. Das ist alles gewachsener Boden. Aber es ist schon eine natürliche Überflutungsfläche für die Lahn. Sie meinen …«

»Exakt«, sagte der Tierarzt. »Vor drei Wochen nach den heftigen Regenfällen stand doch hier alles unter Wasser.«

»Na ja, am zweiten Tag zumindest habe ich mein Vieh auf meine Bergweiden gebracht. Die nehme ich sonst nur, um Heu zu machen. Aber ich glaube, die sind in Ordnung, da war noch nie was.«

»Nein, nein.« Jantzen wedelte energisch mit dem hocherhobenen Zeigefinger. »Ich meine nicht Ihre Bergweiden. Hier liegt der Hund begraben, hier auf dieser Weide. Wenn mich nicht alles täuscht, dann hat das Umweltamt vor ein paar Tagen eine Anzeige gegen unbekannt gestellt, weil in der Lahn Schwermetalle in unzulässig hoher Konzentration nachgewiesen wurden. Man vermutet einen Defekt an den Faultürmen der Kläranlage.«

»Faultürme?« Weller blickte Jantzen verständnislos an.

»Egal«, sagte der. »Jedenfalls kann es sein, dass bei dem Hochwasser Giftstoffe direkt auf Ihre Weide gekommen sind.«

»Das würde bedeuten …«

»Dass Ihre Tiere vergiftet sind, richtig«, ergänzte der Tierarzt.

»Und nun?«

Die Kühe nahmen ab und bekamen Fieber. Dr. Jantzen war allein in dieser Woche schon zwei Mal auf dem Hof gewesen. Er vermutete zunächst eine mineralische Unterversorgung und sah sich die Futtermischungen an, die die kranken Tiere bekamen.

Dann wollte er die Weiden sehen. Und jetzt schien Jantzen genauso nervös wie Weller selbst.

»Sie haben jetzt einen Krankenstand von fast zehn Prozent, Herr Weller«, sagte er. »Das ist eine Signalzahl. Wenn sie steigt, muss ich das Amt informieren.« Er blickte ihn eindringlich an, und Weller nickte.

Das Amt. Da musste er jetzt durch. Wenn es ihm gelang, die Tiere durch die Krise zu bringen, ohne dass der Tierarzt eine Meldung ans Amt machte, dann hatte er es überstanden. Er erinnerte sich wieder an seinen Vater und wie er durch dessen Vorbild, durch dessen Vorleben, die Grundlagen ökologischer Landwirtschaft schon verinnerlicht hatte, bevor er sich an der Uni hatte immatrikulieren lassen. Gesundes Fleisch kommt nur von gesunden Kühen. Und damit die gesund bleiben, muss es ihnen auch gut gehen. Wie bei den Menschen sei das, hatte ihm sein Vater stets eingebläut. Und ausgerechnet er ließ sich auf so ein Teufelszeug wie eine Hormonbehandlung ein. Im Nachgang konnte er kaum glauben, wie naiv er damals gewesen war.

»Ich an Ihrer Stelle würde die Tiere wieder umsetzen und das Umweltamt veranlassen, hier Bodenproben zu nehmen«, empfahl Dr. Jantzen.

»Ja okay, ich denke, das werde ich gleich morgen früh angehen«, sagte Weller.

Wieder das Amt. Gab es Querverbindungen zwischen Umwelt- und Veterinäramt? Ziemlich wahrscheinlich. Immerhin hatte Jantzen ja auch von der Sache mit den Schwermetallen in der Lahn gewusst. Er musste unbedingt verhindern, dass das Veterinäramt wegen dieser Sache seine Tiere gründlicher unter die Lupe nahm. Da musste nur einem was auffallen. Nein, er würde keine Bodenprobe veranlassen. Er würde einfach das nächste Hochwasser abwarten und sein Vieh solange auf den Bergweiden belassen. Jantzen musste das nicht wissen.

»Vielen Dank für Ihre Mühe, Doktor. Ich melde mich sofort bei Ihnen, wenn das nächste Tier erkrankt. Im günstigsten Falle geht das vorbei wie ein Schnupfen – hoffen wir das Beste.«

»Na ja«, sagte der Arzt und schnaufte. Er hatte sich erneut hinten auf die Kante des Kofferraums seines Wagens gesetzt und zog sich umständlich die Gummistiefel aus, um sie wieder gegen die Halbschuhe zu tauschen. »Es ist ein sehr unspezifisches Krankheitsbild. Die Symptomatik lässt noch immer keine klare Diagnose zu. Kann schon sein, dass es sich um eine vorübergehende Schwächung des Immunsystems durch eine leichte Vergiftung handelt. Aber noch möchte ich eine niederschwellige Behandlung mit Vitamingaben und allgemeiner Schonung fortsetzen. Lassen Sie uns noch ein paar Tage abwarten und geben Sie mir dann Bescheid.« Er reichte Weller die Hand zum Abschied. »Ihnen alles Gute so weit, und grüßen Sie auch die Gattin.«

Andreas Weller sah dem Kombi noch eine Weile nach, wie er über den welligen Feldweg in Richtung Landstraße schaukelte.

»Dein Wort in Gottes Gehörgang«, murmelte er vor sich hin. Ein paar Tage abwarten. Wenn das reichte, dann war er schön raus. Nie wieder würde er auf illegale Mittel zurückgreifen. Das war ihm eine Warnung. Wenn das Abwarten jedoch nicht reichen sollte. Dann, ja dann, zog sich hier dieselbe Schlinge zu wie bei Geißenhöhner.

Er hatte sich in den letzten Wochen eine ganz andere Meinung in Sachen Somatotropin gebildet. Die Scheiße, in die sie sich gemeinschaftlich reingeritten hatten, musste endlich ein Ende haben. Bei allen. Er konnte auch mit einem geringeren Betriebsergebnis leben. Geld war nicht alles. Irgendwann hatte er es nicht mehr ausgehalten. Da hatten sie dann im Wohnzimmer gesessen, er und seine Frau. Eine Flasche guten Spätburgunders neben sich; übrigens auch von einem Studienfreund, der inzwischen ein lukratives Weingut in Saulheim betrieb. Und sie hatten geredet. Bis zum ersten Morgengrauen. Er hatte sich seiner Sybille offenbart, und es war wie eine Befreiung für beide. Gut, zunächst hatte sie ihn gedrängt, zur Polizei zu gehen und mit einer Selbstanzeige alles aufzuklären.

Doch davon waren sie nach reiflicher Überlegung doch abgerückt. Denn was würde geschehen? Wie bei Leo würden sie kommen und seine Tierbestände töten. Ein Schlag, den der Hof wirtschaftlich nicht verkraften würde. Wie bei Leo dürfte er sich dann auf einen Prozess vorbereiten. Und wie bei Leo müsste er über die Beteiligten schweigen, wollte er nicht als Verräter dastehen. Ja, wenn er wüsste, wie und bei wem Jesus den Stoff produzieren ließ, der ihm da regelmäßig von einem Taxifahrer angeliefert wurde, dann könnte er die Sache hochgehen lassen und müsste seine Kameraden nicht verraten. Freilich bliebe noch das wirtschaftliche Risiko.

Nach langem Abwägen hatten sie sich schließlich entschieden, das Hormon einfach abzusetzen. So kam es denn auch. Andreas Weller hatte niemanden informiert, er hat einfach aufgehört, seinen Kälbern die Hormonpräparate zu verabreichen.

33

Man merkte Hartmann an, dass ihm das alles nicht passte. Von allen Seiten bekam er Feuer. Sein Chef wollte, dass er sich richtig erhole, seine Ärztin hätte ihn am liebsten zwei Wochen krankgeschrieben, seine Frau hätte ihn vor Angst am liebsten weggeschlossen, und seine Tochter hielt ihn für einen Helden, der eigentlich Autogramme geben müsste. Das ging ihm alles auf den Keks. Nun hatte Anette extra freigenommen. Vielleicht hätte er sie nicht ins Vertrauen ziehen sollen. Dann wäre sie ruhiger und er auch. Aber so drohte sie ihn mit Fürsorge auf der einen und Bevormundung auf der anderen Seite fast zu ersticken. Eine erste Diskussion darüber, dass er doch besser seinen Beruf aufgeben solle, hatte er gestern Abend mit dem diskreten Hinweis auf seinen Gesundheitszustand noch abwürgen können. Doch dieses Thema würde wiederkommen, er kannte seine Anette.

Mit einem Tag Abstand sah er die Sache viel nüchterner. Was war schon passiert? Sein Auto hatten sie ihm zerlegt, er hatte eine kleine Schnittwunde am Nacken und eine kleine Beule auf dem Kopf – beides zweifellos sich selbst zugezogen. Die Nerven, nun ja. Er hatte schon ein wenig Mühe mit dem Durchatmen und auch wieder akuten Durchfall, aber das konnte sowohl an der Aufregung als auch an den Beruhigungsmitteln liegen, die ihm seine Ärztin verpasst hatte. Der Täter wollte ihm offenbar deutlich machen, dass er seine Recherchen einstellen sollte. Was bewies das schon? Dass er dicht davor war, eine Entdeckung zu machen, die irgendeinem sehr unangenehm werden würde. Und dieser Jemand, da war er sich fast sicher, konnte nur Jesus sein. Jesus, der Riedburger. Der große Unbekannte. Noch etwas wurde klar: Wenn Jesus ihn tatsächlich hätte ausschalten wollen, so hätte er gestern in der Tiefgarage des Landratsamtes eine ideale Gelegenheit gehabt. Also wollte man ihn wirklich nur an der Arbeit hindern. Wie er darauf reagieren sollte, wusste er noch immer nicht. Fakt war, dass er die Sache zu Ende bringen musste. Sonst könnte er sich beim Rasieren nicht mehr in die Augen sehen.

Die Klingel entband ihn von tiefer gehenden Gedanken. Seine Frau zuckte zusammen.

»Es hat geklingelt«, rief sie und schlug sich erschrocken die Hand vor den Mund.

Hartmann rollte mit den Augen und stand auf. »Ich geh ja schon«, sagte er.

»Warte!« Sie hielt ihn fest. »Wer weiß, wer das ist? Wir brauchen wirklich so eine Videoanlage.«

»Hase, jetzt ist aber gut!« Er machte aus seinem Missmut keinen Hehl. »Es ist helllichter Nachmittag, und ich kann noch bis zur Gartentür sehen, okay?« Er wartete die Antwort nicht ab, ging zur Haustür und – ärgerte sich erneut.

»Darf ich reinkommen?« Steffi Schmaerse stand am Gartentor und funkelte ihn spitzbübisch lächelnd an. Sie wartete keine Antwort ab und kam ihm entgegen.

»So hoher Besuch?«, fragte er. »Und das bei mir zu Hause? Muss das sein?« Hartmann wollte sich nicht verstellen. Er war müde, abgespannt und genervt.

»Ich glaub schon«, sagte die Polizistin gut gelaunt.

»Sie sind allein. Wird das eine offizielle Befragung?«

»Das wollen wir doch nicht hier draußen besprechen, oder?«, fragte sie und nickte in Richtung des Nachbargrundstücks.

»Hm«, brummte Hartmann und folgte ihr ins Haus.

»Ah, Frau Hartmann, guten Tag. Schmaerse, Kriminalpolizei.«

»Wir kennen uns schon«, erinnerte sie Anette Hartmann. »Maria und Celine, damals, in der Schule.«

»Ja richtig. Aber Ihr Haus kenne ich noch nicht. Es ist sehr schön hier«, lobte Schmaerse und schaute sich aufmerksam im Wohnzimmer um.

»Und alles bezahlt«, knurrte Hartmann, was ihm ein empörtes »Peter!« von seiner Frau eintrug.

»Nein«, sagte Steffi Schmaerse.

»Nein?«, fragte Hartmann fast belustigt zurück.

»Nein, das ist keine offizielle Befragung. Dazu werde ich Sie noch mal in die Direktion bestellen müssen, Herr Hartmann.

Aber ich will weiterarbeiten, deswegen brauche ich schnelle Antworten.«

»Na dann«, sagte er nur.

»Die Polizei nimmt die Sachbeschädigung an Ihrem Auto sehr ernst«, begann die Polizistin rasch und routiniert. »Noch ernster allerdings nehmen wir die Bedrohung, die ganz offensichtlich mit Ihrer Arbeit zu tun hat.« Sie betonte den Satz wie eine Frage und schaute Hartmann erwartungsvoll an.

Der atmete tief durch, bevor er antwortete.

»Nun ja, gewissermaßen schon«, räumte er ein.

»Wenn du nicht aufhörst, nach Rindern zu suchen …«, zitierte sie. »Das ist eine ganz klare Ansage. Und ich glaube, wir müssen beide nicht lange rätseln, um einen Zusammenhang mit Ihren Recherchen zu dem Lebensmittelskandal in Niedersachsen zu finden. Also bitte die Karten auf den Tisch. Jetzt und hier.«

Hartmann zögerte wieder. Seine Frau brachte Kaffee, stellte ihn wortlos auf den Tisch und ging wieder. Eigentlich hätte er sie gerade jetzt gern bei sich gehabt. Nun trieb ihn auch noch diese Polizistin in die Enge.

»Ja, wie Sie ja offenbar schon wissen, recherchiere ich noch immer zu diesem Thema. Es stand ja auch schon einiges in der Zeitung.«

»Wer bedroht Sie, Herr Hartmann?«

»Ich weiß es nicht.«

»Sie nehmen die Sache nicht ernst.«

»Doch, natürlich.« Er fuhr sich mit der Hand über das Pflaster am Nacken. »Aber ich denke, die wollten mich nur am Arbeiten hindern, die wollen nichts Ernstes von mir.«

»Nichts Ernstes? Spielen Sie hier bitte nicht den Helden. Und wer sind *die*?«

»Na die, die mein Auto zerlegt haben.«

»Ja genau, wer sind die? Sie müssen doch einen Verdacht haben.«

»Ich? Also bitte, Frau Schmaerse, ich dachte, Sie müssten einen Verdacht haben. Das ist doch Ihre Aufgabe.«

»Ja, vor allem, wenn es mir so kooperative Zeugen wie Sie so leicht machen. Also bitte.«

Hartmann zuckte mit den Schultern. »Ich habe keine Ahnung. Und Sie glauben gar nicht, wie kooperativ ich dabei bin.«

»Nun gut, dann erzählen Sie doch mal von Christian Wendlers Notizbuch.«

»Was für ein Notizbuch?«

»Sehen Sie, genau das meine ich. Wenn Sie es schon ernst meinen, Herr Hartmann, dann beleidigen Sie doch bitte nicht meine Intelligenz. Ich meine das dicke schwarze Notizbuch, das Ihnen Frau Korbmacher gegeben hat.«

»Ach das«, sagte er gedehnt, um Zeit zu gewinnen. »Da werde ich selbst nicht so recht schlau draus. Außerdem, Sie wissen doch.« Er hob entschuldigend die Hände.

»Ich weiß, selbst recherchiertes Material. Aber wir beide wissen, dass es hier möglicherweise um Mord geht.«

»Mal ehrlich, Frau Schmaerse, worüber reden wir jetzt? Über mein demoliertes Auto oder über den Tod von Christian Wendler?«

»Ich denke, wir wissen beide, dass es sich dabei um ein und denselben Fall handelt«, sagte die Polizistin eine Spur schärfer als zuvor.

»Hm.« Hartmann nickte.

»Sagen Sie«, schlug Steffi Schmaerse einen eher nachdenklichen Tonfall an. »Wie gut kommen Sie eigentlich mit Frau Korbmacher aus?«

Hartmann blickte überrascht auf. »Mit der Freundin von Christian Wendler?« Endlich konnte er reden, ohne sich selbst in die Bredouille zu bringen. »Ich kenne sie nur flüchtig. Sie hat mich einmal angesprochen wegen dem Notizbuch. Und in der letzten Woche haben wir eine Spendensammlung für sie gestartet.«

»Das ist löblich«, sagte Schmaerse. »Kann es sein, dass Frau Korbmacher hinter den Drohungen steckt, was meinen Sie?«

Hartmann machte große Augen. »Die?«, fragte er dann. »Ausgeschlossen!«

»Was ist daran so abwegig? Sie gibt Ihnen ein von ihr selbst fingiertes Notizbuch mit dem Ziel, Sie auf eine falsche Fährte zu locken. Sie kriegen die Wahrheit raus, dass Frau Korbmacher in den Fall involviert ist, sie bekommt es mit der Angst zu tun und will Sie an weiteren Recherchen hindern. Und peng!« Sie hackte mit der Handkante der rechten in die hohle linke Hand.

»Das ist vollkommen absurd«, sagte Hartmann entschieden.

»Hab ich auch nur so erfunden«, sagte die Polizistin trocken. »Aber Ihre Reaktion zeigt mir, dass Sie wesentlich mehr wissen, als Sie mir sagen wollen.«

Sie stand auf. Hartmann auch.

»Sagen Sie Ihrer Frau Danke für den Kaffee.«

Hartmann nickte.

Auf dem Flur drehte sie sich noch einmal um.

»Hören Sie, Herr Hartmann. Für Sie mag das alles ein Katz-und-Maus-Spiel sein. Noch.« Sie klopfte mit dem rechten Zeigefinger auf sein Brustbein. »Aber bedenken Sie bitte eins«, sagte sie dann. »Christian Wendler hat an demselben Fall recherchiert wie Sie. Er wurde plötzlich bedroht und starb ganz schnell eines unnatürlichen Todes. Sie sind genau an derselben Stelle. Sie werden bedroht, weil Sie irgendetwas über diesen Rindfleischskandal wissen. Sie sind irgendjemandem viel zu nahe gekommen. Denken Sie mal drüber nach. Ich jedenfalls mache mir große Sorgen um Sie.«

Steffi Schmaerse drehte sich grußlos um und ging. An der Tür verharrte sie.

»Ach ja«, setzte sie noch hinzu. »Es bleibt freilich Ihre Entscheidung. Aber ich gebe Ihnen genau vierundzwanzig Stunden, um dieses Notizbuch oder Tagebuch bei mir abzuliefern. Ihre Kollegen werden auch nichts davon erfahren. Sind die vierundzwanzig Stunden um, dann finde ich einen Richter, der einen Durchsuchungsbeschluss unterzeichnet. Verlassen Sie sich darauf.«

Jetzt ging sie wirklich.

Als Hartmann wieder ins Haus kam, stand Anette in der Küchentür. Sie weinte.

»Ich habe Angst, Peter«, schluchzte sie. »Gib ihr bitte dieses Scheißbuch. Versprich es mir.«

Er nahm sie in seine Arme und hielt sie ganz fest.

34

Sie konnte Frauen nicht verstehen, die Probleme mit ihrer Körperlichkeit hatten. Elisabeth Dallmann konnte das nicht passieren. Sie liebte ihren Körper. Vielleicht noch mehr, als ihn die Männer liebten. Noch stundenlang hätte sie unter der Dusche stehen und sich streicheln können. Sie nutzte auch noch richtige Seife, meist mit Mandel- oder Honignoten. Und sie wusch sich mit der Hand, nicht mit einem Lappen. Sie brauchte das sinnliche Gefühl, wenn ihre Hände den cremigen Film auf ihrer Haut verteilten, auf ihrem Bauch, auf ihren Brüsten und auf den Innenseiten der Oberschenkel. Manchmal machte sie es sich dabei auch.

Heute blieb für das schlüpfrige Vergnügen nur wenig Zeit. Der Juniorchef hatte anlässlich seines vierzigsten Geburtstages zu einem Frühlingsfest in seine Villa eingeladen. Es würde Sekt geben und Häppchen, ein Pantomimekünstler, ein schwuler Freund des Juniors, hatte sich angesagt, und für Livemusik war auch gesorgt. Elisabeth Dallmann würde sich prächtig amüsieren, und sie fand, sie hatte sich eine solche kleine Erholung zum Freitag auch verdient. Eine harte Woche lag hinter ihr, bis Ende Juni sollte ein neues Anti-Aging-Produkt zur Marktreife geführt werden, und sie war mit einigen Tests noch lange nicht fertig. Und wie in der Liebe, so galt auch in der Firma: Sie hatte alles unter Kontrolle. Heute Abend ein paar Drinks und etwas Entspannung, morgen lange ausschlafen, mittags eine Kleinigkeit beim Italiener und dann bis in die Nacht in ihrem Labor. Samstagnachmittags ging sie liebend gern arbeiten, da störte sie niemand, da schwieg das Telefon, und da stellte auch keiner dumme Fragen, wenn sie ihre eigenen »Schönheitsmittelchen« zusammenrührte.

Sie rubbelte sich mit einem großen Frotteetuch ab, schlang sich ein kleineres um die Haare und ging, nackt, wie sie war, ins Wohnzimmer. Vor dem Föhnen noch fünf Minuten auf die Couch und die Augen schließen. Sie wollte sich gerade die Packung Zigaretten angeln, als ihr Blick auf das hektisch blinkende Handy fiel. Vier SMS in Abwesenheit? Sie wurde ärgerlich. Wie lange war sie unter der Dusche gewesen? Zehn Minuten oder zehn Stunden? Jesus. Na toll.

»was gibt es so eiliges?«, tippte sie in die Kurznachricht.

»komm in den messi«, kam eine knappe Minute später die Antwort.

Elisabeth Dallmann konnte rasch wütend werden. Sie hatte auch einfach keine Lust, erst den Rechner hochzufahren und sich einzuloggen. Sie nahm das Handy und wählte seine Nummer.

»Ja«, meldete er sich augenblicklich.

»Lass jetzt diesen Quatsch mit deiner Geheimnistuerei. Sag einfach, was los ist.«

»Die Kripo war hier«, begann er augenblicklich. Er klang atemlos und hektisch.

Elisabeth machte dicke Backen. Eine Sorgenfalte grub sich von der Nasenwurzel bis unter ihr Frotteehandtuch. »Wegen diesem Journalisten?«, fragte sie.

»Nein. Und ja. Also. Mich haben sie nicht nach dem Journalisten gefragt, nicht mal was von dem Zwischenfall erzählt. Aber da muss es einen Zusammenhang geben.« Er machte eine Pause.

»Nun lass dir doch nicht jeden Brocken aus der Nase ziehen. Was für einen Zusammenhang?«

»Die vermuten jetzt auch, dass es hier in Riedburg und Umgebung noch einen weiteren Fall von STH geben könnte.«

»Haben die gesagt, wie sie drauf kommen?«

»Nein.«

»Und hattest du das Gefühl, dass sie dich doch im Verdacht haben, was mit diesem Überfall auf den Journalisten zu tun zu haben?«

»Nein, eigentlich auch nicht.«

»Wie kommen die ausgerechnet jetzt darauf? Ob er ihnen was erzählt hat?«

»Na sicherlich, die Warnung war ja eindeutig.«

»Wie? Wieso eindeutig?«

»Na auf dem Zettel, den er in seinem Auto gefunden hat, stand die klare Aufforderung, dass er die Finger von der Rinder-Sache zu lassen hat.«

Elisabeth Dallmann verdrehte die Augen und ließ sich in die Polster zurücksinken. Wie dämlich war dieser Mann? Der war doch keine zwanzig mehr, der hatte einen Doktortitel vorneweg und ausreichend Lebenserfahrung.

»Du hast ihm wörtlich aufgeschrieben, dass er nicht mehr zu dem Fleischskandal zu recherchieren hat?«

»Na ich nicht selber, natürlich. Hältst du mich für dumm?«

»Das wollen wir jetzt lieber nicht erörtern, mein Lieber. Aber mal ehrlich: Hätte das mit dem Auto nicht genügt, meinst du, er hätte das nicht auch ohne Beipackzettel begriffen? Du hast die Polizei förmlich auf einen Zusammenhang gestoßen.«

Jesus wurde kleinlaut. »Ich wollte nicht, dass er das mit dem Auto als normalen Vandalismus abtut.«

Sie lachte kurz auf. »Normaler Vandalismus. Ich bitte dich. Wenn die Zeitung nicht zu dick aufgetragen hat, ist doch an dem Auto nichts mehr heil geblieben, das kommt doch einem Totalschaden gleich. Dass das nicht aus Übermut mal ebenso passiert ist, hätte er sich sicher denken können.«

»Ich wollte halt auf Nummer sicher gehen.«

»Du und Nummer sicher, du Tropf. Du bringst uns noch in Teufels Küche.«

»Deswegen wollte ich dich ja auch sprechen.«

»Ach, das war noch gar nicht alles?«

Er machte eine Pause, sodass sie nur noch sein Atemgeräusch hören konnte. »Du, Lissi«, fing er dann an, viel leiser jetzt. Sofort vergab sie ihm und musste lächeln.

»Nicht schon wieder, wir haben uns doch erst vorige Woche getroffen.«

»Nein, nein, ich wollte dich nur fragen, ob es nicht besser ist …«

»Ja?«

»Wenn du jetzt einfach aufhörst und wir fangen wieder an, wenn Gras über die Sache gewachsen ist.«

»Aufhören? Darf ich dich daran erinnern, mein Lieber, dass sich deine sogenannten Dienstreisen ins Ausland nicht von deinem oder meinem Gehalt finanzieren lassen. Dann bleibt dir nur noch der kinderfreundliche All-inclusive-Urlaub mit der braven Gattin in Kroatien. Außerdem: Wann wir aufhören, bestimme ich.«

»Aber …«

»Ohne Aber! Keine Pillen, kein Geld, so einfach ist das. Und heute mal aufhören und morgen wieder anfangen, geht ohnehin nicht. Keine Pillen, kein Geld, keine Lissi – das war's dann. Das solltest du dir noch einmal durch den Kopf gehen lassen. Und ruf mich wieder an, wenn sich die Kripo noch mal meldet.«

Sie drückte auf den roten Knopf, ohne eine Antwort von ihm abzuwarten, was sonst nicht ihre Art war, dann zündete sie sich eine Zigarette an, nahm einen tiefen Zug und lehnte sich zurück. Sie hatte alles unter Kontrolle. Sie bestimmte, wann was vorbei war. Und noch war es nicht so weit.

Mochte Jesus die Gewinne aus ihren Geschäften auch in die gemeinsamen Urlaube investieren. Sie hatte andere Pläne. Seit sieben Jahren hatte sie jeden Cent Gewinn aus dem Geschäft zur Seite gelegt. Sie musste nicht nachzählen, um zu wissen, wie viel Geld in dem kleinen Wandtresor hinter dem großen Kunstdruck von Marc Chagall über der Couch lag. Wenn sie es beendete, dann sauber. Dann würde in ihrem Labor nicht eine Spur mehr zu finden sein, sie hätte eine neue Anstellung in Südfrankreich, und ihr Häuschen wäre verkauft. Sozusagen mit dem notgeilen Gartennachbarn inklusive. Sollte er doch bei anderen spannen. So einfach war das. Aber bis dahin war noch ein wenig Zeit. Höchstens, dass sie sich schon mal einen Notfallplan zurechtlegte.

Doch jetzt musste sie sich erst einmal ihre schwarze Mähne trocknen und die Haut eincremen. Auch wenn es ihr heute schwerfallen würde, von Ärger auf Entspannung umzuschalten – jetzt wollte sie sich vergnügen, wollte Sekt, Häppchen und so viele Komplimente, wie sie kriegen konnte.

35

Anette Hartmann steckte den Kopf in die Küche und verdrehte theatralisch die Augen. Hartmann grinste sie nur an. Er hatte seine grüne Kochschürze umgebunden und auf der Arbeitsfläche seine Utensilien aufgestellt. Frische Tomaten, die er erst am Morgen vom Markt geholt hatte, Frühlingszwiebeln, eine weiße Gemüsezwiebel, Knoblauch, Petersilie, Schnittlauch, Olivenöl, Pinienkerne, italienische Würstchen, ein Glas Extrakt aus Gemüsebouillon und diverse Näpfchen mit Gewürzen. Ein großes Schneidbrett lag bereit, daneben reihten sich verschiedene Messer und Tellerchen. Natürlich fehlte auch der Rotwein nicht, von dem er sich bereits einen ordentlichen Schluck ins Glas eingeschenkt hatte. Würde sie ihn darauf ansprechen, dann würde er nur stumm auf den Kühlschrank weisen, an dem ein Magnetschild einen seiner Kochsprüche verkündete: »Ich liebe es, mit Wein zu kochen, manchmal gebe ich ihn sogar ans Essen.«

»Ich werde nie begreifen, warum ein Mann zwei Stunden braucht, um ein paar Nudeln mit Tomatensoße zuzubereiten«, lamentierte Anette.

Es gehörte zum Spiel, daher grinste Hartmann weiter. »Du hast dich bis jetzt noch nie beschwert, wenn ich koche«, hielt er dagegen.

»Koche!« Sie verdrehte wieder die Augen. »Nudeln mit Tomatensoße, das sind *Basics*, die wirft man einfach so zusammen.«

»Das werden keine Nudeln mit Tomatensoße, das werden Cannelloni mit Sugo Pomodore und Salsiccia griglia«, verkündete er mit großer Geste.

Anette lachte. »Sag ich doch, Nudeln mit Tomatensoße.«

»Pass auf, dass ich dich mit den Tomaten nicht bewerfe«, drohte Hartmann.

Anette gab auf. »Soll ich dir helfen?«, fragte sie, und Hartmann kniff die Augen zusammen, als müsse er erst angestrengt darüber nachdenken.

»Okay«, verkündete er dann. »Du kannst Zwiebeln und Knoblauch schälen.«

Offensichtlich war er auf dem Weg der Gesundung. Montag wollte er wieder arbeiten gehen. Eigentlich schon Donnerstag. Doch Anette hatte ihn so lange bekniet, bis er sich dem Rat des Arztes beugte. Böhnke hatte ihn aufgrund seiner Verletzung ohnehin nicht für den Wochenenddienst eingeteilt, da machten die zwei Tage den Kohl nicht fett, und er konnte sich noch vier Tage ausruhen. Und kochen, zum Beispiel.

Hartmann kochte wirklich gern, aber viel zu selten. Und das, was die moderne deutsche Hausfrau unter *Basics* verstand, dafür fehlten ihm einfach die Voraussetzungen und die Routine. Er würde einen simplen Schweinebraten ebenso wenig hinbekommen wie eine Senfsoße oder Bratkartoffeln. Wenn man ihn aber mit einem detaillierten Rezept ausstattete, das Zeiten, Mengen und Verfahren penibel beschrieb, dann lebte er in der Kochschürze förmlich auf. Ach was, das begann schon beim Einkauf der Zutaten. Von der sorgfältigen Auswahl des Weines ganz zu schweigen. »Nimm den Wein zum Kochen, den du zum Essen auch trinken willst«, war so ein anderer Spruch auf einem Kühlschrankmagneten. Vor allem Fisch und Nudeln aller Art hatten es ihm angetan. Senfhähnchen auf einem Bett von Farfalle oder marinierte Lachssteaks an Kartoffel-Oliven-Püree – Anette könnte töten dafür. Sogar Maria aß artig auf, wenn Papa kochte, obwohl sie sonst eher mäkelig war.

»Hast du eigentlich das Notizbuch schon zur Kripo gebracht?«, wollte Anette wissen.

»Nö«, verkündete er gut gelaunt, und sie ließ resigniert das Gemüsemesser sinken. »Ruhig, ruhig«, besänftigte er sie. »Ich bin einfach noch nicht dazu gekommen. Die Schmaerse kriegt das Buch schon. Ich hab es dir schließlich versprochen.«

»Morgen«, sagte sie und drohte mit dem Messer.

»Meinetwegen morgen«, brummte er versöhnlich.

»Wirklich«, sagte sie mit Nachdruck. Sie kannte ihren Peter.

Er stand neben dem Herd und hielt mit einem Esslöffel die oben an der Haut eingeschnittenen Tomaten sorgfältig kurz in kochendes Wasser. So würden sie sich besser schälen lassen.

Tomatenketchup kam Hartmann nicht in den Topf. Nicht mal Tomatenmark duldete er. Höchstens ein bisschen.

»Ich hab mir sogar schon die codierten Teile kopiert. Die krieg ich bestimmt noch raus«, sagte er über die Schulter.

»Du kannst es einfach nicht lassen«, sagte Anette.

»Schau mal«, sagte er und stellte den Teller mit den heißen Tomaten wieder auf die Arbeitsplatte. »Das ist nun mal ein Rätsel, und Rätsel reizen mich. Erinner dich an die Widmung in dem Buch. Die hat uns damals auch erst auf die Spur des Geldes gebracht.«

Anette winkte ab. »Hier sieht die Sache wohl ein bisschen anders aus. Wenn da nur ein blaues Auge als Lohn winkt, kannst du froh sein.«

»Ach na ja«, brummte er und begann, die Tomaten akkurat zu vierteln, »nur vom Rauskriegen des Textes hinter dem Code komme ich ja wohl nicht in Gefahr. Und am Ende ist die Polizei sicher auch schneller. Die haben im LKA garantiert Experten für so was sitzen.«

»Wenn du ihnen morgen das Notizbuch gibst. Ach so …« Sie stemmte die Hände in die Hüften. »Deswegen willst du es nicht rausrücken.«

»Nein, nein, ich mach das schon, du hast mich überzeugt. Aber der Code beschäftigt mich noch immer.« Er wies mit dem Messer auf das Blatt Papier, das er mit einer Schere an den Magnetstreifen gepinnt hatte, an dem sonst die Messer hafteten.

Anette lachte. »Und ich dachte schon, das ist die Formel für die geheime Zutat deiner Tomatensoßen.«

In großer Schrift stand da: CODE 524 »ngere uetrb nudez teorh eldgo vrshea k1lu2« CODE 635 »aiordn ocgene wnchea msnaui mrtteh cillee iv5436« EOF.

»Okay«, sagte sie zögernd. »Das hast du mir schon mal in diesem Buch über Geheimschriften gezeigt.«

»Genau«, sagte er. »Ich erkläre es dir, wenn du magst.« Mit einem kleinen Gemüsemesser filetierte er die Tomaten, schnitt sorgfältig die Innereien heraus, sodass nur noch das Fruchtfleisch übrig blieb.

Anette nickte. »Okay.«

»Wendler hat einen alphanumerischen Code verwendet. Eine Kombination aus Buchstaben und Zahlen.«

»Ich weiß, was alphanumerisch bedeutet«, wies sie ihn zurecht. »Ich bin nicht blöd.«

»Entschuldigung«, entgegnete er kleinlaut. »Also: Den eigentlichen Text habe ich in Gänsefüßchen gesetzt. Er besteht im ersten Teil aus Gruppen zu fünf Zeichen, im zweiten Teil aus Gruppen aus sechs Zeichen. Es gibt zwei grundlegende Verfahren, solche Gruppen zu erhalten. Das könnten codierte Wörter sein. Dagegen spricht, dass sie fast immer aus Buchstaben bestehen – bis auf die jeweils letzte Gruppe.«

»Ja, das kann ich sehen. Warum ist das so unwahrscheinlich?«

»Ganz einfach«, sagte Hartmann und pulte mit einem Löffel die letzten Tomatenkerne aus den Vierteln.

»Man kann es auch übertreiben«, schalt sie ihn und zeigte auf die Matzerei.

»Tomatenkerne bringen eine bittere Note, das will ich nicht.«

»Komm, erklär«, sagte sie unwirsch.

»Also: Wenn wir für das Wort ›Tomate‹ einen fünfstelligen Code setzen würden, dann werden meist Zahlen verwendet, weil man die in mathematischen Operationen weiterverwenden kann. Mit 12345 addieren beispielsweise. So verschleiert man das Wort noch weiter. Das geht mit Buchstaben kaum.«

»Klingt kompliziert, aber ich kann noch folgen«, sagte Anette. »Und das andere Verfahren?«

»Das andere Verfahren nennt man Transpositions-Code.«

»Was ist ein Transdingsda-Code?

»Ein Transpositions-Code. Dabei werden die Buchstaben eines Wortes nach immer dem gleichen Schema vertauscht. So könnte aus Tomate Temota werden.«

Anette wischte sich mit dem Ärmel eine Träne weg. Sie bewunderte die Frauen, die Zwiebeln schneiden können, ohne zu heulen. »Das würde man dann aber erkennen. Also aus *ngere* könnte ich höchstens einen Neger machen. Aber dann müsste aus *uetbr*, warte … Also der letzte Buchstabe rutscht an die zweite Stelle, dann würde aus *uetbr* am Ende Uretb.« Sie runzelte die Stirn. »Das ergibt keinen Sinn.«

»Ich weiß«, sagte er. »Aber du hast genau getroffen, was einen Transpositons-Code ausmacht.«

»Aber es können doch nicht alle Wörter im Satz fünf Buchstaben haben wie der Neger«, hakte Anette nach.

»Richtig, deswegen werden die Wörter auch geteilt. So würde aus Tomatensalat Tomat ensal at.«

»Tomat-Ensal-At«, intonierte Anette. »Klingt auch nicht schlecht, vor allem das Tomat-Ensal. Aber hinten bleiben zwei Buchstaben übrig.«

»Ja, da bin ich auch ziemlich früh drauf gekommen. Aber schau mal, nur in den letzten Gruppen tauchen Ziffern auf. Vielleicht sind die zum Auffüllen gedacht, damit es wieder eine gleich große Gruppe ergibt.«

»Hm, hm. Soll ich Zwiebeln und Knoblauch schon anbraten?«, fragte sie.

»Um Gottes willen, die kommen fast zum Schluss. Erst sind die Tomaten dran, die müssen einköcheln.« Er hackte sie in kleine quadratische Würfel.

»So langsam beginne ich zu ahnen, warum du immer so lange brauchst, bis das Essen fertig ist«, sagte sie. »Aber mit dem Code sind wir davon noch nicht weiter.«

»Ich auch nicht«, sagte er nachdenklich. »Ich weiß nur, dass es eine Regel geben muss, aber mir fehlt noch so eine Art Puzzleteil. Der Code hinter dem Code sozusagen.« Nachdem er die Tomaten in einen Topf auf den Herd gesetzt hatte, begann Hartmann genüsslich und gedankenverloren, die Wurstmasse aus den Salsiccia zu pressen und in kleine Kügelchen zu zerteilen.

»Da hätten wir auch einfach Gehacktes nehmen können«, protestierte Anette erneut sanft gegen seinen Aufwand beim Kochen.

»Du kannst schon mal mit dem Wiegemesser den Schnittlauch und die Petersilie vorbereiten«, empfahl er ihr und starrte nachdenklich den Buchstabensalat auf dem Blatt Papier an.

»Also wir hatten als Kinder auch eine Geheimsprache, bei uns in der Klasse«, hing Anette ihren Gedanken nach.

»Ach ja«, sagte er wie nebenher.

»Ja, ich zum Beispiel hieß Ettena.«

»Ettena, soso.«

»Ja, das ist Anette, nur rückwärts gesprochen. Da mussten wir nichts extra codieren. Da mussten wir uns nur konzentrieren. Also wir hatten eine in der Klasse, die hat das so perfektioniert, die hat ganze Sätze rückwärts aufsagen können. Ohne Vorbereitung!«

»Rückwärts.«

»Ja, rückwärts.«

»Hast du rückwärts gesagt?« Er packte sie am Oberarm.

»Aua«, jaulte sie auf. »Sei nicht so grob. Was ist denn? Außerdem hast du Wurstfinger.«

Er lockerte nur unmerklich den Griff. »Rückwärts, das ist es!« Er ließ von ihr ab, wischte sich die Hände an seiner Schürze ab, stürmte aus der Küche, treppauf in sein Arbeitszimmer.

Eine Minute später hielt er ihr einen Computerausdruck vor das Gesicht. So dicht, dass sie kaum lesen konnte:

Ngere uetrb nudez teorh eldgo rshea k1lu2
13254: Neger utebr nduze toehr edlog rhsae kl12u
21435: Gnree eurtb unedz etroh legdo sreha 1kul2
14325: nrege urteb neduz treoh egdlo rehsa kul12
52341: egern betru zuden hoert oldge asher 21luk

»Verstehst du das?«, fragte er sie, und er brüllte fast dabei.

Anette nahm ihm den Zettel aus der Hand und starrte eine Weile darauf. Er hopste vor ihr und glotzte sie an, als sei sie schwer von Begriff.

»Warum hast du diese zwei Zeilen unterstrichen?«, fragte sie dann in das Blubbern der Tomaten hinein.

»Das Erste ist der Originalcode aus dem Notizbuch. Die Ziffern sind die Reihenfolge der Zeichen, und das Letzte erschien mir bislang als das Naheliegendste.«

»Das ergibt doch aber auch keinen Sinn«, sagte sie.

»Das seh ich jetzt auch«, sagte er und riss ihr das Papier fast aus den Fingern. »Aber Egern, Betru, Zuden und Asher klingen mir am meisten nach klaren Wörtern. Aber jetzt, lies doch mal rückwärts. Das ist die Lösung.«

Anette nahm wieder das Blatt und blickte irritiert darauf. Sie schüttelte den Kopf.

»Naaa«, frohlockte er. »Das Vorletzte«, gab er ihr eine Hilfe.

»21 Lukasher«, begann sie zögernd.

Er bemächtigte sich wieder des Blattes, zauberte aus dem Nichts einen Kugelschreiber und schrieb unter den Ausdruck: »Lukas Herold gehoert zu den Betruegern«. Dann blickte er sie triumphierend an. »Naaa?«, fragte er.

»Irre«, sagte sie nur.

Hartmann stürmte aus der Küche. »Ich muss mal nach oben«, rief er auf der Treppe.

»Und deine Tomaten?«

»Die können noch. Brat schon mal die Würstchen an.«

36

Natürlich war die Strecke kürzer, wenn er vor Gießen gleich auf die Autobahn 485 in Richtung Süden auffahren würde. Das wusste er selbst, er war ja kein dummer Junge. Er nahm dennoch meist den Weg nach Osten in Richtung der A5. Fast vierzig Kilometer machte der Umweg aus, doch die längere Distanz machte sich bezahlt. Es war ja nicht nur so, dass, egal ob über Hanau oder Frankfurt, die Staugefahr im Rhein-Main-Gebiet viel höher war. Auch die Strecke war wesentlich reizloser. Und fast fünfhundert Kilometer für die Hin- und die Rückfahrt, da wollte er nicht nervig im Verkehr mitschwimmen, sondern auch mal frei den Diesel schnurren lassen.

Fast liebevoll glitt der Blick von Arslan Demirci von dem glänzenden Stern in der Mitte der Prallplatte des Lenkrades über die einzelnen Instrumente seines Autos. Davon hatte er schon als Junge geträumt. Sein Onkel, damals mit der ersten Welle von türkischen Gastarbeitern in Deutschland eingereist, hatte ihm als kleinem Jungen immer davon erzählt, wie es in Deutschland ist. Wie viel Geld man verdiente, wenn man ehrlich arbeitete. Wie schön und schnell die Autos sind, wie sauber und breit die Straßen. Ja, Arslan Demirci hatte schon damals tief in seinem Herzen gewusst, dass auch er einst diesen Weg gehen wird. Dass er gar als sein eigener Herr und Unternehmer in seinem eigenen Taxi fahren würde, davon hätte er kaum zu träumen gewagt, als ihm Onkel Tarkan bei einem seiner seltenen Familienbesuche in der Heimat einen großen Spielzeug-Mercedes aus glänzend lackiertem Ziehblech mitbrachte. Nun, sein Spielzeug war schwarz, sein Taxi war beige, aber ansonsten übertraf die Realität seinen Traum bei Weitem.

Arslan drückte den Knopf auf dem Sendersuchlauf des Radios. Moderne Technik eben. Bei Bayern 3 stoppte er. Genau sein Sender. Eine lockere Moderation, gute solide Musik und kein Technokram, schnelle und präzise Verkehrsinformationen. Bis jetzt rollte es gut. Doch jetzt kam Werneck, wo nicht nur die 70 aus Bamberg auf die A7 stieß, sondern sich auch der Verkehr aus Thüringen in Richtung Süden drängelte, seit man die Entlastungsautobahn A71 gebaut hatte. Eine fast immer freie Autobahn, hatten ihm die Kollegen erzählt. Um Werneck hingegen war es immer dicke. Arslan regulierte die Klimaanlage etwas nach, trommelte die Melodie zu einem aktuellen Song von Denny White auf das Lenkrad und pfiff leise mit.

Vier Kartons hatte er hinten im Kofferraum liegen. Und ein Umschlag mit wunderbar knisternden Scheinen steckte in der Brusttasche seines leichten Sommerjacketts, das er sich über sein blütenweißes kurzes Hemd gezogen hatte. Trotzdem beschlich ihn das Gefühl, dass die Geschäfte mit den Liebesperlen der schönen Doktorin schlecht liefen. Er hatte Menschenkenntnis, er sah ihre fahrigen Bewegungen, bemerkte ihre Zerstreutheit und dass sie offenbar noch dünner geworden war. Die Doktorin hatte Sorgen, so viel stand mal fest. Und die Fahrten nach Niedersachsen waren ja schon ausgefallen. Vielleicht, dass die Herren geheilt waren. Oder es gab etwas Neues auf dem Markt, etwas auf dem Schwarzmarkt gar. Er selbst hatte zu Hause auf seinem Rechner schon unzweifelhafte Angebote in seinen E-Mails gefunden. Angebote, die er mit Sicherheit nicht bestellt hatte. Allerdings: Selbst wenn er Probleme mit seiner Potenz hätte, was beileibe nicht der Fall war, so würde er sich nie auf eine Werbemail aus dem Internet melden. Dann ginge er lieber zur schönen Doktorin. Wenn die so feurig war, wie sie sich immer kleidete, die bräuchte keine Chemie, um solche Wehwehchen zu heilen.

»Pass doch auf, du Idiot«, fluchte Arslan, als ein Golf so dicht vor ihm einscherte, dass er nach einem Sekundenbruchteil mit seinem rechten Fuß über dem Bremspedal war. Dabei war die Autobahn hinter dem Gramschatzer Wald längst wieder frei, und er hatte seinen Tempomat auf einhundertfünfzig Stundenkilometer eingeregelt. »Auf solche Leute müsstet ihr mal achten, ihr Wegelagerer«, schimpfte er in Richtung einer Polizeistreife, die sich deutlich sichtbar auf einem Autobahnparkplatz postiert hatte.

»Na, kann's weitergehen?«, fragte Steffen Angermayer seinen Kollegen, der gerade von der Toilette kam.

»Weißt du«, antwortete dieser und zog die Schnalle seines Hosengürtels genau in die Mitte, »ich bin jetzt seit acht Jahren auf der Autobahn, aber an diese grauslichen Scheißhäuser aus Edelstahl werde ich mich wohl nie gewöhnen. Im Winter ist's besonders schlimm.«

»Musst halt warten, bis wir wieder auf der Wache sind«, meinte Angermayer achselzuckend. Der junge Polizeikommissar lehnte an der Fahrertür des 5er BMW, mit denen die Autobahnpolizei Biebelried erst vor Kurzem ausgestattet worden war, hielt sein Gesicht in die Sonne und träumte vom Urlaub.

»Hm«, brummte Polizeihauptmeister Michael Müller. Die jungen Leute hatten gut reden, bei denen war die Prostata noch in Ordnung.

Im Innenraum schnarrte das Funkgerät. Angermayer beugte sich durchs Fenster. »Main 38/7, ich höre«, sagte er.

»Macht euch sofort wieder auf die Bahn«, wies ihn der Einsatzleiter an. Er sprach rasch und konzentriert. »Euch kommt vom Kreuz Biebelried an ein Geisterfahrer entgegen. Ihr bremst den fließenden Verkehr aus und lasst anhalten. Main 38/4 wird ab Gramschatzer Wald absperren.«

Angermayer riss die Wagentür auf und sprang auf den Fahrersitz. Sein Kollege Müller hatte noch nicht ganz die Tür geschlossen, da lief das Blaulicht an, und Angermayer ließ die Kupplung kommen.

»Verdammte Scheiße«, rief er, jagte den Wagen auf die Autobahn, wechselte in die mittlere Spur und nahm Fahrt raus. Müller hatte unterdessen das Leuchtband programmiert, auf dem die folgenden Fahrzeuge »Stopp! Polizei!« lesen konnten. Einen halben Kilometer rollten sie langsam dahin, immer hoffend, dass kein Raser in das Ende des von ihnen erzeugten Staus krachte. Angermayer behielt die linke Spur verkniffen im Auge und rechnete jeden Moment damit, am Horizont den Gegenverkehr auftauchen zu sehen. Er hatte den BMW fast zum Stehen gebracht, als er tatsächlich etwas sah. Vielleicht achthundert Meter voraus, wo die Autobahn über die Pleichach führte, auf jeden Fall noch vor dem Fünfhunderter-Ankündigungszeichen für den Parkplatz vor der Abfahrt Estenfeld. Da flog was durch die Luft, Teile vielleicht oder Gras, Sekunden später stieg eine Staubsäule in die Luft.

»Da«, rief er und schlug Müller, der beständig mit der Anhaltekelle aus dem Beifahrerfenster winkte, auf den Oberschenkel. »Da vorn hat's gekracht.«

»Na los!«, forderte ihn Müller auf.

»Main 38/7, vor uns hat es einen Unfall gegeben, möglicherweise der Geisterfahrer. Wir setzen vor und riegeln ab«, informierte Angermayer die Einsatzzentrale, während er das Gaspedal in Richtung Bodenblech trat. Der schwere Wagen schoss vorwärts.

»Ein Bild des Grauens« würden am nächsten Tag die Zeitungen nennen, was sich den Polizisten bot, als sie wenig später an hektisch blinkenden Autos vorbei direkt bis zur Unfallstelle fuhren.

»Denk an die Eigensicherung«, rief Müller dem erheblich jüngeren Kollegen zu, bevor dieser das Auto zum Stehen brachte. Er forderte in scheinbar stoischer Ruhe über Funk Rettungsdienst und Verstärkung an, als er die Leitstelle über das informierte, was schon aus dem Auto heraus erkennbar war: Vier Fahrzeuge waren in den Unfall verwickelt. Das Auto des Geisterfahrers war nur noch ein Klumpen Blech. Er hatte auf der äußerst linken Fahrspur offenbar ein anderes Auto frontal getroffen, das quer über die Fahrbahn geschleudert war und dabei von einem dritten Wagen gerammt worden war. Auf diesen war ein viertes Fahrzeug aufgefahren.

Angermayer stand unterdessen vor dem Auto des Geisterfahrers. Es war ein schon älterer Opel, dessen Motorraum vollkommen zermalmt war. Der Airbag hatte entweder nicht ausgelöst oder war nicht vorhanden. Dem Mann auf dem Fahrersitz hatte das Lenkrad den Brustkorb zerquetscht. Sein Gesicht war von Blut überströmt, das noch immer aus einer großen Kopfwunde sickerte, neben der ein Hautlappen mit Haaren herunterhing. Die Augen des Mannes waren aufgerissen und tot. Zwischen dem, was einmal der Rahmen der Frontscheibe gewesen war, und dem Motorraum züngelte eine Flamme empor. Der Wagen würde rasch in Brand geraten, schätzte Angermayer. Flüssigkeiten liefen darunter hervor. Er versuchte, die zerknitterte Fahrertür zu öffnen, was aber nicht mehr möglich war.

»Lass ihn«, raunzte ihn Müller an. »Dem kannst du nicht mehr helfen. Geh rüber zu dem Civic, da scheint man Hilfe zu brauchen. Ich kümmer mich um das Taxi da vorn.« Der ranghöhere Jüngere nickte und setzte sich in Bewegung.

Müller riss die Hand hoch und brachte einen langsam auf ihn zurollenden Mercedes zum Anhalten.

»Sind Sie wahnsinnig?«, brüllte er dessen Fahrer an. »Wollen Sie etwa hier noch durch? Bleiben Sie gefälligst stehen.«

Mit einer unendlich überheblichen Geste stoppte der Mann sein Auto. Egal, um ihn würde sich Müller später kümmern.

Bei dem Honda Civic, der im Frontbereich schwer beschädigt war, stand die Fahrertür offen. Ein Mann kniete davor und redete unablässig auf die Fahrerin ein, die hysterisch kreischend immerfort auf den zusammengefallenen Airbag einschlug. Sie schien gar keine Luft holen zu müssen. Auf der Rückbank saßen zwei Kinder. Ein Junge von vielleicht zehn Jahren heulte wie ein Schlosshund und drückte auf einem Plüschtier rum. Seine vielleicht drei Jahre ältere Schwester erbrach sich in Krämpfen auf ihr T-Shirt. Ihr würde Angermayer zuerst helfen müssen.

»Sehen Sie nach, ob im Kofferraum eine Decke oder so was ist«, herrschte er den knieenden Mann an und öffnete die hintere Tür. »Ganz ruhig, es ist schon alles vorbei«, sagte er zu dem Mädchen. Während er die Schließe ihres Gurtes öffnete, kotzte sie ihm heißen säuerlichen Brei über den linken Ärmel seiner Uniformbluse.

Auch die Fahrertür des Taxis, bei dem jetzt Müller stand, klemmte. Der Wagen sah wie in der Mitte zerknickt aus, vermutlich hatte der Honda ihn seitlich abgeschossen, nachdem er sich über die Bahn gedreht hatte. Der Motorraum war stark verkürzt, die Kofferraumklappe klaffte auf. Eine ganze Reihe von Airbags hingen wie zerplatzte Kaugummiblasen im Fahrzeuginneren. Glücklicherweise war das Seitenfenster zersplittert. Polizeihauptmeister Michael Müller beugte sich in den beigefarbenen Mercedes.

»Können Sie mich hören?«, sprach er den Fahrer an.

Dieser öffnete nur widerwillig die Augen, die sich dann wieder drehten und dem Polizisten auf der linken Seite einen weißen, auf der rechten Seite einen blutigen Augapfel zeigten, bevor die Lider wieder zufielen. Der Mann war nicht wirklich bei Bewusstsein, aber er lebte. Offenbar war er schwer verletzt.

»Hey, hiergeblieben«, versuchte es Müller noch einmal.

Lauter jetzt. Wieder zuckten die Augenlider. Eine Ohrfeige hat schon manchen zurückgebracht, ging es Müller durch den Kopf. Aber das konnte er nicht riskieren, bevor er nicht wusste, ob der Mann eine Verletzung am Schädel beziehungsweise der Halswirbelsäule hatte. Die Braue über dem rechten Auge war aufgeplatzt, und ein dreieckiger dicker Glassplitter steckte ein wenig höher in der Stirn. Aus einem Nasenloch floss Blut. Der Mann war zweifellos südländischer Herkunft, und seine Haut sah dennoch seltsam grau bis olivfarben aus. So sahen Menschen kurz vor dem Sterben aus, wusste Müller und suchte den Körper fieberhaft nach stark blutenden Stellen ab. Doch außer einem großen Riss im linken Hosenbein, die Haut darunter war unverletzt, sah er nichts. Müller fädelte sich wieder aus dem Fenster, griff zum Funkgerät und forderte ein Luftrettungsmittel an. Den hier würden die Sanitäter sicher nicht im Rettungswagen fortschaffen, sagte ihm seine Erfahrung. Zudem vergewisserte er sich, dass die Feuerwehr mit schwerem Gerät anrückte, um das Taxi aufzuschneiden. Doch die Kollegen in der Einsatzzentrale hatten schon an alles gedacht.

Müller scheuchte die umstehenden Gaffer in ihre Fahrzeuge zurück. Hier konnte er keine Hilfe gebrauchen. An dem Honda mühten sich inzwischen Angermayer und drei Zivilisten um die Verletzten. Die Frau saß auf der Straße, lehnte sich an das Vorderrad des Autos und schnappte nach Luft. Das Kreischen war einem stillen Weinen gewichen. Sie hielt ihren Sohn im Arm und versuchte, ihn zu trösten. Das Mädchen lag auf einer Rettungsdecke. Angermayer hatte sie klugerweise in Seitenlage gebracht, damit sie nicht ihr Erbrochenes verschluckte. Er war auch nicht mehr so fahrig wie vorhin, hatte sich voll unter Kontrolle. Ein guter Polizist würde das mal werden, befand der Ältere.

Irgendeiner der Zeugen hatte einen Feuerlöscher hervorgezaubert und sprühte Schaum auf die Flammen an dem alten Opel. Wer hat denn heute noch einen Feuerlöscher in seinem Wagen?, fragte sich Müller ebenso verwundert wie erleichtert.

Am Horizont war eine ganze Kette blitzender Blaulichter zu sehen, die durch die Rettungsgasse und über die Standspur in Richtung Unfallstelle rollten. Jetzt müsste er sich darum kümmern, dass sie genug Platz finden würden bei der Zufahrt. Müller setzte sich in Bewegung. Es gab noch viel zu tun.

Knapp zwei Stunden später waren die Verletzten alle versorgt. Auch den Taxifahrer hatte man aus seinem Wagen schneiden können. Noch während die Feuerwehrmänner ihre hydraulischen Spreizer und Scheren in das Blech trieben, hatte ein Notarzt dem Mann einen Tropf angelegt. Er hatte die Augen wieder geöffnet, war aber noch immer nicht ansprechbar. Nach der Stabilisierung rollten ihn die Sanitäter auf einer Trage zum Heck des Rettungshubschraubers. Auch den Toten hatten die Feuerwehrleute aus dem Auto geschnitten. In einem Zinksarg war er gerade auf dem Weg in die Rechtsmedizin.

Die Fahrzeuge waren auf die äußerst linke Fahrspur geschoben worden. Zwei Kollegen regulierten den Verkehr auf der rechten Fahrspur an der Unfallstelle vorbei, der Honda wurde gerade auf ein Abschleppfahrzeug gezogen.

»Michael, schau mal hier«, rief Peter Angermayer, der am Heck des demolierten Taxis stand. Er hielt ein braunes Paket von der doppelten Größe eines Schuhkartons in die Höhe. »Eilige Arzneimittel. Die können wir doch nicht hier liegen lassen, am Ende wartet da jemand drauf.«

»Hm.« Müller dachte nach, während Angermayer weiter im Kofferraum wühlte. Er förderte zwei weitere Kartons ans Tageslicht, beide mit weißem Paketband mit roter Aufschrift verklebt. »Hm«, machte Müller erneut. »Schuhe sind da bestimmt nicht drin.« Über Funk meldete er seinen Fund an die Einsatzzentrale. »Schaut's halt mal bei den Marburger Kollegen nach dem Kennzeichen. Der muss ja von irgendwo kommen und irgendwohin wollen«, sagte er.

Angermayer umkreiste derweil misstrauisch das Fahrzeug. »Hier stimmt was nicht«, sagte er zu seinem älteren Kollegen. »Schau mal: Die Pakete haben keinen Absender und keinen Empfänger. Überhaupt keinen Aufdruck. Und außerdem: Kennst du eilige Arzneimittel, die von einem Taxi transportiert werden? Dafür haben die Apotheken doch eigene Kurierdienste.«

Müller zog ein Taschenmesser aus der Hosentasche. »Machen wir's halt auf?«, fragte er den Ranghöheren. Angermayer nickte. »Vielleicht ist ein Lieferschein drin.«

Müller durchtrennte mit drei sauberen Schnitten das Klebeband. Als sie den Deckel geöffnet hatten, blickten sie sich wieder staunend an. Angermayer fingerte eine der vielen kleinen Schachteln raus. Alle weiß, alle ohne Aufdruck.

»Hier stimmt wirklich was nicht«, wiederholte er. Er öffnete eine Schachtel, aus der ihm eine eingeschweißte Tablette entgegenrutschte, so groß wie die Faust eines Kleinkindes. Rau und grauweiß die Oberfläche, mit mehreren kugelrunden roten Einschlüssen.

»Die Sache stinkt allerdings«, bestätigte der Ältere.

»Tabs für den Geschirrspüler sind das jedenfalls nicht«, befand Angermayer. »Drogen?«, fragte er dann den erfahrenen Kollegen.

»Quatsch«, sagte der, »keiner kann so was schlucken. Es sei denn, man muss vorher diese roten Kugeln rauspulen.«

»Genau. Dann könnten das nämlich doch Drogen sein. Oder Doping für den sauberen deutschen Sport«, sagte Angermayer.

»Was aber auf dasselbe hinausläuft«, sagte Müller trocken.

»Wir stellen sie sicher«, entschied Angermayer und verstaute die Pillen wieder in ihrer Schachtel. »Ich bring das zum Wagen. Sag du schon mal den Kollegen, die sollen die Kripo in Würzburg informieren. Die interessieren sich garantiert für die Pillen hier.«

Er stapelte sich die drei Kartons auf die Arme, klemmte sie mit dem Kinn fest und trug sie zu dem grün-silbernen BMW.

37

Hinter dem Riedburger Arbeitsamt gab es einen kleinen Parkplatz. Er gehörte zum Amt und wurde in der Regel nur von den Dienstfahrzeugen des Fuhrparks belegt. Doch Hartmann wusste, dass man ihn nicht belangen würde, sollte er ihn benutzen. Dennoch parkte er um die Ecke in der Fischergasse. Dort gab es ein kleines thailändisches Restaurant und einen fast nie voll belegten Kurzzeitparkplatz sozusagen direkt vor der Tür. Er ärgerte sich immer dann darüber, wenn er essen gehen wollte. Heute war ihm das schnurzegal – er wollte schließlich nur ein paar Dokumente aus dem Amt holen. Dr. Markus Kreuziger war doch nicht so aalglatt und abweisend, wie er ihn anfangs erlebt hat. Der Mann hatte sich diesmal richtig ins Zeug gelegt, als er ihn gebeten hat, ihm eine Aufstellung über die Rinderzüchter in seinem Verantwortungsgebiet zu geben. Irgendwo musste er schließlich stecken, dieser verflixte Jesus.

Er staunte jedes Mal, in was für kleine Parklücken Anettes Peugeot passte, kurbelte rückwärts ein, lenkte die Räder rechts gegen den Bordstein und zog die Handbremse. Kurz bevor er unten an der Ecke war, drehte er sich noch einmal abrupt um und musterte das Auto und die Umgebung. Seit dem Vorfall in der Tiefgarage hatte er öfter mal die Augen im Rückspiegel oder prüfte die Straße vor seinem Haus auf fremde Passanten und Fahrzeuge. Das diffuse Gefühl, beobachtet oder bedroht zu werden, wollte und wollte nicht weichen. Wenn das länger anhielt, so würde er sich einen Therapeuten suchen müssen. Er sprach nicht darüber, nicht mal mit Anette, aber es war ihm schon deutlich bewusst. In der Gasse war nichts Auffälliges zu sehen. Ein Thailänder in weißer Jacke lud große Styroporkisten aus einem Lieferwagen und trug sie hinter das Restaurant. Sonst war niemand zu sehen.

Kreuzigers Sekretärin empfing ihn etwas unterkühlt, aber er kannte sie nicht anders. Sie hörte auf den netten Namen Staupe, und nicht nur Hartmann musste sich das Grinsen verbeißen, wenn sie sich am Telefon mit »Veterinäramt, Staupe« meldete.

»Herr Dr. Kreuziger ist nicht da«, ließ sie ihn wissen und blickte ihn prüfend an.

»Ähm, ich wollte eigentlich nur was abholen, vielleicht hat er es bei Ihnen …«

»Ich weiß, Herr Hartmann. Herr Dr. Kreuziger hat es mir gesagt. Bedauerlicherweise hat er mir nichts hinterlassen.«

Doch Hartmann wollte sich nicht so einfach abwimmeln lassen. Er fuhr doch nicht extra bis ins Zentrum, um dann mit leeren Händen wieder zu gehen. Zumal ihm Kreuziger zugesichert hatte, dass er die Liste fertig habe. Nur per Mail schicken wollte er sie nicht. Er wisse nicht, so die Erklärung, ob er seine Kompetenzen überschreite, wenn er ihm am Landrat vorbei eine solche Zusammenstellung zur Verfügung stellt. Man könne, so hatte er am Telefon doziert, nie vorsichtig genug sein.

»Vielleicht hat er die Unterlagen ja in seinem Zimmer liegen lassen. Wären Sie vielleicht so nett …«

Frau Staupe drehte sich um und bedachte ihn mit einem Blick wie ein Stoppzeichen. Dann erhob sie sich gnädig von ihrem Bürostuhl und ging ins Chefbüro.

»Ausnahmsweise«, erklärte sie knapp. »Ich weiß ja nicht, wie Sie das machen, Herr Hartmann«, rief sie von nebenan, »aber Sie müssen bei meinem Chef einen ziemlichen Stein im Brett haben.«

Hartmann folgte ihr ins Büro. »Reiner Charme«, grinste er sie an. Bei dir würde das wohl nicht verfangen, dachte er sich dabei. Er sah sich aufmerksam im Büro um. Sie hatte recht. Noch vor ein paar Wochen war Kreuziger so zugänglich gewesen, als sei er mit Teflon beschichtet. Jede Frage, jedes Problem perlte an ihm ab. Und nun rückte er freiwillig so eine Liste heraus. Wenn er sie herausrückte.

Sie hob vorsichtig und mit spitzen Fingern dünne Akten auf dem Schreibtisch an, gerade so, als hätte sie Angst, sich mit irgendwas anzustecken. Vielleicht mit Staupe, dachte Hartmann belustigt. In einem offenen Fach der Schrankwand sah er einen Bilderrahmen stehen. Eine Bühnenaufnahme von Denny White. Ausgerechnet.

»Ihr Chef ist ein Fan von Denny White?«, fragte er und deutete auf das Bild, das ihm vor der Reihe der Buchrücken bislang nie aufgefallen war.

Frau Staupe hielt inne, ohne die Finger aus den Akten zu nehmen. Sie blickte kurz auf und musterte ihn über den Rand ihrer Brille. »Ich glaube, Sie haben ein völlig falsches Bild von Herrn Dr. Kreuziger. Eigentlich darf ich Ihnen das gar nicht sagen, aber ich glaube, er hasst die Musik von Denny White.« Sie blätterte weiter durch die Mappen. »Ah, hier habe ich es.« Sie zog einen dünnen grünen Hefter aus dem Stapel. »Die beiden sind ehemalige Studienfreunde, noch aus seiner Münchner Zeit.«

Hartmann trat an die Schrankwand, nahm den Bilderrahmen heraus und betrachtete die Widmung. Dann krampfte sich in seinem Bauch alles zusammen, und er wurde weiß wie die Wand. Der Boden schien aus Watte, es war ihm, als gebe er auf der linken Seite nach. Ihm wurde siedend heiß und übel.

»Alles in Ordnung, Herr Hartmann?«, erkundigte sich Frau Staupe. Sie klang ehrlich besorgt. »Ist Ihnen nicht gut?«

»Merkt man das?«, fragte er und bemühte sich um ein Lächeln. »Wenn Sie vielleicht ein Glas Wasser …« Ein erneuter Krampf im Darm nahm ihm den Atem. Hartmann musste sich leicht krümmen. Verdammt. Das alte Übel. »Wo ist hier die Toilette?«, fragte er schließlich und hielt sich am Schrank fest.

Kreuzigers Sekretärin huschte an ihm vorbei und hielt ihm die Tür auf. »Den Gang runter und ganz hinten links.«

Es dauerte fast zwanzig Minuten, bis er wieder im Vorzimmer des Amtstierarztes stand. Von Unterkühlung war bei Frau Staupe nichts mehr zu spüren. Sie war ganz aufgeregt und empfing ihn schon an der Tür. »So setzen Sie sich doch«, sagte sie und reichte ihm ein Glas Wasser. »Sind Sie sicher, dass ich nicht Frau Dr. Montag holen soll, vom Gesundheitsamt? Das ist gleich über uns, ist überhaupt kein Problem.«

Hartmann winkte ab. »Ich krieg mich schon wieder ein«, sagte er matt. »Hab wahrscheinlich nur was Falsches gegessen.« Er nippte an dem Wasser, es war angenehm kühl. Die Krampfwellen in seinem Darm klangen langsam ab. Früher wäre er jetzt kurz vor der Panik gewesen, inzwischen hatte er es einigermaßen im Griff. Alles menschlich, alles menschlich, wiederholte er in Gedanken sein Mantra.

»Zeigen Sie doch mal«, sagte er, als er wieder tiefer Luft holen konnte, und zeigte auf die grüne Mappe. Die Sekretärin reichte sie ihm rüber und blickte ihn noch immer besorgt an. »Geht schon wieder besser«, lächelte er tapfer. Er blätterte in der Liste, die erstaunlich lang war. Mit so vielen Namen hätte er gar nicht gerechnet.

Wie betäubt schlich er wenig später über den Flur des Landratsamtes, machte einen großen Bogen um den Fahrstuhl und war heilfroh, dass er nicht in die Tiefgarage gerollt war. Vermutlich würde er die nicht mehr benutzen, bis das hier alles vorbei war.

Schon bevor er vor dem Amt auf die Straße trat, sah er sich aufmerksam um, entdeckte aber nichts Beunruhigendes. An der Ecke zur Fischergasse schließlich musste er schon den Passanten auffallen, so dicht an der Hausmauer und so langsam, wie er sich bewegte, um in die Gasse zu schielen. Zwei Stadtinspektoren kamen die Gasse heruntergeschlendert, und Hartmann schätzte die Zeit ab, die ihm blieb, um den Peugeot vor ihnen zu erreichen. Die kleine Attacke im Amt hatte ihn fast eine halbe Stunde gekostet, stellte er mit einem Blick auf seine Armbanduhr fest. Er bemühte sich um ein einigermaßen sicheres Auftreten und schritt zum Auto. Die Beamten kannten ihn und nickten ihm zu, als er den Peugeot aufschloss und sich auf den Fahrersitz zwängte. Er wollte kein Gespräch, er wollte jetzt nur weg. Wie in Trance lenkte er das kleine Auto Richtung Stadtausgang, fuhr auf die Umgehungsstraße, ließ aber die Redaktion links liegen und nahm die Autobahn bis zum nächsten Parkplatz. Auf der Toilette funktionierte glücklicherweise das Waschbecken. Er warf sich zwei, drei Hände Wasser ins Gesicht und trocknete sich dann mit seinem Taschentuch ab. Draußen steckte er sich eine Zigarette an und ging auf und ab – nicht ohne aufmerksam zu registrieren, wer auf dem Parkplatz anhielt und ausstieg. Anschließend setzte er sich in den Wagen und verriegelte die Türen von innen. Er schloss die Augen und versuchte sich im autogenen Training. Nach drei Minuten brach er ab. Er konnte seine Gedanken einfach nicht auf die formelhaften Vorsätze konzentrieren, sie kreisten immer wieder um seine jüngste Entdeckung, die ihn wie ein Blitz getroffen hatte.

Hartmann musste eine Entscheidung fällen. Bleib ruhig, redete er sich wieder und wieder ein. Bleib ruhig und analysiere. War er jetzt an derselben Stelle wie Christian Wendler kurz vor seiner Ermordung? Ja und nein. Zwar wusste er inzwischen ebenfalls, wer Jesus war, aber Jesus wusste nicht, dass er es wusste. Bei Wendler war das anders. Wendler hatte sich bereits enttarnt und damit das Unheil förmlich heraufbeschworen. Da wussten beide voneinander, da gab es einen Jäger und einen Gejagten. Bis sich plötzlich die Rollen verkehrten.

Andererseits: Wie sicher konnte Hartmann sein, dass Jesus nicht schon aufgescheucht war? Dass diese skrupellose Bestie nicht schon scheinbar unschuldig lächelnd Pläne schmiedete, wie er, Hartmann, ebenfalls in einem Zinksarg landen könnte.

Und noch eins kam hinzu: Wenn er sein Wissen mit der Polizei teilte, würde die ihm überhaupt glauben? Hatte er irgendwelche Beweise? Die meisten der Beweise hatte eigentlich der junge Volontär zusammengetragen, er rekonstruierte die Geschichte nur. Eine vertrackte Situation. Vielleicht sollte er Anette nachgeben und das dicke schwarze Notizbuch der schönen Kommissarin aushändigen. Ihre Drohgebärde mit den vierundzwanzig Stunden jedenfalls hatte nichts bewirkt. Er hatte gewusst, dass sie nur bluffte. Aber irgendwie tat sie ihm auch leid und außerdem … na ja, irgendwie war er ihr auch nahe, ohne das richtig fassen zu können. Vielleicht lag es ja daran, dass sie beide im Grunde dasselbe Ziel hatten. Wie damals, als Krüger erschlagen wurde.

Hartmann wurde ruhig und dösig. Ob er es noch einmal mit autogenem Training versuchen sollte? Tiefe Ruhe hüllt mich ein wie ein warmer, weicher Mantel. Meine Arme werden ganz schwer und warm. Ich bin gaaanz ruuuhig. Gedanken … Gefühle … Geräusche … gleichgültig … Mein Beine werden ganz schwer und warm …

Es knallte gegen die Scheibe wie ein Pistolenschuss. Hartmann zuckte zusammen und stieß sich schmerzhaft seinen rechten

Ellbogen am Schaltknüppel. Sein Herz raste, als er den Kopf wendete.

Ein Polizist stand schief grinsend neben dem Auto und klopfte mit dem Knöchel an die Seitenscheibe. Noch halb benommen öffnete Hartmann die Tür, nachdem er erst einmal vergeblich auf dem stromlosen Fensteröffner herumgedrückt hatte.

»Ja«, fragte er verunsichert.

»Ist mit Ihnen alles in Ordnung?«, fragte der Polizist.

»Ja, alles klar«, sagte Hartmann.

»Sind Sie sicher?«, fragte der Beamte und sah sich neugierig im Fahrzeug um.

»Ja doch«, sagte Hartmann, nun schon verärgert. »Ich bin nur ein bisschen eingedöst.«

»Kein Alkohol? Keine Drogen?«

»Ich kann gern pusten, wenn Sie das brauchen.«

Der Polizist blickte ihn ernst an. Dann tippte er sich an den Mützenrand. »Na dann, gute Fahrt noch«, sagte er und ging wieder zurück zu seinem Streifenwagen.

»Blödmann«, murmelte Hartmann, »mich so zu erschrecken.«

Er brauchte ein paar Minuten, bis sich sein Puls wieder auf Normalmaß eingepegelt hatte. Dann holte er tief Luft und startete den Motor. In der Redaktion würde man schon auf ihn warten. Zu Isabell hatte er gesagt, dass er nur mal kurz im Amt wäre, ein paar Dokumente abholen. Was ja auch stimmte, wie er sich mit einem Seitenblick auf den Beifahrersitz vergewisserte, wo die grüne Mappe mit der jetzt völlig unnützen Adressliste lag. Eine Nebelbombe, sozusagen. Mit Bedacht geworfen.

Er fuhr wieder auf die Bahn und steuerte die nächste Ausfahrt zum Wenden an. Vielleicht würde ihrer Redaktion eine Sekretärin wie Frau Staupe guttun. Nicht, dass er Isabell nicht mochte, im Gegenteil. Aber so eine überkorrekte Giftschlange, die jeden verbiss, der sich am Telefon erdreistete, wegen irgendeiner Ankündigung unbedingt persönlich mit einem Redakteur sprechen zu müssen, die wäre freilich auch was wert. Isabell flötete jeden freundlich an und stellte durch.

Als Hartmann im fünften Gang ankam, staunte er, wie leistungsschwach der kleine 207er war. Es hatte also doch seinen

Grund, warum er bei längeren Reisen immer auf den Chrysler setzte. Den Chrysler, den er jetzt verschrotten konnte, weil die Reparaturkosten in keinem Verhältnis zu dem Zeitwert des mittlerweile fünf Jahre alten Wagens standen. Achtundzwanzigtausend Euro, so der Gutachter, hätte er für das Auto mit Minderleistung noch bekommen. Das war nicht mal mehr die Hälfte des Kaufpreises. Auf fünfzehntausend Euro hingegen würden sich die Reparaturkosten belaufen. Bodo von Wedel, sein Verkäufer im Autohaus, hatte ihm daraufhin ein Angebot gemacht, das er nicht ausschlagen konnte. Nun würde er bald einen neuen Chrysler in seine Garage fahren können. Danke, Jesus, dachte er zynisch. Denn längst war ihm klar, wer hinter dem Anschlag auf seinen schwarzen Riesen stand.

Er kurvte die Abfahrt runter, bog rechts ab, unterquerte die Autobahn und fuhr in Gegenrichtung wieder auf. Danke, Jesus. Und wieder sah er das Autogrammfoto in Kreuzigers Schrankwand vor sich, gerade so, als würde es halb transparent auf der Windschutzscheibe des Autos auftauchen.

»Für Jesus! Herzlichst, Denny White«, stand dort mit Silberstift auf dem schwarzen Grund des Bühnenvorhangs geschrieben.

38

»Die nächste Ausfahrt ist die Neunundzwanzig, wir müssen runter«, sagte Steffi Schmaerse.

Frank Hölbing schenkte ihr einen spöttischen Seitenblick. Im selben Moment meldete sich das Navigationsgerät: »In achthundert Metern biegen Sie rechts ab. Dann biegen Sie rechts ab.«

»Hat die Chefin schon angewiesen«, sagte Hölbing und grinste.

»Menno!« Schmaerse gab ihm einen leichten Puff. Sie hatte gute Laune. Die Bilder, die ihr Andreas Kühn per Mail geschickt hatte, waren vielversprechend. Für sie und Frank bestand nicht der geringste Zweifel: Der silberne Golf, der gestern im Zwenkauer See gefunden wurde, war derselbe, mit dem Christian Wendler über den Haufen gefahren wurde. Solche Zufälle gab es sonst nur im Film. Ausgerechnet im Zuständigkeitsbereich ihres Studienfreundes Andreas hatte der Täter den Golf versenkt. Hätte sich Andreas nicht erst vergangene Woche beim Absolvententreffen für ihren aktuellen Fall interessiert, hätten sie wohl nie erfahren, wo sich das Auto befand. Die Leipziger Kollegen hatten dann auf ihren Wunsch hin alles an Ort und Stelle gelassen, den Fundort gesichert und abgesperrt.

Knautnaundorf, kurz hinter der Autobahn gelegen, war ein winziges Nest. Am östlichen Dorfrand, gleich hinter einem kleinen Fluss, ging es von der Bundesstraße runter auf eine Strandzufahrt. Ein Streifenpolizist stellte sich ihnen in den Weg, winkte sie aber gleich durch, als Schmaerse ihren Dienstausweis an die Frontscheibe drückte.

»Na ändlisch – die Dieringer gommen«, rief er ihnen hinterher.

»Ich glaub, wir sind hier richtig«, sagte Frank und grinste seine Chefin breit an.

Andreas Kühn war ein sportlicher Typ mit kräftigen, langen Haaren, die er hinten zu einem Pferdeschwanz zusammengebunden hatte.

»Schön, dass du es einrichten konntest«, sagte Schmaerse und drückte ihn flüchtig.

»Dazu sind doch Freunde da«, sagte er ohne jeden Dialekt. Aber einen Tick zu großspurig, fand Frank.

»Schön habt ihr es hier«, sagte Steffi und schaute sich aufmerksam um, ohne den Golf auch nur eines Blickes zu würdigen. »Richtig schön. Hier möchte man Urlaub machen.«

»Kannst du auch bald«, sagte Andreas Kühn. »Da drüben im Osten soll ein Feriendorf gebaut werden. Ein Segelhafen kommt auch hin, und seit drei Jahren fährt sogar ein Schiff auf dem See.«

»Und warum fangen die jetzt erst an mit Bauen?«, wollte Steffi wissen.

»Der See ist noch nicht voll.«

»Noch nicht voll?«

»Ja, das ist ein aufgelassener Tagebau. Hinter der Autobahn kommt der nächste See, der Cospuder. Das Ganze hat richtig touristisches Potenzial. Aber dieser See hier wird noch immer geflutet. Derzeit steigt der Wasserstand täglich um rund einen Zentimeter. Im Moment liegt der Wasserspiegel so bei hundertdrei Metern über Normalnull. Hundertdreizehn sollen es bis nächstes Jahr werden. Dann haben wir die endgültige Uferlinie.«

»Du kennst dich gut aus.«

»Mein Revier«, sagte Andreas Kühn und lächelte.

Aufschneider, dachte Frank Hölbing und schlenderte zu dem Auto, das nicht weit vom Ufer entfernt stand. Die anderen beiden folgten.

»Wie habt ihr den Wagen gefunden?«, wollte Schmaerse wissen.

»Das war eher ein Zufall. Ein Zeuge geht regelmäßig hier mit seinem Hund spazieren. Er war jetzt wegen einer Hüft-OP ein paar Wochen außer Gefecht, und seine Frau hat immer einen anderen Weg genommen.« Kühn winkte ab. »Jedenfalls ist er gestern wieder hier lang und hat da drüben so eine Art Schneise gesehen.« Kühn wies auf ein Geländestück, das mit rot-weißem Absperrband markiert war, und marschierte in diese Richtung. Dort angekommen, zeigte er in Richtung See. »Seht ihr das?«

Hält der uns für dumm?, fragte sich Hölbing, sagte aber laut. »Ist ja nicht zu übersehen«, was ihm einen vorwurfsvollen Blick seiner Chefin eintrug. Das Gras hatte sich wieder aufgerichtet, aber die Fahrspur war noch zu sehen. Vor allem dort, wo das Auto in Ufernähe einen Busch niedergemäht und einen jungen Baum geknickt hatte. Hölbing drehte sich um und peilte in Gegenrichtung. »Die Spur verlängert genau diesen Feldweg. So, als würde er hier keine Krümmung haben.«

»Richtig«, sagte Kühn. »Als wir die Stelle gesehen haben, sind wir von einem Unfall ausgegangen. Das übliche Muster: Jugendliche nach der Disco, Alkohol oder Drogen, und dann volle Pulle geradeaus, weil sie die Kurve übersehen haben.«

»Was hat der Zeuge gemacht?«, wollte die Kommissarin wissen.

»Der ist mit seinem Hund der Fahrspur gefolgt bis zum Ufer. Und dann hat er ein ganzes Stückchen im See drin einen dunklen Schatten gesehen, offenbar das Wagendach. Schließlich hat er die Polizei angerufen.«

»Ist es nicht gefährlich, einen Wagen so zu entsorgen?«

Andreas Kühn wiegte den Kopf. »Hier nicht. Wäre der Wagen drüben auf der Zwenkauer Seite ins Wasser gefahren worden, dann wäre er stecken geblieben, bevor er versinken kann. Das ist ein Flachwasserstück. Aber hier ist das Ufer ziemlich steil.«

»Heißt das, der Täter hatte Ortskenntnis?«

»Das ist nicht auszuschließen, aber auch keine zwingende Schlussfolgerung. Das kann auch einfach Zufall sein. Hier ist es ziemlich einsam. Vor allen Dingen nachts.«

Das Trio lief außerhalb der Absperrung in Richtung Ufer. Unten, wo die Fahrspur geradewegs ins Wasser wies, war linker Hand ein etwa fünf Meter breiter Uferstreifen abgesperrt, auf dem Männer in weißen Overalls noch immer Spuren sicherten.

Hölbing hockte sich hin und peilte wieder. »Wenn er nur drei Meter weiter nach links gelenkt hätte, dann hätte er weder den Busch noch den Baum rasiert.«

Kühn nickte. »Deswegen glauben wir auch, dass er in der

Nacht gefahren ist. Und zwar mit hoher Geschwindigkeit. Außerdem hat er das Gelände vorher erkundet und ist dann sozusagen ein Stück vom Weg abgekommen.«

»Ach?«, machte Steffi Schmaerse.

»Ja. Dieselben Fußspuren, die aus dem Wasser herausführen, finden sich auch vom Feldweg an in Richtung Ufer.«

»Habt ihr sie gesichert?«

»Steffi!« Kühn schüttelte vorwurfsvoll den Kopf. »Auch die Leipziger verstehen sich auf Polizeiarbeit.«

Vor allem, wenn du sie anleitest, dachte Hölbing verbissen. Irgendwie mochte er den Hünen mit dem Pferdeschwanz nicht. »Moment mal«, sagte er. »Die Spuren führen aus dem Wasser raus. Das heißt, der Mann hat das Auto nicht ins Wasser geschoben, sondern ist das Risiko eingegangen, dort zu ertrinken? Schließlich nehmen wir an, er wusste nicht, wie tief das Wasser ist.«

»Aber Frank«, wies ihn seine Chefin zurecht. »Man kommt auch unter Wasser aus einem Auto, das weißt du doch. Zum Beispiel wenn es voll Wasser gelaufen ist. Dann reicht der Druckausgleich zum Öffnen …«

»Das musste unser Mann gar nicht«, unterbrach Kühn. »Dein Kollege, Frank, wenn ich aufgepasst habe, hat ganz recht. Wir haben keinen Hochsommer. Die Nächte sind kühl, und das Wasser ist eiskalt. Normalerweise schieben Autodiebe die Fahrzeuge ins Wasser, um sie zu entsorgen. Das war hier eindeutig nicht der Fall. Die Spurenlage zeigt, dass der Wagen mit unvermindert hoher Geschwindigkeit ins Wasser geschossen ist. Aber ich war nicht ganz exakt. Die Spuren führen nicht aus dem Wasser heraus, sondern wieder vom Ufer weg.«

»Und das heißt?«, fragte Hölbing.

»Das heißt, unser Mann hat sich bei voller Fahrt aus dem Auto geworfen. Aus einem Golf, das ist gar nicht so leicht.«

Frank Hölbing pfiff leise durch die Zähne, und Steffi Schmaerse machte wieder »Ach?«.

Doch Kühn fuhr schon fort. »Das Beste für euch daran dürfte sein, dass er dabei jede Menge Spuren hinterlassen hat, wobei …«, und hier fingerte er einen Plastebeutel aus der Tasche seiner Windjacke, »... diese Uhr das interessanteste Exponat zu sein scheint.«

Steffi nahm den Beutel und besah sich das Fundstück.

»Ein Poljot-Chronograf mit Automatikaufzug«, kommentierte Kühn.

»Poljot?«, fragte Hölbing. »Das sind doch diese schweineteuren Designeruhren.«

Steffi Schmaerse grinste. »Wo du dich überall auskennst«, frotzelte sie.

»Hab ich auch erst gedacht«, sagte Kühn. »Aber die Uhr ist schon alt. Und was du meinst, ist die Nachwendemarke Poljot. Diese hier wurde Ende der Achtziger gebaut. Solides Kaliber, praktisch unkaputtbar. So eine Art Kalaschnikow für das Handgelenk.«

»Und das habt ihr alles an einem Tag ermittelt?« Hölbings Zweifel waren unüberhörbar.

Kühn grinste, und allein für dieses Grinsen hätte Hölbing ihm eine reinhauen mögen.

»Das war pipieinfach«, sagte der Leipziger, nahm Schmaerse die Uhr weg und hielt sie mit der Rückseite Hölbing vor die Nase. »Kaliber und Baujahr stehen drauf.« Er kostete seinen Punkt aus und fuhr dann fort. »Passend zur Uhr sind auch die Fußspuren.«

»Auch von Poljot?«, fragte Hölbing und erntete einen giftigen Seitenblick seiner Chefin.

Doch Kühn ließ sich nicht beeindrucken. »Es sind schwere russische Springerstiefel, und zwar solche, wie sie zur Ausrüstung der Omon gehören, einer Anti-Terror-Einheit der russischen Polizei.«

»Ich weiß, wer die Omon ist«, sagte Schmaerse leise und zerstreut. »Lasst uns doch mal zusammenfassen: Der Mann springt aus einem fahrenden Pkw, einem relativ kleinen zudem, er rollt sich ab, er trägt russische Kampfstiefel und eine Uhr aus der Sowjetunion. Ich denke, hier fügt sich ein Bild zusammen.«

»Meinst du, Christian Wendler hat sich mit der russischen Mafia angelegt?«, fragte Hölbing zweifelnd.

»Nein«, entgegnete Schmaerse, »aber vielleicht ist er ihnen

unbeabsichtigt in die Quere gekommen. Lass es doch so sein, dass das Zeug für die Hormonspritzen für die Rinder in irgendeinem Labor in Weißrussland gemixt wird.«

Hölbing blieb skeptisch. »Dann bleibt immer noch die Tatausführung atypisch. Die Russen kommen, schießen dich in den Kopf und verschwinden wieder. Aus die Maus.«

»Das muss nicht so sein«, mischte sich wieder Kühn ein. »Wie mir Steffi erzählt hat, gibt es am Tatort keinerlei DNA-Material. Vielleicht wollte er einfach Spuren vermeiden.«

»Das hätte er mit einer Neun-Millimeter-Makarow aber genauso gut gekonnt«, warf Hölbing ein.

»Oder«, überlegte Schmaerse und blickte grübelnd über den See, »es sollte wie ein Unfall aussehen, damit wir gar nicht erst auf den Plan gerufen werden. Überleg doch mal: Wir hätten die Leiche nie obduzieren lassen. Wir hatten einen Zeugen, und wir hatten einen Verkehrsunfall mit Fahrerflucht. Nur weil der Zeuge das Opfer noch hat sprechen hören, sind wir hellhörig geworden. Das konnte nicht mal der Täter wissen.«

Kühn nickte andächtig. »Also wenn ihr mich fragt, dann habt ihr es auch nicht mit der Mafia zu tun, sondern mit einem russischen Auftragskiller, einem gut ausgebildeten stillen Mann.«

»Wie jetzt weiter?«, fragte Steffi Schmaerse ihren sächsischen Kollegen.

»Wir sieben hier weiter den Sand und nehmen uns das Auto vor. Wenn es in den Datenbanken einen DNA-Satz gibt, haben wir den Burschen schnell. Schau mal hier«, er drehte den Beutel mit der Uhr, »… da sind so viel Schweiß- und Hautpartikel dran, das kannst du lesen wie ein Buch. Dann nehmen wir uns das Auto vor. Alles natürlich vorausgesetzt, dass euer Amtshilfeersuchen noch kommt.«

»Das«, sagte Steffi Schmaerse und tippte Kühn auf die Brust, »dürfte längst bei deinem Polizeipräsidenten liegen.« Dann drehte sie sich zu ihrem Kollegen um. »Kommst du auch?«, rief sie Hölbing zu, der stehen geblieben war.

»Und wenn wir keinen Datensatz zu der DNA haben?«, rief er zurück.

Schmaerse winkte ab. »Dann stehen wir wieder wie am Anfang da.«

Andreas Kühn gab sich da wesentlich optimistischer. »Keine Angst, wir werden schon was finden.«

»Großmaul«, sagte Hölbing leise und folgte den beiden.

39

Satz für Satz schälte Hartmann aus dem dicken schwarzen Notizbuch heraus, das ihm Wendlers Freundin überlassen hatte und auf das die schöne Kommissarin so scharf war. Er übersetzte die codierten Sätze, was sich als gar nicht so schwierig erwies. Mit jedem Klarnamen, den er hinter den Tarnnamen ausmachte, mit jedem Begriff, den er der realen Welt zuordnen konnte, lichtete sich der Nebel ein wenig, und er sah immer klarer in diesem Fall. Ein Fall von grenzenloser menschlicher Gier, die offenbar nicht einmal vor Mord zurückschreckte.

Hartmann zuckte zusammen, als die Klingel ertönte. Er runzelte die Stirn, blickte auf die Uhr und spähte erst einmal aus dem Wohnzimmerfenster. Herr Ulrich, sein Postbote, kam gerade durchs Gartentor, unterm Arm ein großes Paket. Hartmann hatte sich fest vorgenommen, den freundlichen Mann mal zu fragen, wie das nun mit den Paketdiensten funktioniere. Mal bekam er kleine Päckchen von DHL zugestellt, mal große mit dem normalen Postauto und umgekehrt. Aber auch heute nahm er sich nicht die Zeit. Er quittierte auf dem elektronischen Lesegerät, dankte freundlich und trug das Paket ins Haus. »Western Universum« entzifferte er auf dem Lieferschein, der in Folie eingeschweißt aufgeklebt war. Sein Herz machte einen kleinen Hüpfer. Seine Stiefeletten waren da. Er machte sich nicht die Mühe, hinter sich zuzuschließen, obwohl ihn Anette eindringlich darum gebeten hatte. Jetzt musste er erst einmal das Paket aufreißen.

Und dann standen sie vor ihm auf dem Tisch. Ein schönes Paar. Als er in der Kantine mal erzählt hatte, dass er gern kernige Stiefeletten beim Motorradfahren tragen würde, hatte ihm Sebastian Sternberger von der Wirtschaftsredaktion den Tipp gegeben. Sternberger war leidenschaftlicher Country-Fan und fuhr sogar jedes Jahr zu dem großen Country-Festival an den Ratscher-Stausee. Er hatte ihm letztlich auch den Katalog von Western Universum besorgt, der schon sehr speziell war. Die

Kleidung würde Hartmann auch gefallen, aber das wäre wohl eher nur was für den Fasching oder eben für solche Hardcore-Fans wie Sternberger. Doch bei den Cowboystiefeln wurde er schnell fündig. Er hatte sich für ein paar halbhohe Stiefelletten aus weichem gebürsteten Rindsleder entschieden. Halbrund am Einstieg, mit kleinem Absatz, auffallend eng zulaufenden Spitzen und prächtiger Ziersteppperei auf dem Fuß und an den Seitenteilen, machten sie schon einen starken Eindruck. Der Höhepunkt aber waren die Stiefelketten, zu denen ihm Sternberger geraten hatte. Sie liefen über den Spann und die Ferse sowie unter dem Absatz durch. Richtig cool, würde seine Tochter sagen. Ja, das konnte er sich gut auf seiner Virago vorstellen.

Sie passten auch wie angegossen, obwohl die Sohlen etwas glatt waren, wie er auf den Fliesen im Flur feststellte. Hartmann stolzierte ein paarmal durch die Wohnung, fläzte sich dann auf seinen Arbeitssessel und legte die Füße übereinandergeschlagen auf den Schreibtisch, den Block für die Notizen auf dem Schoß und das dicke Wendler'sche Buch in der Hand. Ja doch, Maria hätte das richtige Wort gewählt: cool. Seiner Frau hatte er es noch gar nicht gesagt, aber sie würde ihm die Treter gönnen. Selten genug kaufte er sich Kleidung. Und wenn wir schon dabei sind, sinnierte er, verzückt auf seine Stiefelspitzen schielend, dann könnte ich mir im nächsten Jahr auch so einen knöchellangen Ledermantel leisten. Der würde sich erst gut auf der Chopper ausnehmen. Er würde sich bei Sternberger bedanken müssen, wenn er den Katalog zurückgab.

Doch jetzt keine Zeit verlieren: Wenn er das Notizbuch wirklich morgen zur Kripo bringen wollte, dann musste er noch einiges abschreiben beziehungsweise einscannen. Er vertiefte sich wieder in die Unterlagen und musste öfter den Kopf schütteln. Bei Zusammenhängen etwa, die leicht zu erkennen waren, bei denen er aber einfach nicht eins und eins zusammengezählt hatte. Oder bei Sinnsprüchen, mit denen Christian Wendler Notizen zu Themenkomplexen abschloss. Sinnsprüche, die auf eine erstaunliche Reife – menschlich wie journalistisch – hinwiesen, die Hartmann nie aufgefallen war.

Hier zum Beispiel: *»Ein guter Journalist sieht den Wald immer voller Wölfe.«* Das passte zwar haargenau zu Christian Wendlers Vorliebe für Verschwörungen aller Art, das passte aber auch zu einem grundsätzlich skeptischen und kritischen Blick auf die Dinge, der für Männer seines Berufes eigentlich normal sein sollte, aber wieder und wieder durch Routine vernebelt und verwässert wurde.

Andere neue Erkenntnisse erschlossen sich erst durch die Übersetzung der Tarnnamen. Hartmann erinnerte sich noch gut, wie er gemeinsam mit Anette über diese Sätze gestolpert war: *»Habe Treffen vereinbart, vielleicht hätte ich noch nichts von der Concorde erzählen sollen. Was, wenn er mich bedroht? Zeugen wären nicht schlecht. Ein Diktiergerät? Oder Radieschen im Gebüsch verstecken?«* Sonnenklar sah er heute vor sich, worüber er damals die Stirn gerunzelt hatte: Christian Wendler hat sich mit Jesus verabredet und dabei unvorsichtigerweise die Burschenschaft Concordia erwähnt. Ihm war klar, dass Jesus damit wusste, dass und wie er ihn enttarnt hatte. Wendler sah kein Gespenst, er sah eine realistische Gefahr. *»Was, wenn er mich bedroht?«* Schade, dass es keine Notizen mehr über dieses abschließende Gespräch gab. Auch seine möglichen Gegenmaßnahmen waren überlegt: Zeugen, ein Diktiergerät und das ominöse *Radieschen*, was nichts weiter war, als ein eigentlich leicht zu durchschauender Tarnname für Radegunde Korbmacher, die Freundin des nun toten Volontärs. Ach Christian, dachte Hartmann bei sich, warum nur hast du sie nicht mitgenommen? Oder noch besser: in der Redaktion das ganze Ausmaß deiner Recherchen offengelegt. Natürlich hätten sie ihm geholfen, natürlich hätten sie ihn beschützt.

War da ein Klappern an der Wohnungstür?

Hartmann fuhr hoch wie von der Tarantel gestochen. Das schwarze Buch und sein Block flogen zu Boden. Und machten Lärm. Als er daran dachte, dass er die Tür nicht zugeschlossen hatte, begann sein Herz zu rasen, und im selben Augenblick meldete sich sein Gedärm fast hörbar zu Wort.

Schritte auf dem Flur. Hartmann blickte sich hastig um.

»Bist du noch da?«

Er atmete erleichtert aus und sackte ein wenig in sich zusammen.

»Ja«, rief er, und es klang genervt.

»Ich frag ja nur«, sagte seine Frau. »Sag mal, hab ich dich nicht gebeten, die Tür immer abzuschließen?«

»Menno«, fuhr er sie gereizt an. »Wieso kommst du um diese Zeit überhaupt nach Hause.«

Da stand sie schon im Zimmer. »Erschrocken? Hast du deine Freundin hier versteckt?« Sie grinste und sah sich demonstrativ um. Er schüttelte entgeistert den Kopf. »Schon gut, schon gut, ich hab nur mein Handy vergessen … Ja sag mal, was sehen denn meine blank geputzten Äugelein?« Sie starrte auf seine Stiefel. »Da hat sich aber einer schick gemacht.«

Er gab entwaffnet auf und ließ sich wieder auf seinen Sessel sinken. »Cool, nicht?«

Sie nickte. »Und bestimmt teuer«, sagte sie.

»Ach, hab dich nicht so. Die brauch ich fürs Motorrad.«

»Die machen sich auf deiner Maschine bestimmt gut«, sagte sie und strich ihm zärtlich über den Kopf. »Und was haben sie nun gekostet?«

»Nicht mal dreihundert«, brummte er schuldbewusst.

Sie blies die Backen auf. »Immerhin.« Und sie lächelte. Dann fragte sie mit einem Blick auf seine Utensilien: »Kommst du gut voran?«

Er erklärte ihr noch einmal die Geschichte vom »Radieschen« und hielt dann abrupt inne.

»Ja?«, fragte sie, und er druckste herum. »Du hast doch was.«

»Ich brauch deinen Rat, Anette.«

Sie blickte auf die Uhr. »Hat das Zeit bis heute Abend? Ich muss zurück in den Salon, und du musst auf Arbeit.«

»Nein, hat es nicht.«

Sie setzte sich auf seinen Schoß. »Erzähl!«

»Ich hab noch mal nachgedacht. Ich werde der Polizei nicht erzählen, dass ich Jesus kenne.«

Anette verdrehte die Augen.

»Schau mal, Kleines: Wenn ich heute zur Schmaerse gehe und ihr reinen Wein einschenke, dann kann ich nicht mehr darüber schreiben. Dann klicken heute oder morgen die Handschellen, und die Sache ist gegessen.«

»Ja«, entgegnete sie ungehalten. »Und wenn du es der Schmaerse nicht sagst, bleibst du weiter in Gefahr.«

»Das glaube ich nicht. Der weiß noch nicht, dass ich ihn durchschaut habe. Ich habe sozusagen einen kleinen Vorsprung.«

»Und was gedenkst du zu tun?«

»Ich will ihn zur Rede stellen.«

»Du willst was?«

»Lass die Rhetorik, du hast mich gut verstanden. Ich will, dass er mir noch Dinge sagt, die ich nicht weiß. Ich will, dass er meine Geschichte komplettiert, bevor ihn die Schmaerse in der Mangel hat. Weil, dann erfahre ich gar nichts mehr, bis in einem Jahr eine Gerichtsverhandlung ist. Oder auch nicht.«

»Peter?« Sie strich ihm noch mal zärtlich über den Kopf.

»Hm?«

»Dein Volontär wollte genau dasselbe. Sich mit ihm treffen. Er hatte doch schon einen Treff ausgemacht, hast du mir erzählt. Und jetzt ist er tot. Begreifst du nicht, dass ich mir da Sorgen mache, dass ich da nicht einfach zustimmen kann.«

Hartmann nickte. Und dachte nach.

»Geh«, sagte sie.

Es dauerte eine Weile, bis er reagierte.

»Wie bitte?«

»Geh, triff dich mit ihm. Du musst es tun, ich merke das. Aber du musst mir jetzt und hier versprechen, dass du an mich denkst und vorsichtig bist. Und ich nehme dir noch ein zweites Versprechen ab.«

»Ja?« Er blickte sie ungläubig an wie ein Kind den Weihnachtsmann.

»Noch heute Abend ist Wendlers schwarzes Notizbuch bei der Kripo.«

Ein bisschen sah er aus, als wolle er gleich strahlen. Doch er fing sich wieder und blieb ernst. »Ich verspreche es dir, mein Engel«, sagte er, zog ihren Kopf herunter und hauchte ihr einen Kuss auf die Stirn.

»Warte«, sagte sie. »Ich kenne dich. Also noch mal: Heute

Abend ist das Notizbuch bei der Schmaerse. Das ist eine nicht verhandelbare Bedingung.«

Jetzt strahlte er wirklich. Er nahm ihren Kopf in beide Hände, drückte ihr einen lauten Schmatzer auf den Mund und verkündete: »Akzeptiert! Und jetzt steh wieder auf, ich muss noch eine Menge arbeiten.«

40

Elisabeth Dallmann rollte den Hügel hinunter und setzte den Blinker in Richtung Tankstelle, deren Standort an der Bundesstraße, dicht am Zubringer zum Gewerbegebiet und an der Abfahrt zur Stadt, wirtschaftlich klug gewählt war. Eigentlich hatte sie noch ausreichend Benzin im Tank, aber sie brauchte unbedingt eine Zeitung. Und die OMV lag so schön an ihrem täglichen Weg zur Arbeit, dass sie dort eigentlich immer tankte. Ihr feuerrotes Mercedes Cabrio war an der Zapfsäule noch nicht ganz zum Stillstand gekommen, da preschte auch schon Anton Neiders aus der Tür. Sie mochte den Blondschopf. Er war Ende zwanzig und sie jenseits seiner natürlichen Schamgrenze. Doch er vergötterte sie offenbar, seine Blicke waren durchdrungen von einer nahezu inzestuösen Gier nach der älteren Frau. Und sie genoss den Extraservice, den wohl sonst keine Kundin hier erfuhr: Obwohl die Tankstelle nach dem Selbstbedienungsprinzip funktionierte, wurde sie von Neiders, sofern er Dienst hatte, persönlich bedient. Und nachdem er den Sperrhebel der Zapfpistole eingehakt hatte, wienerte er ihr die Fenster. Nicht einfach mit dem Wischer aus dem Eimer, nein, ihr Cabrio bekam prinzipiell weiches Fensterleder auf die Windschutzscheibe.

»Guten Morgen, Frau Doktor, wie immer?«, strahlte er sie an.

Sie hatte Mühe, das überlegen-laszive Lächeln aufzusetzen, mit dem sie sich einerseits den Burschen auf Distanz hielt, andererseits dessen Service dauerhaft sicherte. Heute fiel es ihr einfach schwer, die Sorgenfalten auf der Stirn wegzulächeln.

»Ja, Anton, tanken Sie bitte voll.« Und während Neiders um das Auto wuselte, stieg sie aus und ging in den Tankstellenshop.

Elisabeth Dallmann hatte Probleme. Große Probleme. Gestern war ihr kleiner Taxi-Türke ausgeblieben, den sie schon am Mittag zu Schwaighofer nach Bayern geschickt hatte. Nachdem sie am Morgen im Radio von einem schweren Unfall mit einem Geisterfahrer auf der Autobahn A 7 kurz vor Würzburg gehört hatte, bei der ein hessischer Taxifahrer lebensgefährlich verletzt wurde, wuchs ihre Unruhe. Ihn auf dem Handy anzurufen hatte sie sich nicht getraut. Und bei ihm zu Hause brauchte sie es gar nicht erst zu versuchen. Arslan hatte ihr erzählt, dass seine Frau Semiha kein Wort Deutsch konnte, das über ihren zum täglichen Einkauf benötigten Wortschatz hinausging.

Die Tageszeitungen bewahrte der Pächter hinter dem Tresen auf. Während sie auf die Bedienung wartete, beobachtete sie den jungen Tankwart, der gerade die Zapfpistole wieder einhängte. Er unterhielt sich mit einem anderen Kunden, der zu dem fetten BMW in der hinteren Spur gehörte. Offenbar ging es um ihr Auto. Noch heute fiel Elisabeth Dallmann damit auf wie mit einem schicken Neuwagen, obwohl sie selbst das Auto schon drei Jahre fuhr und der Wagen selbst mehr als zehn Jahre auf dem Buckel hatte. Doch, es war eine gute Wahl gewesen, sich für diesen Mercedes SL 230 Kompressor in auffälligem Rot zu entscheiden. Das Cabrio, so befand Dallmann, passte ausgezeichnet zu ihr. Rassig und voller Eleganz, nicht mehr ganz taufrisch, aber immer für jede Menge Spaß zu haben. Es war das erste Auto, das sie gebraucht über das Internet gekauft hatte, sie hatte den Schritt aber keine Sekunde bereut. Nur am Anfang war sie skeptisch gewesen, als sie gesehen hatte, wie winzig der Kofferraum war. Doch der Verkäufer hatte sie schließlich charmant mit dem Argument überzeugt, dass Kunden, die diesen Wagen kauften, selten mit mehr als mit ihrer Kreditkarte und ihrer Zahnbürste unterwegs waren. Das war übertrieben, traf aber im Kern ihr Lebensgefühl.

»Bitte?«, fragte die junge Frau hinter dem Tresen gelangweilt. Dallmann fuhr herum.

»Die ›Bild‹ hätte ich gern, und ich stehe an der Vier.«

Draußen strahlte sie wieder Anton Neiders an, der einen Zipfel des Fensterleders lässig in die Gesäßtasche seiner Jeans gestopft hatte, sodass es an der Rückseite seines Oberschenkels baumelte. Der Anblick dieses jungen kraftstrotzenden Kerlchens konnte ihr schon das Herz etwas leicht machen. Der Typ mit dem BMW hingegen wollte ihr ein Gespräch aufdrängeln.

»Hübscher Wagen«, meinte er mit Blick auf ihren Benz.

»Alt und gebraucht«, ließ sie ihn kalt abfahren.

»Das ist eine zeitlose Schönheit«, schleimte der Mann erneut.

Sie antwortete nicht, warf die Bild-Zeitung auf den Beifahrersitz, bedachte den jungen Schwärmer im OMV-Shirt mit einem verschwörerischen Zwinkern und öffnete die Wagentür.

Der Spinner mit dem BMW sah seine Felle davonschwimmen. »Darf ich Sie vielleicht zu einem Kaffee einladen?«, startete er hastig einen letzten Versuch.

»Wozu sollte das gut sein?«, sagte Elisabeth Dallmann zynisch und musterte den Typen mit einem abschätzigen Blick von oben bis unten.

»Ich hab ja nur gefragt«, meinte der beschwichtigend.

Sie ließ den Gang reinkrachen und lupfte die Kupplung. Sie drehte sich nicht um, als sie beim Wegfahren ihrem neuen Verehrer einen Gruß zuwinkte. Mit hoch erhobener Hand und gestrecktem Mittelfinger. Anton Neiders grinste verzückt.

Auf der Lkw-Parkspur im Gewerbegebiet lenkte sie ihr Auto an den Rand und stoppte. Bis die Oberhessische Presse, ihr Leib- und Magenblatt, etwas über den Unfall bringen würde, konnte dauern. Ihr Griff zur Bild-Zeitung indes erwies sich als Volltreffer. Was sie suchte, fand sie im Regionalteil, und zwar als Aufmacher. Als Erstes sah sie das Bild: Demircis Mercedes, vollkommen zertrümmert auf der Autobahn. Die weit aufsperrende Kofferraumklappe war mit einem roten Kreis umrandet. »Hier fuhr der türkische Dealer seine Drogen spazieren«, stand im Bildtext. Elisabeth Dallmanns Herz begann zu hämmern. Also doch. Es war Arslan Demirci. Und die Pillen hatten sie auch gefunden. Hastig las sie. »Geisterfahrer … wollte sich selbst das Leben nehmen … krachte ungebremst in den Gegenverkehr … türkischer Taxifahrer … rätselhafter Drogenfund im Kofferraum … Spezialisten analysieren den Stoff … bisher nur auf der Südostroute mit Lasterfahrern bekannt … Spur der Drogenmafia weist nach Marburg in Hessen … Mutmaßlicher Dealer noch in Lebensgefahr …«

Elisabeth Dallmann faltete die Zeitung zusammen, warf sie beiseite, holte tief Luft und zündete sich eine Zigarette an. Sie musste nachdenken. Viel nachdenken.

Den ganzen Schlamassel eine Pechsträhne zu nennen wäre wohl schamlos untertrieben. Eine Katastrophe war es, in die sie da alle gerade hineinsteuerten. Und der Zufall mischte kräftig mit. Erst das Auffliegen von Geißenhöhner, dann der kleine Schnüffler bei Herold und Jesus. Jesus, der Idiot, der ihn gleich umbringen ließ, als ob es nicht andere Methoden gegeben hätte. Schließlich der zweite Journalist, den er zwar nur erschreckt, aber wiederum durch eine Dummheit noch mit der Nase darauf gestoßen hat, dass vor derselben die Mitte des Netzes war, mit dem er sich beschäftigte. Und sie selber? Saß sie noch abseits und zog an den Fäden? Mit dem Unfall von Arslan Demirci konnte die Polizei ganz schnell auf sie aufmerksam werden. Was also war zu tun?

Sie nahm einen tiefen Zug aus ihrer Zigarette und blickte auf die Uhr. Eigentlich musste sie schon im Labor sitzen. Aber sie hatte erst heute Nachmittag einen Termin beim Produktionsleiter, wo sie über die letzten Tests zu referieren hatte. Doch das konnte nur zum Teil die innere Unruhe besänftigen, die förmlich durch ihren Körper kribbelte.

Ein Chemiefachmann bei der Kripo würde nicht lange brauchen, um zu erkennen, dass es sich bei dem Stoff in den Gelatinebläschen um pure Proteine handelt. Doch aus der Zusammensetzung ließen sich unmöglich Schlussfolgerungen auf ihren Verwendungszweck ziehen. Vielleicht, so hoffte Dallmann, würde die Polizei eher Dopingmittel für den Kraftsport in den Pillen vermuten. Andererseits sollte man die Bullen auch nicht für dumm halten, das war immer gefährlich. Sie würden wissen wollen, was es mit dem Zeug auf sich hat, also würden sie Demirci in die Mangel nehmen. Und sosehr sie auch auf seine Loyalität vertrauen konnte – in einem Verhör bei der Kripo würde er garantiert einknicken. Gut, auch er wusste nichts von der Bestimmung der Hormone. Aber er würde der Polizei erzählen, von wem er sie bekommen hatte und wohin er sie bringen sollte. Und dann? Dann würden sie zu ihr ins Labor kommen. Zwei nette Herren mit bohrenden Fragen. Oder mit einem richterlichen Durchsuchungsbeschluss. Aber vielleicht machte sie sich auch zu viele Sorgen. Wenn Demirci schon lebensgefährlich verletzt war, dann konnte es gut sein, dass der Mann nie wieder befragt werden könnte. Oder er starb an seinen Verletzungen. War für ihn wahrscheinlich auch besser, ging ihr durch den Kopf. Auf jeden Fall besser, als am Ende ein Leben als Krüppel führen zu müssen. Dass man bei so einem Tod auch nachhelfen konnte, war schon ein naheliegender Gedanke. Doch sie wusste weder, in welcher Klinik Demirci jetzt lag, noch, in welchem Zustand. Und in der gegebenen Situation Recherchen auf eigene Faust anzustellen kam nicht in Frage, damit würde sie die Aufmerksamkeit nur auf sich lenken. Die entscheidende Frage lautete also: Wie viel Zeit blieb ihr noch, die Spuren zu verwischen und sich von der Bildfläche zu verabschieden?

Elisabeth Dallmann schnippte die Zigarettenkippe in hohem Bogen auf die Straße. Aufräumen also. Sie startete den Wagen, als ihr Blick versonnen auf der Tankanzeige hängen blieb. Wenn sie jetzt auf der Stelle wenden, nach Hause fahren, das Geld holen und auf der Autobahn in Richtung Süden durchstarten würde, dann wäre sie in drei Stunden in Metz und müsste erst kurz vor Dijon wieder tanken. Im beschaulichen Frankreich, da war sie sich seltsamerweise noch immer sicher, würde man sie zunächst nicht suchen. Zudem hätte sie schon Kontakte zu einem Forschungsinstitut in Arles geknüpft, die durchaus Interesse an einer Tierärztin mit Erfahrungen in der Kosmetikbranche hatten. Südfrankreich. Es war schon immer ihr Traum. Das Geld würde eine ganze Weile reichen, und wenn Gras über die Sache gewachsen war, konnte sie noch immer ihre Erfindung mit den Bläschen zum Patent anmelden. Da würde keiner eine Parallele zu dem STH-Skandal in Deutschland ziehen. Andererseits würde sie sich durch so eine Flucht erst recht verdächtig machen. Außerdem: In ihrem Labor konnte ein Fachmann lesen wie in einem offenen Buch. Eins käme zum anderen, und wenn erst einmal irgendeine Behörde einen internationalen Haftbefehl ausgestellt hätte, dann wäre sie auch in Südfrankreich nicht mehr sicher. Nein.

Sie legte den Gang ein und fuhr forsch die paar hundert Meter bis zu ihrer Schönheitsfabrik. Der Mann im Pförtnerhäuschen grüßte freundlich und ohne Argwohn.

In ihrem Labor war Elisabeth Dallmann allein, wie meistens.

Sie fuhr Rechner und Drucker hoch und zwang sich zur Arbeit. Zunächst las sie noch mal über den Bericht für den Produktionsleiter. Sie fügte der besseren Anschaulichkeit wegen noch ein Diagramm in die erläuternde Exceltabelle ein, dann druckte sie die Papiere aus und legte sie auf ihre Aktenmappe.

Nach einer weiteren Zigarettenpause inspizierte sie ihre Giftküche. Schlachtabfälle für ihre STH-Produktion hatte sie nur noch wenige in den Kühltruhen. Sie versenkte sie in die entsprechenden Behälter, plombierte sie und füllte die Packzettel für den Verbrennungsofen aus. Dafür stapelten sich die Kartons mit den Pillen in einer Ecke. Sie leerte sie in einen undurchsichtigen Sack aus, den sie ebenfalls mit einem »Zur Verbrennung – ungiftig«-Schein versah. Es sah nach sehr viel aus. Gut, dass sie selbst zum Verbrennungsraum zutrittsberechtigt war. Dennoch würde sie die Mengen in das Protokollbuch eintragen müssen. Sie würde sie als Laborabfälle deklarieren. Bis das jemandem auffiel, wäre kein Beweis mehr vorhanden. Und wenn sie doch der Produktionsleiter oder der Chef überraschte, würde sie eben charmant auf einen Frühjahrsputz im Labor verweisen.

Die Laborgeräte, die Dosierer und Pumpen, Verdampfer und das große Laborreaktorsystem zur Rezeptursteuerung wurden ohnehin täglich von ihr persönlich auf das Penibelste gereinigt. Hier brauchte sie sich also keine Sorgen zu machen. Wenn sie die Ausgangs- und die Endprodukte vernichten würde und in der Software die entsprechenden Steuerprogramme »rückstandsfrei« löschte, dann dürfte nichts passieren. Gerade bei letzterem Gedanken freute sie sich, dass sie schon vor Jahren nach einem professionellen Datenschredder verlangt hatte, der eine Löschung von Daten nach dem Standard des Bundesamtes für Informationssicherheit ermöglichte. Hier würden sich auch die Computerspezialisten der Kripo umsonst die Zähne ausbeißen. Aber so weit, da war sich Elisabeth Dallmann sicher, würde es gar nicht erst kommen.

Zwei, maximal drei Tage würde sie wohl brauchen, um in ihrer kleinen Hexenküche klar Schiff zu machen. Ob ihr so viel Zeit blieb, wusste sie nicht. Aber sie wusste, dass sie keine Alternative hatte.

In der Mittagspause schrieb sie ihre Kündigung. Eine ordentliche und fristgemäße. Dann füllte sie einen Urlaubsantrag aus. Nach der Besprechung mit dem Produktionsleiter legte sie beides der Chefsekretärin auf den Tisch. Es würde Ärger geben. Doch darauf konnte sie nun keine Rücksicht mehr nehmen. Die anderen hatten es vergeigt. Geißenhöhner und Weller, der Idiot. Jesus, der einfach nicht nachdachte, bevor er handelte. Demirci, der sich so dämlich von einem Geisterfahrer hatte aufspießen lassen. Sie hatte es alles so satt.

Mitte nächster Woche würde sie in Arles sein.

Um den Verkauf des Hauses könnte sich ihr Anwalt auch dann noch kümmern, wenn sie bereits in Frankreich war.

41

Hartmann hatte es wahrgemacht. Noch am Abend war er in die Polizeidirektion gefahren, hatte sich erkundigt, ob Kriminalhauptkommissarin Steffi Schmaerse am nächsten Tag im Dienst sein würde, und dem Diensthabenden an der Pforte einen dicken, verschlossenen Umschlag für sie hinterlassen. Darin befand sich das Notizbuch von Christian Wendler. Das Buch, auf das sie schon so lange scharf war. Nun konnte man ihm nicht mehr mangelnde Kooperationsbereitschaft vorwerfen, nun würde auch Anette beruhigt sein. Es herrschte eine Art Waffengleichheit, auch wenn Hartmann einen Wissensvorsprung auf seiner Seite glaubte. Schließlich hatte er einen Großteil des Buches bereits entziffern können.

Heute hatte er seinen Chef Alexander Böhnke um zwei halbe Recherchetage in Sachen Fleischskandal gebeten. Der hatte zugestimmt, wenngleich er ziemlich die Augen verdreht hatte. Heute würde Hartmann eine Notvariante schreiben, falls sich Jesus morgen doch als hartleibiger herausstellte, als er dachte. Denn morgen wollte er sich mit dem Mann hinter den Kulissen treffen. Im Grunde seines Herzens hielt Hartmann Jesus für einen feigen Hund. Wenn er ihn nur richtig unter Druck setzte und ihm die Konsequenzen seines Handelns klarmachte, würde er einknicken. Wer weiß, am Ende könnte er ihn sogar gleich zur Polizei schleppen.

Vorher jedoch musste ihm der Mistkerl ein paar Fragen beantworten. Zum Beispiel die nach dem Tod von Christian Wendler. Nachdem Hartmann um die Identität von Jesus wusste, war ihm klar, dass dieser zwar eine Menge auf dem Kerbholz hatte, nicht aber den Mord an Wendler. Weder das Nervenkostüm noch die körperliche Konstitution schienen ihn zu so einer brutalen Tat zu befähigen. Der war ein Schreibtischtäter – in seinem wahren Berufsleben ebenso wie in seiner schäbigen zweiten Identität.

Hartmann sah lange aus dem Fenster. Das tat er gern, wenn er in der Redaktion saß und nicht weiterkam. Er beobachtete, wie sich ein paar Haufenwolken am sonst blauen Himmel langsam ineinanderschoben. Immer wieder wanderte sein Blick zum Telefon, immer wieder zögerte er, zum Hörer zu greifen. Ein kleiner quadratischer Zettel lag parat, auf dem er sich Notizen gemacht hatte, in welcher Reihenfolge er das Gespräch führen würde. Ob er noch eine rauchen gehen sollte?

Dann griff er doch beherzt zum Hörer und tippte zügig die Nummer ein.

»Veterinäramt, Staupe«, hieß es nach dem zweiten Klingeln, und wieder musste sich Hartmann beinahe ein Grinsen verkneifen.

»Hartmann, Riedburger Rundschau«, meldete er sich. »Sagen Sie, Frau Staupe, ist Ihr Chef für mich zu sprechen?«

»In welcher Angelegenheit«, fragte Kreuzigers Vorzimmerlöwe, wie immer leicht pikiert klingend.

»Es geht immer noch um die Liste der Rinderhalter«, sagte Hartmann.

»Einen Moment bitte.« Während Hartmann wartete, drang Vivaldis »Frühling« an sein Ohr, grässlich mit dem Xylophon gehämmert. Für die Jugend von morgen, repetierte er in Gedanken ein nettes Bonmot, ist Michelangelo der Kerl, der das Logo für Nokia gemalt hat. Dann endlich hörte die Melodie abrupt auf. »Herr Hartmann? Ich verbinde Sie jetzt.« Wieder ein Knacken.

»Kreuziger.«

»Hartmann hier. Guten Tag, Herr Doktor.«

»Was kann ich für Sie tun?« Es war klar, der Mann hatte heute einfach keine Lust zu reden. Das würde schnell anders werden, war sich Hartmann sicher.

»Wir müssen reden, und zwar schnell.« Hartmann wollte rasch zum Thema kommen. Kreuziger schnappte hörbar nach Luft.

»Lieber Herr Hartmann, Sie kennen mich, ich helfe Ihnen ja, wo ich kann, aber eine höfliche Bitte …«

»Ich soll Ihnen schöne Grüße bestellen«, fiel ihm Hartmann ins Wort. »Grüße von Denny.«

»Kenn ich nicht.«

»Denny White. Der Sänger. Stell dich nicht so an, Jesus.«

Stille.

Lange.

Hartmann dachte schon, die Leitung wäre tot. »Hallo«, rief er.

»Was wollen Sie?«, knurrte Kreuziger, und es klang gefährlich.

»Ich sagte doch, wir müssen reden.«

»Ich wüsste nicht, was ich mit Ihnen zu reden hätte.« Unverhohlene Feindseligkeit klang aus Kreuzigers Stimme.

»Zum Beispiel könnten Sie mir verraten, wo Sie das Zeug herbekommen, mit dem Leo Geißenhöhner, Lucky Luke, Welli Weller und Martin Schwaighofer ihre Rindviecher füttern.«

Wieder war Stille in der Leitung.

»Kreuziger!«

»Wollen Sie Geld?«

»Ich will mit Ihnen reden. Und Sie sollten besser kooperieren, sonst stehen meine Erkenntnisse morgen in der Zeitung, wenn Ihnen das lieber ist.

»Das können Sie nicht machen.«

Das wusste Hartmann auch selber, dass es so einfach nicht gehen würde. Doch er pokerte weiter. »Ich darf mal aus dem Impressum zitieren: Nachrichten werden nach bestem Wissen und Gewissen, aber ohne Gewähr veröffentlicht. Sie werden sehen, dass ich das kann.«

»Dann haben Sie spätestens morgen Nachmittag meinen Rechtsanwalt am Hals«, kündigte Kreuziger an.

Hartmann lachte kurz auf. »Ach ja? Wahrscheinlich zu dem Zeitpunkt, wenn der Staatsanwalt bei Ihnen klingelt.«

Schweigen.

»Also gut«, gab Kreuziger schließlich bei. Seine Stimme bebte. »Aber ich bestimme den Treffpunkt.«

»Sie sind nicht in der Position, etwas zu verhandeln.«

»Morgen habe ich um fünfzehn Uhr dreißig Schluss. Wir könnten uns um sechzehn Uhr im alten Verkehrsgarten treffen.«

»Na schön, da haben Sie noch vierundzwanzig Stunden. Wenn Sie kneifen oder sich noch eine Ausrede suchen, dann erscheint der Beitrag mit Ihrem Klarnamen.«

»Ich hab's begriffen«, blaffte Kreuziger. »Also morgen sechzehn Uhr im ehemaligen Verkehrsgarten.«

»Wo ist der?«

Jetzt lachte Kreuziger. Und es klang gefährlich und böse. »Ich dachte, Sie wären hier der Einheimische. Der Verkehrsgarten ist hinter der Turnhalle der ehemaligen Mühlbergschule.«

Hartmann erinnerte sich. Die Schule war vor Jahren schon weggerissen worden, als sie im Birkenviertel einzelne Plattenbauten geschleift hatten. Da oben wohnten ja immer weniger Menschen. Der Verkehrsgarten war ein Pausenhof mit angelegten Wegen und Schildern. Vor seinem geistigen Auge sah er Schüler mit Rädern und Schülerlotsen mit gelben Westen, die dort für den Straßenverkehr übten.

»Ich weiß Bescheid«, sagte er schließlich. »Also morgen um sechzehn Uhr.«

Als sich Dr. Markus Kreuziger am nächsten Morgen angekleidet hatte, ging er noch einmal ins Schlafzimmer. Er zog die unterste Kommode seines Nachttisches auf, holte eine Pappschachtel heraus und entnahm ihr eine sorgsam geölte, aber nie benutzte Sig Sauer P226, eine schwere automatische Armeepistole, in deren Magazin sich genau zehn Schuss befanden. Er legte die Pistole in seinen Aktenkoffer und war sich noch immer nicht schlüssig, ob er sie im Falle eines Falles benutzen würde. Kreuziger hatte denkbar schlecht geschlafen und war äußerst nervös. Elisabeth ging schon seit gestern nicht mehr an ihr Handy. Dabei brauchte er gerade jetzt ihren Rat.

42

Ihre tägliche Beratungsrunde hatte Steffi Schmaerse und ihre Kollegen heute viel Zeit gekostet. Ein zweiter Toter war aufgetaucht, um den sie sich kümmern mussten. In einer Gartenlaube am Finkenbruch hatten Kleingärtner gestern einen toten älteren Mann mit Würgemalen am Hals aufgefunden. Den Klamotten nach war es ein Penner, und wenn es ein Tötungsdelikt im Milieu war, machte das die Sache nicht einfacher. Eine Beziehung zum Fall Wendler immerhin konnten die Ermittler dadurch vorerst ausschließen. Aber jeder neue Fall band Kraft und Zeit, die sie doch so dringend brauchten.

Denn es gab doch einiges Neues zum Mordfall Wendler mitzuteilen. Allerdings war ein Durchbruch bei den Ermittlungen noch immer weit außer Sichtweite. Der Golf aus dem Zwenkauer See war tatsächlich der, mit dem Christian Wendler getötet worden war. Und in dem Fahrzeug fanden sich diverse DNA-Bestandteile, die von derselben Person hinterlassen wurden, von der auch im Strandbereich Spuren gesichert worden waren. Allerdings, und hier begann die schlechte Nachricht, gab es keinen dazu passenden Datensatz in den Datenbanken der Landeskriminalämter von Sachsen und Thüringen. Eine Anfrage an das BKA lief bereits. Fast noch mehr als über das negative Ergebnis ärgerte sich Schmaerse jedoch über ihren Stellvertreter. »Wir werden schon was finden«, hatte er ihren Leipziger Kollegen Kühn nachgeäfft. Häme brachte sie in der Sache nicht weiter. Ob Frank eifersüchtig auf ihr gutes Verhältnis zu Kühn war?

Vorerst blieben ihnen nur die Hinweise aus Christian Wendlers Notizbuch. Gestern Morgen hatte der Diensthabende ihr den dicken Umschlag ausgehändigt. Bevor sie es zur Dechiffrierung ins LKA gab, wollte sie wenigstens die Klartext-Passagen kopieren. Weil sie zwischenzeitlich noch in die Gartenanlage und in die Rechtsmedizin musste, war sie erst spätabends mit der Arbeit fertig. Jetzt tütete sie die dicke Schwarte ein und andressierte sie als Kurierpost an das LKA. Den Kollegen hatte sie bereits per Mail mitgeteilt, was auf sie zukommen würde.

Steffi Schmaerse war mit dem Paket schon fast auf dem Weg ins Geschäftszimmer, als sie quasi in der Tür mit ihrem Chef zusammenstieß. Der schubste sie freundlich in ihr Dienstzimmer zurück und schwenkte ein Papier.

»Nanu, so fröhlich heute?«, fragte Schmaerse verdutzt.

»Und du? Hast du ein Verhältnis mit Werneburg?«

Schmaerse runzelte die Stirn. »Sollte ich?«

»Nun, der Kollege von der Einsatzzentrale denkt nicht nur mit, er hat auch deine aktuellen Fälle auf dem Radar.«

»Gibt es was Neues von unserem Penner?«

»Besser, viel besser. Es gibt einen Zusammenhang zwischen dem Rindfleischskandal und Riedburg.«

»Ich dachte, du bringst mir was Neues«, gab Schmaerse missmutig zurück.

»Ist es auch«, sagte ihr Chef frohlockend. »Das Amtsgericht in Meschede hat Haftbefehl erlassen.«

»Meschede? Hat das was mit unserem Skandal zu tun?«

»Mehr als du glaubst.«

»Na komm, mach es nicht so spannend.«

Ihr Chef zog einen Stuhl zu sich ran, drehte ihn um und setzte sich rittlings darauf. »Also gut, die ganze Geschichte. Ich habe nämlich inzwischen ein bisschen telefoniert. Also: Da kommt dieser Haftbefehl bei uns an – gegen einen Dr. Markus Kreuziger.« Er blickte seiner Ermittlerin erwartungsfroh in die Augen.

Doch die zuckte nur mit den Schultern. »Kenn ich nicht, mach weiter«, sagte sie müde.

»Dr. Kreuziger ist Amtstierarzt im Landratsamt.«

Jetzt war sie hellwach.

»Schön aufpassen. Also das kam so: In einem Bauernhof bei Eslohe haben sie vorgestern einen Toten gefunden. Der Chef eines Rinderzuchtbetriebes hat sich aufgehängt. Ziemlich eindeutige Sache das, ein langer Abschiedsbrief fand sich auch. Und der hatte es in sich. Sprengstoff, sage ich nur. Der Mann hat sich demnach das Leben genommen, weil seine Frau ein paar Tage vorher gestorben ist. Krebs. Üble Sache, muss auch ziemlich schnell und heftig gewesen sein. Außerdem hat er, also der Tote, in seinem Abschiedsbrief ein umfassendes Geständnis abgelegt, seine Kühe mit verbotenen Hormonen gefüttert zu haben.«

Er blickte kurz auf seine Notizen. »Ja hier, STH-Gaben, irgendein Hormon. Jedenfalls dasselbe, was in Niedersachsen zur Schließung dieses Hofes geführt hat. Und jetzt halte dich fest: Der Mann hinter den Kulissen, der das Ganze eingefädelt hat, ist Dr. Markus Kreuziger, der hiesige Amtstierarzt.«

Steffi Schmaerse nickte und dachte angestrengt nach.

»Werneburg jedenfalls war so clever, nicht gleich eine Streife zu ihm nach Hause zu schicken, sondern erst uns Bescheid zu sagen.«

»Dir.«

»Wie bitte?«

»Er hat dir Bescheid gesagt. Warum sollte ich da ein Verhältnis zu ihm haben?«

Der Kripochef lachte kurz auf und winkte ab.

»Unwichtig jetzt. Was hältst du davon?«

Das Läuten des Telefons unterbrach sie.

»Geh schon ran«, nickte er in Richtung des Apparates.

»Schmaerse«, sagte sie. Dann eine Weile nichts. »Ja, okay, lass sie bitte hochbringen.« Sie legte auf. »An der Pforte steht Frau Hartmann.«

Diesmal war es ihr Chef, der unwissend mit den Schultern zuckte.

»Die Frau von Peter Hartmann, dem Journalisten von der Rundschau, der genau an jenem Skandal recherchiert, über den wir gerade reden.«

»Na wenn das kein Zufall ist. Du hast nichts dagegen, wenn ich hierbleibe.«

»Natürlich nicht.«

Steffi Schmaerse öffnete die Tür und ging ihrer Besucherin entgegen. Anette Hartmann sah man von Weitem an, dass sie völlig durch den Wind war. Sie stolperte mehr, als sie lief, die Haare waren aufgelöst, und Tränen hatten ihr Make-up verschmiert.

»Was ist passiert, Frau Hartmann?«

»Mein Mann ist weg.«

»Kommen Sie, kommen Sie, kommen Sie.« Schmaerse nahm die Frau behutsam am Oberarm und zog sie ins Zimmer. Ihr Chef stand auf und rückte der Besucherin einen Stuhl zurecht. »Setzen Sie sich erst mal, bleiben Sie ruhig und sagen Sie, was passiert ist. Von Anfang an.«

»Da gibt es nicht viel zu erzählen«, sagte Anette Hartmann. Sie öffnete ihre Handtasche, holte ein Tempo heraus und schnäuzte sich lautstark. Dann legte sie eine zerknüllte gelbe Haftnotiz vor die Kommissarin. »Lesen Sie selbst.«

»Ich treff mich heut um sechzehn Uhr mit Jesus im alten Verkehrsgarten. Mach dir keine Sorgen, ich fahr nicht allein. P.«

Ihr Chef blickte instinktiv auf die Uhr.

»Wer ist Jesus?«, fragte Steffi Schmaerse.

Anette Hartmann schniefelte wieder. »Ich sollte Ihnen gar nichts sagen, ich hab es Peter versprochen. Aber ich halt es einfach nicht aus.«

»Wer ist Jesus?«, wiederholte Schmaerse ruhig, aber hartnäckig.

»Markus Kreuziger«, sagte Anette.

Die Kommissarin wechselte einen raschen Blick mit ihrem Chef. Der nickte unmerklich.

»Und wieso Jesus?«

»Jesus ist sein Tarnname in dem Notizbuch von Wendlers Freundin«, sagte Hartmann.

»Okay«, antwortete die Polizistin kurz.

»Wir haben keine Zeit mehr«, sagte ihr Chef.

»Ich brauche alles, was wir kriegen können«, sagte Schmaerse, »Bereitschaft, MEK, SEK, die ganze Palette. Kannst du dich darum kümmern?«

Ihr Chef nickte und stürmte aus dem Zimmer.

»Wie kümmern uns jetzt um Ihren Mann, Frau Hartmann«, sagte sie dann so behutsam wie möglich.

Ihre Besucherin nickte dankbar. »Aber bitte, sagen Sie ihm nicht, dass ich hier war.«

Steffi Schmaerse ging nicht darauf ein. Sie versprach nie etwas, was sie dann möglicherweise nicht halten konnte. »Ich lasse Sie jetzt durch eine Beamtin nach Hause bringen«, kündigte sie stattdessen an. »Werden Sie das schaffen, oder soll ich einen Arzt rufen?«

»Kann ich nicht mit?«, fragte Anette Hartmann zaghaft.

»Ausgeschlossen«, sagte Schmaerse sanft, aber entschieden. »Sie warten besser zu Hause. Wenn Sie möchten, kann die Kollegin bei Ihnen bleiben, bis ich Ihnen Bescheid gebe. Wäre das okay für Sie?«

Anette Hartmann nickte.

Auf dem Flur kam Bewegung auf. Es blieben noch elf Minuten. Das reicht nie im Leben, dachte sich Steffi Schmaerse. Aber sie sagte nichts.

43

Das Herz schlug ihm wieder weit oben im Hals. Wenigstens schlägt es, dachte Hartmann. Vielleicht konnte er es ja mit lustigen Sprüchen beruhigen. Er kannte sich. Das waren noch die alten Anzeichen seiner Panikattacken. Nicht lange und der Darm würde sich hörbar zu Wort melden. Der Verkehrsgarten schien schon Jahre nicht mehr genutzt worden und nur sporadisch gepflegt worden zu sein. Die Wiesen waren von den letzten Pusteblumen förmlich übersät, was ihnen ein unschuldiges und harmloses Aussehen gab. Die Wege waren rötlich und sandgeschlämmt, sie hielten einiges aus. Dennoch eroberte sich die Natur Zentimeter um Zentimeter zurück, waren die Wegränder ausgefranst und hatten sich Quecken durch den Unterbau gefressen, sodass sie sich nun hier und da auf den Wegen breitmachten. Die Verkehrsschilder waren verbogen oder abgerissen. Das Ganze machte trotz der Pusteblumen einen einsamen und gespenstischen Eindruck. Da! Der Darm. Als hätte es Hartmann gewusst.

Weiter vorn, links im Gebüsch, knackte es verräterisch. Das war Sternberger, der sich von der Seite anschleichen sollte. Der Kollege war gleich bereit gewesen, mitzukommen, nachdem ihm Hartmann gesagt hatte, er wolle sich heimlich mit einem Kriminellen treffen und brauche möglicherweise Schutz. Sogar einen Baseballschläger hatte er aus dem Nichts gezaubert und mitgenommen. Erst hielt Hartmann das für albern und übertrieben. Jetzt, wo er einsam auf dem Platz stand, schien ihm das eine ausgezeichnete Idee. Dennoch hatte er Angst.

Von Jesus war noch nichts zu sehen.

Nur ein paar Dutzend Meter war der Parkplatz von der Turnhalle entfernt, und hinter ihr verlief eine verkehrsreiche Straße. Aber hier schien man kilometerweit von der Stadt weg zu sein. Wie durch Watte hörte man in der Entfernung das statische Rauschen des Straßenlärms, ab und an unterbrochen von einem entfernten Sondersignal oder einer Hupe. Der Gesang der Vögel und die Geräusche, die Sternberger im Gebüsch machte, waren das Einzige, was zu hören war.

Dann raschelte es auf der anderen Seite des Verkehrsgartens. Und da sah er auch Jesus. Er kam langsam quer über die Wiese, hatte wohl dort hinter einem Strauch auf ihn gewartet. Schlau, der Bursche. Von dort konnte er durch den Grüngürtel laufen. Ein schmaler Steg nur für Fußgänger verband die beiden Ufer des Mühlbachs. Am jenseitigen war ein weiterer Parkplatz, wo er dann schnell im Verkehrsgewühl verschwinden könnte. Bei jedem Schritt von ihm stoben die Schirmchen der Pusteblumen rings um seine Knie auf wie Pulverschnee. Er war in einen korrekten hellen Anzug gekleidet und trug nichts in den Händen. Wenigstens das nicht, dachte Hartmann, und dennoch lief ihm ein Krampf durch den Unterbauch.

Rund zehn Meter vor ihm blieb Jesus alias Kreuziger schließlich stehen.

Wie in einem alten Western, dachte Hartmann. »Spiel mir das Lied vom Tod«, wie albern.

»Und?«, rief Kreuziger. »Was wollen Sie nun tun?«

»Geißenhöhner, Weller, Herold und Schwaighofer.« Hartmann ließ die Namen nachklingen. »Wer noch, Kreuziger? Wen haben Sie noch mit diesem Dreck beliefert?« Er trat einen Schritt auf den kleinen Mann zu.

Der rührte sich nicht. »Also wirklich, Dreck ist ja wohl ein starkes Wort. Sie haben doch gar keine Ahnung.«

»Aber Sie offenbar umso mehr. Das muss ja ziemlich gut funktioniert haben, nach allem, was ich weiß.«

»Hier geht es um viel mehr als nur um ein paar unerlaubte Mittel«, rief Kreuziger hitzig. »Das hat Dimensionen, Dimensionen hat das. Man stelle sich nur die Chancen vor, den Hunger auf der Welt ...«

Hartmann lachte auf. »Den Hunger auf der Welt, kommen Sie mir doch nicht damit. Ihnen ging es um den Hunger auf der Welt? Um Ihre Brieftasche ging es. Um Ihren Profit. Und den von Weller, Herold, Schwaighofer und Geißenhöhner. Die haben ihr Fleisch bestimmt nicht in die Dritte Welt verschenkt. Also raus mit der Sprache: Wer war noch mit von der Partie?«

Kreuzigers Augen zuckten. Offenbar war der Mann nervös.

»Niemand.«

»Niemand?«

»Ich schwör es Ihnen. Sie haben schon alle Namen rausgekriegt.«

»Und wo haben Sie das Zeug her? Das mixen Sie doch nicht unter dem Schreibtisch.«

Kreuziger fasste sich an den Hals. Mit fahrigen Fingern lockerte er den Hemdkragen. Er schwitzte.

»Kommen Sie, Kreuziger. Ich will es nur wissen.« Hartmann ließ nicht locker.

»Das, das habe ich aus dem Internet. Aus Osteuropa. Dort ist so etwas gang und gäbe.«

»Wollen die dort auch was gegen den Hunger in der Welt tun?« Kreuziger schluckte, und Hartmann setzte nach: »Haben Sie das Christian Wendler auch gesagt, dass Sie das Zeug aus Osteuropa haben?«

»Mit Herrn Wendler habe ich darüber überhaupt nicht gesprochen.«

»Ach stimmt ja. Den haben Sie schon einen Tag vor dem Treff über den Haufen gefahren.«

»Das war ich nicht«, rief Kreuziger trotzig.

»Ach nein, wer war es dann?« Hartmann machte einen weiteren Schritt auf ihn zu.

»Bleiben Sie, wo Sie sind«, schrie Kreuziger plötzlich mit überschlagender Stimme.

»Sie bringen so was wohl nicht übers Herz, Sie Menschenfreund?«, höhnte Hartmann. »Sie kümmern sich um den Hunger in der Welt, während bei Ottobrunn ganz zufällig ein Radfahrer brutal überfahren wird. Wer war es, will ich wissen!« Wieder ein Schritt.

»Sie sollen gefälligst stehen bleiben«, schrie Kreuziger mit sich überschlagender Stimme. Ihm standen kleine Schweißperlen auf der Stirn, Hartmann konnte sie im Gegenlicht der Sonne deutlich glitzern sehen. Plötzlich griff sich der kleine Mann in die Jacketttasche und hatte eine Pistole in der Hand. Eine Pistole, die bedrohlich groß aussah. Hartmann ging unwillkürlich einen Schritt nach hinten. Seltsamerweise war seine Angst wie weggeblasen.

»Kommen Sie, Kreuziger, wollen Sie noch ein Menschenleben auf dem Gewissen haben?«, fragte er ruhig. »Meinen Sie, das hilft Ihnen jetzt noch was?«

»Lassen Sie mich gehen«, rief Kreuziger. »Lassen Sie mich einfach gehen, ich sage Ihnen auch alles.«

Seine Stimme zitterte. Der Mann hatte mehr Angst als Hartmann selber.

»Wer hat Christian Wendler umgebracht?«

»Das weiß ich selbst nicht. Ich habe nur bezahlt dafür. Aber das mit den Pillen, das kann ich Ihnen sagen.« Kreuziger blickte sich hektisch um, als erwarte er jeden Moment, dass die Polizei auftauchte. Der Mann schnappte über. »In Marburg«, keuchte er, »gibt es eine Kosmetikfirma. Da sollten Sie sich mal das Prüflabor gründlich ansehen.« Er ruderte mit den Armen. »Lassen Sie mich jetzt endlich geeehn«, schrie er, »sonst schieße ich.«

Hartmann breitete die Arme aus mit den Handflächen nach oben. »Sie sind ein freier Mann.«

Da knackte es rechts von Kreuziger in dem Gebüsch. Sternberger kam heraus, drohend den Baseballschläger in den Händen.

Der Idiot, dachte Hartmann noch.

Dann krachte der erste Schuss. Hartmann spürte einen heißen Stich am linken Oberarm und wusste, dass er getroffen war. Sternberger brüllte auf. Kreuziger schoss noch einmal, und diesmal zerfetzte die Kugel das Hemd auf der Brust, genau in Herzhöhe. Der Einschlag war so stark, dass Hartmann von den Beinen gerissen wurde.

Sternberger starrte seinen getroffenen Kollegen an. Kreuziger rannte in panischer Angst in Richtung Mühlbach davon.

44

Seine Augen schwammen in einem Tränenfilm von Wut, Hass und Verzweiflung, als Markus Kreuziger seinen schweren Alfa Romeo aus der Parkplatzeinfahrt katapultierte. Eine Mutter konnte ihren etwa vier Jahre alten Sohn gerade noch am Handgelenk zurückreißen. Der Pkw auf der vorfahrberechtigten Straße indes hatte keine Chance mehr. Obwohl Kreuziger sein Lenkrad nach rechts riss, stieß er das Auto derart vor den rechten Kotflügel, dass der Wagen förmlich auf die Gegenfahrbahn gerammt wurde. Mit quietschenden Reifen floh Kreuziger.

Zwei Polizisten sprangen aus dem gerammten Zivilfahrzeug. Und während der eine sofort und routiniert seine Dienstpistole zog, brüllte der andere: »Waffe weg! Bist du wahnsinnig?«

Frank Hölbing ruderte mit den Armen und winkte den Streifenwagen heran, der kurz hinter ihnen fuhr. »Hinterher! Das muss die Zielperson sein.« Mit Blaulicht und Signalhorn nahm der Streifenwagen die Verfolgung auf. Hölbing riss sein Funkgerät aus der Jackentasche. »Die Zielperson flüchtet in einem schwarzen Alfa Romeo auf der Brückenstraße in Richtung Norden. Verdammt, wo bleibt das MEK?«

»Wir sind noch nicht bereit«, schnarrte es aus dem Lautsprecher. Dann folgten weitere Anweisungen an die Beamten der mobilen Einheit.

»Verdammt, verdammt, verdammt«, rief Hölbing und hieb dazu im Takt mit der Faust auf das Dach seines Autos.

Der schwarze Alfa raste mit einer unglaublichen Rücksichtslosigkeit in Richtung Norden durch die Stadt. Der Streifenwagen hatte Mühe, überhaupt mit dem Flüchtenden Schritt zu halten. Polizeihauptmeister Karsten Romstedt, der am Steuer des Mercedes Kombi saß, war ein erfahrener Mann. Und er hatte schon mehrfach erfolgreich am Fahrtraining der Polizei teilgenommen. Freilich waren die heiklen Manöver à la »Autobahnpolizei« immer ein wenig schwachsinnig, aber so ein Auto konnte im Regelfall mehr als dessen Fahrer, wenn sie nicht mit den Regeln und Grenzen der Fahrphysik vertraut waren. Dennoch kam er dem Alfa kaum näher. Das lag vor allem daran, dass der Flüchtende immer wieder gefährliche Situationen provozierte, die er, der Polizist, immer unbedingt vermeiden musste, sei es aus Gründen der Eigensicherung oder der Gefahr für Dritte. Nicht auszudenken, wenn er im Eifer des Gefechts ein Kind anfahren würde. Auch über Kreuzungen raste der Alfa-Fahrer trotz Rotlichts in einer Geschwindigkeit, die einfach für ihn selbst lebensgefährlich war. Es würde nur eine Frage der Zeit sein, bis es zu einem schweren Unfall kam.

»Irgendwann kracht's«, wiederholte Hauptmeister Achim Baum auf dem Beifahrersitz wie ein Mantra. »Irgendwann kracht's, schau dir das bloß an.«

Doch Romstedt blieb ruhig, hoch konzentriert und hing immer am Gas. An mehreren Stellen streifte die Tachonadel die Hundert. Dann, am Weimarer Platz, passierte es doch: Der Alfa schnippelte bei Rot zeigender Ampel um Haaresbreite vor einer Straßenbahn über die Schienen, die hier in spitzem Winkel die Straße querten. Der Straßenbahnfahrer leitete eine Gefahrenbremsung ein, der Zug kam zum Stehen – und zwar genau so, dass er die ganze Straßenbreite blockierte. Der Fahrer des Streifenwagens stieg in die Bremsen.

»Ja sieht denn der das Blaulicht nicht?«, schrie Baum entnervt. Als der Wagen hielt, sprang Romstedt auf die Straße.

»Weiter, weiter«, bedeutete der Polizist wild gestikulierend dem Straßenbahnfahrer. Der setzte schließlich seinen Triebwagen wieder in Gang.

Als die Bahn die Kreuzung geräumt hatte, war von dem schwarzen Alfa nichts mehr zu sehen. Der Streifenwagen nahm die Verfolgung ins Nichts wieder auf. Achim Baum griff zum Mikro: »Wir haben ihn am Weimarer Platz verloren. Er ist von hier weiter Richtung Norden gefahren.«

Von der nächsten Kreuzung aus hatte der Flüchtende die Wahl: nach rechts zurück ins Stadtzentrum, geradeaus über die Dörfer mit einem dichten Straßennetz und vielen Möglichkeiten, die Richtung zu ändern, oder nach links auf den Autobahnzubringer, wo ihm dank des Kreuzes wiederum alle Möglichkeiten offenstanden.

»Der kommt nicht weit«, prophezeite Baum, als die Zentrale den Abbruch der sinnlosen Verfolgung anordnete. »Mit so einer beschädigten Karre, ohne weiteres Fluchtfahrzeug, bei Ringfahndung und Hubschrauber …«

»Halt einfach die Klappe«, unterbrach ihn Karsten Romstedt genervt, setzte den Blinker und bog in Richtung Stadtmitte ab.

Im Verkehrsgarten traf Steffi Schmaerse gleichzeitig mit den ersten Beamten des Sondereinsatzkommandos ein. Mit gezogener Waffe stürmte sie auf den offenen Platz. Hartmanns Kollege Sebastian Sternberger stand noch immer wie angewurzelt auf der Wiese, den Baseballschläger kampfbereit in den Händen. Er wurde von den angreifenden SEK-Beamten förmlich überrannt und auf den Boden gedrückt.

»Peter!«, schrie Steffi Schmaerse, als sie den am Boden Liegenden sah. Noch im Laufen verstaute sie ihre Dienstwaffe im Holster. »Wir brauchen einen Notarzt, schnell«, rief sie ihren Kollegen zu und kniete sich neben den Verletzten. Sie nahm Hartmann behutsam an der Schulter und drehte ihn auf den Rücken. Da bemerkte sie das Blut am Hemd und das Einschussloch auf der Brust. Hartmann schlug die Augen auf.

»Aaah«, stöhnte er. Sie ließ ihn erschrocken los, als er versuchte, sich aufzurichten. »Ah, tut das weh. Ich hätte nie gedacht, dass das so wehtut. Das gibt bestimmt einen blauen Fleck.« Er rieb sich die Rippen. Steffi Schmaerses Augen weiteten sich vor Erstaunen. Hartmann grinste schief. »Kevlar«, sagte er und tippte sich an die Brust. Es klang hart und hohl. »Wie beim Motorradfahren – es kommt immer auf die zweckmäßige Kleidung an.«

»Sie haben …« Steffi Schmaerse schüttelte den Kopf.

»Ja, verdammt. Am Arm hat es mich erwischt.« Hartmann befühlte die Wunde, aus der noch immer Blut sickerte. »Aber glücklicherweise nur ein Streifschuss.«

»Sie haben …«, begann Schmaerse erneut.

»Eine Schutzweste aus Kevlar«, sagte Hartmann wie nebenbei und verzog das Gesicht, als er sich mit dem Finger die Wunde am

Arm betupfte, »Ihr habt doch dieselben Dinger. Gibt's übrigens im Internet.«

Steffi Schmaerse stand auf. »Sie Idiot«, sagte sie. »Sie dämlicher, dämlicher Idiot.« Dann drehte sie sich um.

Hartmann musste nicht unbedingt sehen, dass sie heulte. Vor Erleichterung.

45

Die Finne ist ein nur bescheidener Höhenzug, der den Freistaat Thüringen von Sachsen-Anhalt trennt. Im Osten ist sie ein Quellgebiet, weswegen die Ebenen im Süden, in Richtung Ilm, und auch im Norden als sehr fruchtbar gelten. Fährt man hier in der Zeit der Rapsblüte durch die malerischen Dörfer, so geht der Blick weit über sattgrüne oder sonnengelbe Felder bis zu den sanften Bergen am Horizont. Eine Bilderbuchlandschaft.

Markus Kreuziger raste mit seinem Alfa Romeo die Bundesstraße in einem Tempo entlang, das es ihm verbot, von seiner Umwelt auch nur Notiz zu nehmen. Er wollte weg, er wollte nur weg. An das Wohin verschwendete er keinen einzigen Gedanken. Ihm kam es lediglich darauf an, möglichst rasch möglichst viel Distanz zwischen sich und die schrecklichen Geschehnisse in Riedburg zu legen. Was sollte nun werden? Zurück konnte er nicht, die würden schon auf ihn warten. Auf was hatte er sich da nur eingelassen? Nicht einmal das Geld konnte ihn nun noch retten. Er kam ja gar nicht ran, dazu müsste er ja wieder nach Hause. Und nun? Nun raste er ins Nirgendwo, darauf wartend, dass sie ihn jagen würden. Und finden. Er machte sich da gar keine Illusionen. Sie würden ihn finden, und dann würden sie ihn einsperren. Wer hätte je gedacht, dass es mal so weit kommen würde? Damals, als er die Idee hatte. Eine todsichere Methode, kaum nachweisbar, weitgehend unauffällig, sofern man es nicht übertrieb. Es gab nur wenig Mitwisser, und es gab hübsche Gewinne. Für alle. Über Jahre. Warum nur war in den letzten Wochen alles so eskaliert?

Vielleicht hätte er doch auf diesen Reporter hören sollen.

Denn, nicht wahr, was war denn schon geschehen? Ja, er hatte seine Freunde davon überzeugt, mit behutsamen Hormongaben ihre Fleischproduktion anzukurbeln. Ja, das war am Gesetz vorbei, und wahrscheinlich hätte er nicht nur seinen Job verloren, sondern auch eine Bewährungsstrafe bekommen. Aber dann kam die Sache mit Leo, und dann kam dieser kleine hartnäckige fanatische Schnüffler von der Zeitung. Doch selbst dessen Unfall würde man ihm nicht anhängen können, solange sie nicht den Autofahrer hatten, der ihn gerammt hatte. Doch den würden sie nicht finden. So wäre alles gut gewesen bis heute Morgen, bis er auf diesen Journalisten geschossen hatte. Er hätte ihn nicht so in die Enge treiben dürfen. Hätte er nicht geschossen, hätten die sich doch auf ihn gestürzt, wer weiß, was dann passiert wäre.

Dass da aus gutem Grund ein Tempolimit auf siebzig Stundenkilometer verhängt war, bekam Kreuziger erst mit, als er schon fast in der Kurve war. Mit quietschenden Reifen und gleichzeitigem Bremsen konnte er gerade noch verhindern, nicht auf den Randstreifen zu geraten und sich in das nebenliegende Feld zu katapultieren. Den Polizisten, der mit einem Laveg-Geschwindigkeitsmessgerät dort eine Routinekontrolle vornahm, sah er gar nicht.

»Hund und Sau«, brüllte der Polizist, als er instinktiv einen Satz zur Seite machte und dem heranrasenden Auto auswich. Es hatte nicht viel gefehlt, und der Alfa hätte ihn mitsamt seinem Messgerät vom Straßenrand gefegt. Er griff aufgeregt zum Funkgerät. »Ein schwarzer Alfa mit Riedburger Kennzeichen, 119. Seid vorsichtig beim Anhalten, der ist voll rücksichtslos.«

Gut dreihundert Meter weiter ging sein Kollege in seinem weiten weißen Mantel mit der leuchtenden Aufschrift »Polizei« gemessenen Schrittes auf die Fahrbahn und hob seine Anhaltekelle. Doch auch er musste sich schnell in Sicherheit bringen, als sich das schwarze Auto mit hoher Geschwindigkeit näherte, obwohl dessen Fahrer offenbar schon eine Vollbremsung eingeleitet hatte.

»Ist denn der verrückt!«, rief er.

Zwei weitere Polizisten sprangen in den Streifenwagen, um eine Verfolgung aufzunehmen. Die Reifen schleuderten eine ganze Fontäne von Kies und Dreck auf, als sie mit Blaulicht und Sondersignal auf die Fahrbahn schossen. Der Fahrer des Alfa hatte nach dem Bremsvorgang offenbar wieder beschleunigt. Jetzt raste er in Richtung Landesgrenze.

»Fordere Verstärkung an«, wies der Fahrer seinen Kollegen an. »Die sollen uns auch welche aus Naumburg entgegenschicken. Mit dem stimmt definitiv was nicht.«

An einem beschrankten Bahnübergang verlor der Alfa-Fahrer fast die Kontrolle über sein Fahrzeug. Durch die Bodenwellen hob es ab und flog ein paar Meter förmlich über die Fahrbahn.

Doch diesmal ließen sich die Verfolger nicht so leicht abschütteln wie im Stadtverkehr. Zumal sie über das stärkere Fahrzeug verfügten und der Fahrer ebenfalls wesentlich versierter war als der im Fluchtauto. Das merkte man, als es in die Steigungen der Finne hineinging. Immer näher kam der Streifenwagen. Es schien, als warte er nur auf eine passende Stelle zum Überholen.

Plötzlich flammten die Bremslichter des Alfas wieder auf, und der Polizist hatte Mühe, dem Auto nicht ins Heck zu krachen. Er wollte gerade zum Überholen ansetzen, da riss der Fahrer des Fluchtautos das Lenkrad herum und fuhr mit ausbrechendem Heck in einen Waldweg hinein.

Doch hier kam er nicht weit: Eine verschlossene Schranke aus stabilen Stahlrohren versperrte die Weiterfahrt in den Forst. Schlingernd kam der Alfa davor zum Stehen.

Der Polizeiwagen hinter ihm rollte ruhig aus. Der würde ihnen nicht mehr entwischen. Als sie sich abgeschnallt hatten und die Türen öffneten, knallte ein Schuss. Sie gingen hinter den Türen in Deckung und zogen ihre Waffen. Doch vorn blieb alles ruhig. Es dauerte fast eine Minute, bevor einer der beiden aus der Deckung spähte. Mit der Waffe permanent auf den Innenraum zielend, näherten sich die beiden langsam dem schwarzen Auto. Der Polizist auf der Fahrerseite war der Erste, der seine Pistole wieder verstaute.

Mit der rechten Wange lag Markus Kreuziger auf dem Lenkrad. Man hätte denken können, er mache hier am Waldrand ein Nickerchen, wären da nicht die weit aufgerissenen reglosen Augen und die aufgefetzte Schädeldecke.

»Nichts anfassen«, sagte der Streifenführer. »Sag der Zentrale gleich, sie können die ganze Mannschaft mitbringen. Kriminaldienst, Spurensicherung und so weiter.«

Als sie wieder am Auto waren, wurde gerade der Fahndungsaufruf nach einem Flüchtenden in einem schwarzen Alfa Romeo durchgegeben.

46

»Du hast Besuch, Peter.« Anette schob ihren Kopf durch die Tür des Arbeitszimmers.

Ihr Mann drehte sich unwillig um. »Sorry. Ich hab's nicht klingeln hören«, sagte er.

»Sie hat auch nicht geklingelt, ich hab sie vom Garten aus gesehen.«

»Sie?«

»Frau Schmaerse will dich sprechen.«

Hartmann verdrehte die Augen. »Nicht das noch. An meinem freien Samstag. Was will die schon wieder?«

»Schschscht«, zischte Anette. »Geh sie fragen! Und sei nett!«

»Hm«, machte Hartmann und schraubte sich aus seinem Arbeitssessel.

Im Wohnzimmer strahlte er … und man sah ihm an, dass es ein künstliches Strahlen war. »Frau Schmaerse«, dröhnte er. »Was für eine angenehme Überraschung.«

Die Kommissarin überging die offensichtliche Ironie. »Ich wollte Sie mal ganz privat besuchen«, sagte sie.

»Oh.« Hartmann wurde ein wenig rot. Er schämte sich für sein Theater.

»Kann ich Ihnen einen Kaffee anbieten?«, mischte sich Anette ein.

»Danke. Ein Kaffee wäre gut, aber machen Sie sich nicht zu viele Umstände.«

Anette lachte. »Backen werde ich jetzt nicht extra.«

Steffi Schmaerse lachte auch. Anette ließ die beiden allein und eine kleine, peinliche Pause entstand.

»So setzen Sie sich doch«, sagte Hartmann schließlich.

Die Kommissarin dankte und nahm auf dem Sessel Platz. Ausgerechnet mein Lieblingssessel, dachte Hartmann und hockte sich aufs Sofa, ganz vorn auf die Sitzfläche.

»Nun«, brach die Polizistin das Schweigen, »eigentlich muss ich mich ja bei Ihnen bedanken.«

»So.« Hartmann blieb skeptisch. Er hatte nur wenig gute Erfahrungen mit der Ermittlerin gesammelt. Wenn es um das Teilen von Wissen ging, hatte sich Steffi Schmaerse ihm gegenüber immer als außerordentlich egoistisch erwiesen. Bei ihr hieß Wissen teilen immer, dass er ihr alles sagen sollte. Aus der Gegenrichtung kam nichts, was er nicht schon selber wusste. Da war ja Rattmann, der Sprecher der Polizeidirektion, kooperativer. Der ließ wenigstens ab und zu eine klare Information raus. Zwar immer mit dem Nachsatz »Das haben Sie aber nicht von mir« oder »Sie wissen schon, dass ich Ihnen das nicht sagen darf«, aber immerhin hatte er so etwas in der Hand. Weil er sich auf den Wahrheitsgehalt bei Rattmann immer verlassen konnte, entstanden dann Formulierungen wie: »Während Polizeisprecher Rattmann auf die Nachrichtensperre verwies, sickerte aus gut unterrichteten Kreisen durch, dass ...« Das klang unverfänglich und war schwer zu widerlegen, zumal der Tatsachenkern stimmte. Zwar wusste Hartmann, dass er genau auf diesem Wege zum Übermittler einer gezielten Indiskretion werden würde, aber das nahm er gern in Kauf. Nur – Steffi Schmaerse als Quelle konnte er sich nun gar nicht vorstellen.

»Ja«, sagte Schmaerse, nachdem von ihm nichts mehr kam. »Der Tipp von Ihnen mit der Kosmetikfirma in Marburg scheint ein Volltreffer gewesen zu sein.«

»Das hätte ich nicht gedacht«, sagte Hartmann. »Kreuziger hat in der Situation teilweise wirres Zeug erzählt. Auch von Osteuropa war da die Rede, aber ... ich hab euch das ja schon alles erzählt. War in Marburg der Umschlagplatz für das Zeug aus dem Osten?«

Steffi Schmaerse überlegte.

Hartmann lachte. »Ja, schon klar. Sie dürfen mir das nicht erzählen.«

Die Kommissarin druckste herum. Anette erlöste sie. Auf einem Tablett brachte sie Kekse und Kaffee. Ein paar kostbare Minuten waren durch das geschäftige Treiben auf dem Tisch gerettet.

»Und«, bohrte Hartmann mit halb vollem Mund nach, »war es nun der Umschlagplatz?«

Steffi stellte die Kaffeetasse ab. »Offen gestanden, wir haben bislang keinen Hinweis auf Osteuropa gefunden. Die Laborleiterin ist verschwunden, und die Bauern sagen übereinstimmend aus, ein Taxifahrer hätte sie regelmäßig beliefert. Das kann natürlich auch gut erfunden und abgestimmt sein.«

»Verschwunden, sagen Sie?«

»Das muss jetzt wirklich in diesem Raum bleiben«, sagte Steffi Schmaerse und beugte sich ein wenig nach vorn. »Kein Wort davon in der Zeitung, auch nicht irgendwie verschleiert. Ich sage Ihnen auch, warum: Wir suchen die Laborleiterin und wollen nicht, dass sie es erfährt.«

Hartmann nickte. »Sehen Sie«, sagte er, »so würde ich mir das viel öfter wünschen. Wenn ihr euch immer hinter den sogenannten ermittlungstaktischen Gründen versteckt, ist das für mich nur der Offenbarungseid, dass ihr noch nicht viel wisst. Kenne ich solche Zusammenhänge, dann weiß ich auch, warum ich sie nicht schreiben will. Mann, bei uns will doch keiner eure Arbeit behindern.«

»Das sehe ich anders«, parierte Steffi Schmaerse den Angriff. »Nach der Sache neulich an der Mühlberg-Turnhalle habe ich von Amts wegen eine Anzeige wegen Strafvereitelung gegen Sie erstattet.«

»Wegen Strafvereitelung?« Hartmann riss die Augen auf.

»Paragraf 258 StGB«, setzte die Kommissarin ungerührt fort. »Von der Presse auch gern Behinderung der Justiz genannt.«

»Aber …«

»Jaja, ich weiß. Sie und Ihr Zeugnisverweigerungsrecht. Wenn Sie das nicht wie eine Monstranz vor sich hertragen würden, dann würden wir uns auch viel besser verstehen.«

»Eine Anzeige also. Na, das ist doch …«

»Nicht mehr der Rede wert«, sagte Steffi Schmaerse. »Der Staatsanwalt hat sie fallen gelassen. Wegen Geringfügigkeit. Nehmen Sie es einfach als Dankeschön für Ihre Tipps. Ich sage hingegen, dass das nur ein Zufall ist. Hätten wir nicht an dem Tag, als Sie sich mit Kreuziger getroffen haben, einen Haftbefehl gegen ihn auf den Tisch bekommen, dann hätte ich Sie jetzt am Arsch.« Nun machte Anette große Augen, und Steffi Schmaerse setzte ein »Pardon« nach.

»Ihnen scheint das richtig Spaß zu machen, mich zu piesacken«, maulte Hartmann.

Schmaerse lächelte nachsichtig. »Würde ich dann hier sitzen?«, fragte sie.

Hartmann machte »Hm« und nahm sich noch einen Keks. »Noch mal zu der Laborleiterin«, nahm er dann den Faden wieder auf.

Steffi Schmaerse lachte. Hell klang es, ehrlich und freundlich. »Sie lassen aber auch nicht Ruhe. Ich betrachte das mal als vertrauliches Gespräch.«

Hartmann verdrehte wieder die Augen, und Anette nickte eifrig. In solchen Fragen war sie schon immer sehr neugierig gewesen.

»Also«, fuhr die Kommissarin fort. »Die Laborleiterin war schon weg, als Sie sich mit Kreuziger duellieren wollten. Nach unseren bisherigen Erkenntnissen lief das alles so ab: In dem Labor wurde ein Hormon aus Schlachtabfällen von Schweinen extrahiert. Das ist gar kein so schwerer Prozess, sagten uns die Experten vom LKA. Die Laborleiterin hat das Zeug dann irgendwie in Pillen bekommen – das ist der schwierigste Part, weil das eigentlich so nicht funktioniert. Offenbar hatte sie dazu ein eigenes Verfahren entwickelt. Von Marburg aus wurden vier Bauernhöfe von einem Taxifahrer beliefert. Den konnten wir aber auch noch nicht befragen, der liegt nach einem schweren Verkehrsunfall im Koma …«

»Wenn das mal ein Unfall war«, unkte Hartmann. »Ich denke da nur an Christian Wendler.«

»Nun, in dem Fall sieht es aber wirklich nach einem Unfall aus – ein Geisterfahrer auf der Autobahn kam ihm in die Quere.« Sie nahm einen Schluck Kaffee. »Also: Der Taxifahrer beliefert die Bauernhöfe, die füttern die Hormone an die Rinder, die zeigen ein vermehrtes Fleischwachstum.«

»Und hier sprudelt das Geld«, sagte Hartmann.

»Korrekt. Einer fliegt auf, die anderen machen weiter. Dass ein Weiterer von ihnen sich schließlich aufgehängt hat, war auch eher ein Zufall.«

»Zufällig aufgehängt?«, spöttelte Hartmann.

»Nein, aber der Suizid steht nicht in unmittelbarer Verbindung mit unserem Fall. Er hat den schlimmen Krebstod seiner Frau nicht verwunden, wahrscheinlich eine Kurzschlussreaktion. Allerdings hat der Mann in einem Abschiedsbrief den entscheidenden Tipp geliefert, um Kreuziger auffliegen zu lassen.«

»Sie vergessen die entscheidenden Ergebnisse der Arbeit meines Kollegen Wendler«, mischte sich Hartmann wieder ein. »Ohne ihn hätten Sie weder den Namen von Weller noch den von Schwaighofer erfahren.«

»Nicht nur Wendler gebührt dafür der Dank. Schließlich haben Sie auch Ihren Teil dazu beigetragen.«

»Och, ich hab eigentlich nur nachgearbeitet«, sagte Hartmann.

»Ja, und uns das Notizbuch von Wendler vorenthalten«, knurrte Schmaerse.

»Nun seien Sie mal nicht so nachtragend«, sagte Hartmann und grinste sie frech an. »Die für mich entscheidende Frage haben Sie aber noch immer nicht geklärt: Wer hat Christian Wendler auf dem Gewissen?«

Steffi Schmaerse zog eine Schnute und fixierte einen Punkt an der Wand. »Das kann ich Ihnen nicht sagen.«

»Auch nicht in einem vertraulichen Gespräch wie diesem hier?«

»Wir ermitteln in alle Richtungen.«

»Ach hören Sie doch auf mit Ihren Floskeln. Ich nehm Ihnen gleich die Kekse weg. Können Sie es mir nicht sagen, oder wollen Sie es mir nicht sagen?«

Steffi Schmaerse drehte die Kaffeetasse hin und her. »Ich mag Sie, Herr Hartmann, ich mag Sie wirklich, auch wenn das oft anders aussieht. Aber in diesem Punkt bin ich im Moment vermutlich genauso hilflos wie Sie.«

»Hm«, machte Hartmann und errötete leicht.

Dann schwiegen alle drei ein paar Minuten, bevor Steffi Schmaerse fortfuhr: »Wer Christian Wendler wirklich umgebracht hat, wissen wir nicht. Entweder hat Kreuziger den Namen mit ins Grab genommen, oder die Dallmann kennt ihn.«

»Die Dallmann?« Hartmann runzelte die Stirn.

»'tschuldigung. Dallmann heißt die Leiterin des Labors in

Marburg. Das ist einer der Gründe, warum wir fieberhaft nach ihr suchen.«

»Aber in Deutschland kann doch kein Mensch spurlos verschwinden.«

Steffi Schmaerse lächelte. »Sie wissen, dass das nicht wahr ist. Aber nach Spuren suchen wir gerade. Wenn sie irgendwo einen Flieger bucht, wenn sie irgendwo ihre Kreditkarte vorlegt ... wir werden es wissen. Aber das ist bislang nicht geschehen. Wir müssen Geduld haben.«

»Geduld.« Hartmann machte eine wegwerfende Handbewegung.

»Manchmal muss man das tatsächlich«, sagte Schmaerse verärgert. »Was machen Sie denn, wenn Sie nicht weiterkommen?«

»Ich?« Hartmann atmete hörbar aus und lehnte sich auf der Couch zurück. »Ich setz mich auf mein Motorrad und fahr ans Ilm-Ufer. Dort lege ich mich ins Gras und denke nach.«

»Klingt schön«, sagte Schmaerse. »Dafür habe ich aber zu viele Akten auf dem Tisch liegen.«

»Jaja, bei mir macht sich die Arbeit immer von ganz allein«, brummelte Hartmann.

»Möchten Sie noch einen Kaffee?«, fragte Anette dazwischen, bevor sich zwischen den beiden wieder Missstimmungen breitmachen konnten.

»Nein, danke.« Steffi Schmaerse stand auf und zog sich den Rock ihres Kostüms zurecht. »Ich habe Ihre Gastfreundschaft lange genug strapaziert. Heute ist Samstag, und ich bin nicht angemeldet.«

»Aber das macht doch nichts«, sagte Anette Hartmann und erhob sich ebenfalls.

»Also, Herr Hartmann, nochmals vielen Dank für das Notizbuch und den Tipp mit Marburg. Es wäre schön, wenn wir immer so gut zusammenarbeiten könnten.«

»Nicht, solange der Informationsaustausch zwischen uns eine Einbahnstraße ist«, sagte er und reichte der Kommissarin die Hand.

Die behielt sie eine Sekunde länger als notwendig. »Ach Herr Hartmann, ich kann doch auch nicht über meinen Schatten.

Ich dachte, gerade Sie müssten das verstehen. Ich wünsch Ihnen beiden noch ein schönes Wochenende.«

Hartmann stand in der Haustür, und Anette fasste ihn um die Hüfte.

»Ist doch eigentlich eine Nette, deine Kommissarin«, sagte sie, als die Polizistin die Gartentür schloss und noch einmal winkte.

»Hm«, brummte Hartmann. »Nett ist auch Nachbars Dackel.« Er erntete dafür einen Knuff seiner Frau.

Epilog

Der Spätsommer in Toulon war heiß, aber angenehm. Vom Meer her kam eine leichte Brise, und vom vierten Stock ihres Hotels zwischen Bahnhof und Hafen, gleich unweit des Alexandergartens, konnte sie bis hinunter an den Hafen sehen. Es war ein feudales Haus in dem für die Côte d'Azur typischen Zuckerbäckerstil. Mit einer verspielten Fassade, feudalen Balkons und Zimmern mit schon etwas abgegriffenem Charme. Das Beste an dem Hotel war aber vermutlich die kleine Bar mit karibischem Flair, die ein paar Meter weiter den Boulevard de Strasbourg hinunter lag. Salsamusik drang aus der Tür bis in die frühen Morgenstunden. Hierhin zog es die Frau fast jeden Abend. Noch eine Woche wollte sie bleiben. Tagsüber schlief sie lange aus, dann ließ sie sich durch die Straßen treiben und aß irgendwo genussvoll, duschte sich ausgiebig im Hotel und machte sich wieder nachtfein, um sich dann mit Caipirinha oder Cuba Libre angenehm hemmungslos zu betrinken und sich bisweilen einen jungen Mann zu angeln, mit dem sie den Rest der Nacht verbringen konnte. Wunderbare, entspannende Wochen, die sie nach dem Stress des Frühjahrs gut zur Erholung gebrauchen konnte.

An diesem Abend hatte sie schon beim Abendessen eine halbe Flasche Wein gehabt. Sie fühlte sich satt, leicht angetrunken, übermütig und mannstoll. Das hatte sie schon in dem feinen Restaurant im Zentrum gemerkt, als sie sich auf der Toilette lange im Spiegel betrachtet hatte. Verdammt gut sah sie heute aus. Die fast drei Monate Urlaub in Südfrankreich hatten ihrer Haut eine unglaubliche und natürliche Bräune verliehen. Sie bildete einen wunderbaren Kontrast zu ihrem schneeweißen Minikleid. Schulterfrei, trägerlos und mit raffinierten Rüschchen zog es viele Blicke auf sich. Sie gefiel sich selber. Dann hatte sie sich ihres Slips, eines Nichts aus pastellrosa Baumwolle, entledigt. Das war befreiend, und es war geil. Er ruhte jetzt wohlverwahrt in ihrer Handtasche und konnte jederzeit verwendet werden, durch bloßes Vorzeigen einem Charmeur in der Bar das letzte bisschen Verstand zu rauben. Schon den Einlasskellner im Restaurant hatte sie schamlos angeflirtet, aber auf Granit gebissen. Der Mann war ein Gentleman der alten Schule, der sich nicht verunsichern ließ. Wahrscheinlich hing er an seinem Job, der Spießer. Nun, einen der Kadetten des nahen Marinestützpunktes mit ihren weißen Mützen und den auffälligen roten Pompons würde sie schon flachlegen können. Sie würde heute nicht wählerisch sein, aber sie würde bestimmen, wann es mit wem wo langging. So lief es doch immer.

Der Typ, der gerade seinen Kastenwagen vor der Bar abgestellt hatte, würde es mit Sicherheit nicht sein, auch wenn er sie mit den Augen buchstäblich auszog. Sie lächelte ihn dennoch lasziv an und war schon fast vorbei, als er sie ansprach.

»Bonsoir, Madame, so spät noch allein unterwegs, das ist gefährlich.«

Ein hübsches Lächeln, dachte sie bei sich, doch sie ließ sich nicht so einfach angraben.

»Ich kann schon auf mich aufpassen, vielen Dank«, sagte sie in ihrem perfekten Französisch, aus dem die Einheimischen zwar die Ausländerin heraushörten, aber nie ihre Nationalität errieten.

»Nun, ich könnte Ihnen dennoch meine Begleitung anbieten, Sie vielleicht auf einen Drink einladen oder Ihnen den Hafen bei Nacht zeigen.«

»Danke, nein«, sagte sie und wollte weitergehen, doch er stellte sich ihr in den Weg und hob immer noch lächelnd die offenen Handflächen – ein Friedenszeichen.

»Wollen Sie es sich nicht noch mal überlegen, schöne Frau?«, gab er ihr noch eine Chance.

»Da gibt es nichts zu überlegen«, sagte sie, nun schroff und feindselig. »Geh mir aus dem Weg. Ich habe nicht promoviert, um mich dann von billigen Hafenarbeitern antatschen zu lassen. Such dir deinesgleichen am Bordstein.«

Er gab den Weg frei und funkelte sie böse an. *»Pimbêche«,* raunte er ihr im Vorbeigehen zu, eingebildete Ziege.

Sie zeigte ihm den Stinkefinger, ohne sich umzudrehen. *»Baise toi«,* rief sie, fick dich. So weit reichte ihr Französisch.

Als sie drei Stunden später die Bar wieder verließ, war es schon stockfinster. Offenbar hatte es geregnet. Die Luft roch würzig und irgendwie nach Thymian. Das Pflaster glänzte tiefschwarz im Schein der Laterne. Sie war stark angetrunken und musste sich am Fallrohr einer Dachrinne festhalten. Es hatte nicht geklappt mit einem Kerl. Irgendwas war schiefgelaufen. Einem Kadetten, den sie angequatscht hatte, war sie wohl zu alt. Sie wurde laut, und nicht nur seine Kameraden machten von da an einen weiten Bogen um sie. Auch die anderen Männer, die solo in der Bar waren, betrachteten sie nur verstohlen. Vielleicht war das Kleid doch eine Spur zu kurz. Als auch der Barkeeper ihr nichts mehr geben wollte, ging sie eben.

Die frische Luft tat ihr gut. Bis zu ihrem Hotel hatte sie es nicht weit. Dennoch würde es morgen einen Kater geben. Sie ließ das Fallrohr los und wankte weiter, als sie plötzlich einen eisenharten Griff an ihrem Oberarm spürte. Sie konnte noch nicht mal Aua rufen, so brutal wurde sie in eine Türnische gezerrt.

»Na du geile Schlampe, hast du es dir anders überlegt?« Bieratem schlug ihr entgegen. »Ich hab mich am Bordstein umgesehen und doch nur dich gefunden.« Er grinste sie dreckig an.

Eine unbändige Wut stieg in ihr hoch. Dieser armselige Wichser erlaubte es sich. Sie holte Luft und wollte ihn gerade anschreien, da traf sie mit voller Wucht die Rückseite seiner Hand. Ihr Kopf flog nach hinten, und sie stürzte der Länge nach auf den Gehweg, in den Rinnstein. Blut schoss aus ihrer Nase, ihre Unterlippe war auch aufgesprungen, sie merkte es an dem warmen Rinnsal, das über ihr Kinn rann. Der Alkohol hatte sie benebelt, und aus ihrem Mund kam ein leises Wimmern. Sie hatte gerade nach ihrer Handtasche getastet und sie geöffnet, um ihr Handy herauszuholen, als er mit dem Fuß dagegentrat. Die Tasche flog auf die Straße, und ihr Inhalt verteilte sich.

»Komm, ich helf dir, mein kleines Liebchen«, sagte er, packte sie wieder am Oberarm und zog sie nach oben.

Das würde einen blauen Fleck geben, dachte sie. Einen schlimmen blauen Fleck. Das würde er ihr büßen. Sie machte wieder den Mund auf, um zu schreien, da drehte er ihr den Arm auf den Rücken und presste eine Hand auf ihr Gesicht.

»Einen Mucks und ich bring dich um, ich schwör's. Nick, wenn du mich verstanden hast, du Touristenflittchen.«

Sie nickte. Und heulte, sie konnte es nicht verhindern. Er schob sie ein paar Meter vor sich her, dann öffnete er die Hecktür des Kastenwagens. Der stand immer noch auf der Straße, sie hatte ihn gar nicht bemerkt. Er stieß sie grob hinein, sie landete auf den Knien und schrammte sich eins blutig. Sie sah eine Holzpalette in der Ecke, ein langes Seil aus grobem Hanf. Dann schlug er die Tür zu, und sie sah fast nichts mehr. Nur ein wenig Licht drang von dem Sehschlitz an der Rückseite des Fahrerhauses ins Innere. Angst machte sich in ihr breit.

»Kannst gleich auf den Knien bleiben, du Schlampe«, höhnte er. Dann hörte sie das Ratschen des Reißverschlusses seiner Hose.

Angst, Ekel und Wut gaben ihr plötzlich Kraft. Sie sprang auf. Er stieß sie grob vor die Brust, und sie knallte gegen die Seitenwand. Ihr Kopf schlug schmerzhaft auf. Bevor sie sich besann, riss er ihr das Kleid von der rechten Brust. Sie stieß ihn weg. Dann spürte sie seine Hand in ihren Haaren. Brutal riss er ihren Kopf zurück und umschlang sie von hinten.

»Du wirst nie wieder *fick dich* zu mir sagen«, keuchte er ihr ins Ohr. Dann hörte sie ein metallisches Klacken und sah eine Klinge aufblitzen.

Bitte nicht, wollte sie noch rufen, doch ein unerträglicher Schmerz raste durch ihren Körper. Sie presste die Hand auf ihre Rippen, gleich unterhalb ihrer linken Brust. Sie sah auch noch das Blut, das zwischen ihren Fingern hervorquoll und ihr weißes Kleid tränkte.

Wie armselig, dachte sie. War es das jetzt? Auch noch die Klamotten versaut. Wie banal geht alles zu Ende? Hat es sich dafür gelohnt, zu leben? Es ist schmutzig hier drin, und die Wände sind aus Blech. Ein altes Schlachthaus. Und mir ist so unendlich kalt. Mama! Mir ist kalt.

Dann wurde es dunkel in Elisabeth Dallmann.

Nachwort des Autors

Dieses Buch ist Fiktion. Ich habe mir die Freiheit genommen, die Thüringer Stadt Riedburg und ihre Umgebung sowie alle Figuren in diesem Buch frei zu erfinden. Aufmerksame Leser werden in Riedburg eine Mischung von Erfurt, Jena und Apolda wiedererkennen. Eventuelle Ähnlichkeiten mit existierenden Unternehmen oder Personen wären rein zufällig und sind nicht beabsichtigt. Aber wer sich erkennt, der ist möglicherweise auch gemeint.

Die in diesem Buch geschilderten Verfahren zur Beschleunigung und Vergrößerung des Fleischwachstums von Rindern sind denkbar, aber bislang nur in der Theorie möglich. Eine praktische Anwendung bedürfte noch einiger Entwicklungen und ist mir unbekannt.

Für kritische Bemerkungen und Hilfe während der Arbeit an diesem Buch bin ich vielen Menschen zu Dank verpflichtet. Da wäre zunächst meine Frau Beate, wie immer erste Leserin und Kritikerin. Da wäre auch der Amtstierarzt Dr. Stefan Kleinhans, der sich als Fachberater unermüdlich bemühte, mein verschüttetes Allgemeinwissen aus der Biologie freizulegen und zu vertiefen. Danke für die geduldigen Antworten auf meine nervigen Fragen. Ein besonderer Dank geht natürlich auch an meine Lektorin Dr. Marion Heister. Sie machte mich auf einige Schwächen aufmerksam, die hier freilich nicht verraten werden. Ich arbeite daran. Ohne die fleißigen Mitarbeiter im Emons Verlag Köln würde es dieses Buch nicht geben, ohne Sie, lieber Leser, hätte es keinen Sinn.

Auch dafür meinen herzlichsten Dank.

Klaus Jäger